黑熊怪
HEIXIONG GUAI

时代出版传媒股份有限公司
安徽文艺出版社

周李立，1984 年生。出版小说集《丹青手》《八道门》《透视》《欢喜腾》。获汉语文学女评委奖、第十七届百花文学奖、《小说选刊》新人奖及双年奖中篇小说奖、《广州文艺》都市小说双年奖一等奖、《朔方》文学奖、储吉旺文学奖等。成都文学院特邀作家。

新生代作家小说精选大系

黑熊怪

HEIXIONG GUAI

周李立 著

时代出版传媒股份有限公司
安徽文艺出版社

图书在版编目（CIP）数据

黑熊怪/周李立著. —合肥：安徽文艺出版社，2018.9
（新生代作家小说精选大系）
ISBN 978-7-5396-6395-1

Ⅰ.①黑… Ⅱ.①周… Ⅲ.①短篇小说－小说集－中国－当代 Ⅳ.①I247.7

中国版本图书馆CIP数据核字(2018)第131068号

| 出 版 人：朱寒冬 | 策　　划：朱寒冬　张 堃 |
| 责任编辑：张妍妍 | 装帧设计：褚 琦 |

出版发行：时代出版传媒股份有限公司　www.press-mart.com
　　　　　安徽文艺出版社　www.awpub.com
地　　址：合肥市翡翠路1118号　邮政编码：230071
营 销 部：(0551)63533889
印　　制：安徽联众印刷有限公司　(0551)65661327

开本：880×1230　1/32　印张：7.5　字数：180千字
版次：2018年9月第1版　2018年9月第1次印刷
定价：29.60元

（如发现印装质量问题，影响阅读，请与出版社联系调换）
版权所有，侵权必究

自序：人人都爱黑熊怪

有次在商场，有位身着公仔装的促销人员冲我张牙舞爪扮萌。我也不知道他扮的是哪个卡通形象，只觉得胖乎乎，笑容巨灿烂。又胖又笑的脸，总是人见人爱，所以，我还是凑过去了。可能凑得太近了，几乎抵拢那个不知道什么卡通形象的鼻尖，随即，我透过公仔装眼睛部位的小孔，看见里面那双年轻的眼睛——他脸上其他地方我都看不清楚，只剩下一双眼睛，又疲倦又愤怒又尴尬地瞪着我。

我知道自己失礼了，因为我在那一时刻冒犯了某种约定俗成的规则。简单说，比如在迪士尼乐园你就得认可跟你合影的是米奇、米妮，而不是公仔装里面疲倦不堪的张三李四，要不，这"乐园"还真没法让你乐。

复杂说，其实多数人都披挂着无形的"公仔装"，如王泽月相信"生活的关键，是被别人观看的部分"，人们对彼此身上的"公仔装"心知肚明，也并不揭穿，原因并不仅仅因为揭穿意味着残酷的冒犯，也因为人们其实往往更喜欢他人身着"公仔装"的模样。

黑熊怪出自《西游记》，这妖怪住黑风山，他的特别之处在于，竟没动吃唐僧肉的心思，这在《西游记》的妖怪中显得太有个性了。黑熊怪犯的事儿，是在

■ 黑熊怪

■ 002

做好事去灭火的时候顺手做了件坏事——偷锦澜袈裟。可见,就连妖怪也是要好衣装的,也是要装扮的。他偷的宝物是"袈裟",也就是说,他要扮的是修行者。

当然,这篇《黑熊怪》无关"怪力乱神",毕竟我死心塌地是要写现实题材的。但黑熊怪偷袈裟的情节,确实是我将小说中的公仔装弄成黑熊怪而不是米奇、米妮的原因。小说中的"黑熊怪"都是人扮的。至于王泽月和崔全松,他们是常为我送货的快递员——原谅我在小说中用了他们的名字,可能我潜意识希望他们像小说中的人物一样,能住别墅、开豪车、有事业,过充裕的生活,尽管充裕的生活并不意味着就彻底免除掉了一切苦厄。我努力想写出的正是妻子王泽月在令人艳羡的生活中的患得患失——她在住别墅、开豪车、有事业的体面生活的公仔装里,那双又疲倦又愤怒又尴尬的眼睛。

目录

自序：人人都爱黑熊怪　001

去宽窄巷跑步　001

移栽　024

跳绳　044

另存·更迭　069

黑熊怪　128

坠落　173

后记：说不定我一生涓滴意念，侥幸汇成河　233

去宽窄巷跑步

晚饭后,她换上宽松的白色汗衫和黑色速干裤,又从行李箱里取出黑色的跑步鞋。跑步鞋还很新,她从北京大费周章地带回成都来。鞋子先装进一个白色防尘袋,再放到箱子里,立刻就显得格格不入。跑步鞋太大,显得二十英寸的行李箱像个豪华版的鞋盒子。那时她想,也许该换成阳台上那只二十八英寸的行李箱——一直压在一堆杂志下面,已经很久没有用过了。她很快又对自己摇头,再大一些的行李箱是需要托运的,她不想在机场为等行李耽误太多时间。这次她一个人回成都,如果拖只大箱子,兴师动众,倒像是一种讽刺。母亲也许还会因此认定,她这次回成都来是要长住的。她不希望给母亲造成这种错觉。哪怕她明明知道这种错觉会让母亲高兴一点——她不需要给母亲这种虚假的快乐。她打定主意,回成都母亲家里,就待三天。往返机票已经订好,事情不会有什么变动。三天,其实是不需要太多行李的,她对自己妥协了。当然,也有没能妥协的部分,就是跑步鞋必要带上,连同跑步时穿的衣服和棉袜,哪怕她要因为它们放弃本来也想塞进行李里的那几本书,还有可以让她在飞机上睡个舒服觉的 U 形枕。回成都去,她就没想过要让自己舒服。

■ 黑熊怪

■ 002

她就这样删繁就简地回到成都。第一天,一直在母亲家里。这里其实曾经也是她的家,或许现在还是,因为房产证上写着她的名字——沈媛媛。当初母亲一心认定,她大学毕业就会回成都工作,所以提前为她预备下一套房子,倒像是一种急于撇清干系的交代——该给你的我都提前给你了,所以别再觉得我还欠你什么。母亲急于告别。她不怕告别。其实她根本就没想过回成都来,那时母亲不过是习惯性地自以为是。然后母亲的第二任丈夫死了,母亲就理所当然住进这套房子里了,那本来就是母亲买的。

她对成都这城市没太多好感,这里到处都是昏昏欲睡的人。何况,这里还是母亲的城市,不是她的。所以她一直留在北京,哪怕北京跟成都一样,也没有格外善待她。母亲一直住在这里,先前还有其他男人,后来只剩她一个人。她也一样,一直住在北京,先前还有其他男人,后来只剩她一个人。

她拎着跑步鞋,打算到门口再换上。母亲在客厅看电视,可能也没有。因为电视里正放着猪饲料的广告——美好猪饲料,生活更美好。她想起很小的时候,电视上就在放这个广告,顿时有种都是徒劳的感觉,因为她又回家了,她离开母亲很多年,其实一切都没什么转变。

"你要出去?"母亲说,显得很惊讶。

"出去转转。"她没说自己要去跑步。她知道自己不一定非要去跑步的,她甚至都不记得上次跑步是什么时候了。北京的空气太任性,几乎所有的日子都不适合跑步。在得知必须回成都一趟的时候,她用跑步做借口说服自己,就当是去成都跑步,不是吗? 五月,成都正是湿润愉悦、适合跑步的好天气哪。在北京十年,她学会的最有用的本事有两样:一是她懂得好天气多么难得,而差不多所有的好东西也都太难得,如果不抓住,它们就像这一年跌落的股票大盘一样,转瞬即逝;二是必要的自欺欺人有多么重要,为的是度过那些糟糕透顶的日子,毕竟大部分日子都是这样的,雾霾重重,风刀霜剑严相逼,糟糕透了。

"现在出去?你自己?"母亲追问道。她蹲下换鞋,回过头来,看见母亲在沙发上坐成一种永恒的样子。遥控器在母亲手里舞动,像什么武器。母亲把遥控器抓得很紧,母亲一贯如此,恨不能把所有东西都紧抓在手里,可是母亲没能做到。母亲现在,只是抓着遥控器——但在连播三遍猪饲料广告的时候,却没想起来换个频道。

她嗯了两声,算是回答。她下午两点到家,用了半个小时就把自己能跟母亲说的话都说完了。她不能应付接下来的沉默。整个下午,她过一会儿就去上一次卫生间,坐在马桶上长久发呆,想着吃完晚饭就出去,跑步去,可是该死的天,为什么老也不黑?

"你是,要去跑步?"母亲竟然站了起来,十分警觉的样子,好像她不是去跑步,而是要去抢银行。

她已经穿好了跑步鞋,直直地站在门口,理直气壮地接受母亲的审视。她轻巧地说了声是,假装自己是那种每天都会跑步的人。她想,又没瞒着母亲什么,该可以理直气壮的。

母亲似乎放心了一些,又坐回沙发上那个深陷的洞里,但母亲在她打开门的时候又叮嘱:"早点回来。"她想,母亲在担心什么呢?担心她会去找那个人吗?就这么一会儿的工夫,怎么可能?

■ 黑熊怪

■ 004

　　母亲住在同仁路。这样的路在成都有无数条,每一条都不是太直,又没有太不直,总之,如果你在北京横平竖直的城区里生活了十年,你会很容易在这种路上迷失方向。
　　她沿着同仁路往南走,说是往南,也只是一个大概的方向。路两边都是餐馆,火锅店把矮桌摆到店外,就在路边那些茂盛的泡桐树下。人们坐在低矮的小凳子上,在树叶遮挡的路灯稀薄的光线下,只看见一片密密麻麻的人头。不时出现一些卖冰粉或者凉面的流动商贩,三轮车整个用玻璃罩起来,变成一个个流动的玻璃橱窗。她小心翼翼地避开地上散乱的串串香的竹签子、一些变色的西瓜皮,在一家药店关上铝合金卷帘门发出的撕心裂肺的噪音中,快走了几步。她始终没能跑起来,因为同仁路并不适合跑步。她的目的地,是宽窄巷。
　　五年前么,也许是六年前,她上一次回成都的时候,总在宽窄巷跑步,几乎每晚都是。那是她对成都的记忆中最美好的部分,虽然那一年,母亲打算第三次结婚。她回成都参加母亲的婚礼,她觉得自己已经习惯了,反正母亲第二次婚礼的时候,她也参加了。但事到临头,她才知道那有多么难。母亲第二次结婚的时候,她只有九岁。而母亲的心思里,那时又总像顾不上她,只为自己的第三次婚姻欣喜。好在,那时那个人还在。晚上,那个人就带她去宽窄巷跑步。他一般在楼下等她,每天准时,七点半。然后两个人沿着同仁路走过去,在窄巷子的西头就开始慢跑。他是跑步爱好者,对这件事上瘾。她不是,她只是想要跟他在一起。他也是。她知道,他总是故意跑得慢一些,如果她还是跟不上，他就在窄巷子东口，等着她。他会从那个永远坐在竹椅上的老太太那里，买一瓶汽水和一包白盒的娇子烟。汽水和娇子烟，都是橘子味的。娇子烟过滤嘴的海绵正中央，有一个橙色圆点，像联系着她和他之间的那条纤弱的线索。老太太的摊子，其实只是一个小小的圆形簸箕。她一直觉得，他可能是老太太整晚唯一的顾客。

天啊，太想抽支烟了。她已经快走到宽窄巷了。从母亲家里走过去，并不远。于是她抽了支烟，不是娇子。她很久都不抽娇子了。橘子的味道，让她受不了，那是过时的味道了。她这天回母亲家后，就没抽过烟。她不想让母亲知道她抽烟，很多事她都不想让母亲知道。母亲的生活一塌糊涂，结婚三次，失婚三次。她的生活也差不多，好一点，但好不到哪儿去。于是她觉得还不如彼此忽略，免得她们都为对方生活里那些麻烦事心焦。她从来不告诉母亲自己的事，也不想听母亲说那些事，死掉的前两任丈夫，还有后来这个。这是个做玻璃生意的，把家里所有碗碟都换成透明的玻璃，那个人也长得像一块透明的玻璃，让人疑心大声一点讲话，他都会自行碎掉。但他却有着"坚韧的精神"，母亲是这么说的。母亲的第三任丈夫加入了邪教。"是精神教，不是邪教。"母亲徒劳地为他解释，他在一座山上修炼，给自己的前妻留了一座小玻璃厂，但什么也没给母亲留下。母亲说："他告诉我，我是精神。"她希望母亲没有告诉自己，母亲还认为他修炼好了就会回来的，执迷不悟。"她才是需要修炼的那一个。"她恶毒地这样想着母亲。

窄巷子入口处，灯火通明，跟她预料中完全不一样。她有些惊讶，不自觉丢掉了烟头。她看见成排的出租车，堵住巷子入口。入口正对面，是一座巨大

■ 黑熊怪

■ 006

的停车场。她想不起来停车场的位置原来的样子了,难道这里凭空出现了一大片空地吗?载客出租车不断抵达,从车上下来一些人,很多都像是游客,有的也不像。大部分女人都衣着单薄,但长裙扫地。她们的首饰或者手包,在四面八方闪动出星星一般的光。她往窄巷子里望去,看见人头攒动的一条银河,两边商铺的霓虹招牌,像五颜六色的琴键。

她迟疑了,但终于还是走了进去。她没有太多自信,因为想起身上的速干衣裤和跑步鞋——这不是她惯常出现在人前的样子。不知何处传来各色的香水气息,让她感到自己的样子太不合时宜。

她其实早该知道的,宽窄巷子已经被旅游开发,现在是成都最火热的步行街。但她还是自欺欺人地想来这里跑步。她总是这样,明明知道事情是不对的,还是会那么做,怪谁呢?她对自己不满,但还是硬着头皮往前走。既然已经来了,不是吗?

人越来越多。到后来,连走路都不可能太快。她想,是否是周末,但又不太确定。一张张脸从她身边游过,像一个个切碎的镜头。那些好奇的、木讷的、自得的以及醉醺醺的神情,像存在于另一个时空里。她假装自己置身事外,或许,她早已经置身事外了。

她猜想宽巷子的情形,也该差不多。这两条巷子平行,相隔大概十米远,曾经住着老成都的居民。他们去了哪里?快到窄巷子中间的地方,她记得还有一条井巷子,穿过井巷子,可以到宽巷子去。但后来她发现,曾经的井巷子,现在是供游人休憩的街心花园。

她在一处清静的花坛边坐下来,打算再抽支烟。好像这么晚她出门来,只是为了抽烟。在她正对面、窄巷子临街的一家咖啡店里,一些衣着艳丽的年轻人,为着什么事情在举杯,吼着一些她听不见的话。

一个年轻的女孩从咖啡店里走出来。齐耳短发和刘海的边缘,笔直得像是刚用刀切过的黑橡皮。女孩黄色荧光的衣服太抢眼,她不得不注意到女孩。但女孩又穿着闪光的黑色短裤,两条藕色的腿胖乎乎的。她转过脸又去看别的什么地方,哪里都是一样,刺眼的热闹。

"不好意思,姐姐,我想……"女孩在跟她说话。她愣了片刻,才确定她的确是在跟自己说话。她下意识把右手从嘴唇边放下,半口没有吐出的烟从鼻孔里缓缓流出。她不希望说话,在这样的时候,跟一个这样的女孩——一片黄色的荧光,晃得她难受。她知道,自己在女孩眼里,只是一个堕落到不堪的老女人。于是她有些木讷地看着女孩。在一片荧黄的光晕之上,她看见一张年轻得可怕的脸。荧光色的衣服也没让女孩的脸色显得泛黄,那么粉白的脸色,也许并不是因为那上面扑着一层雪白的粉。

"姐姐,姐姐……"女孩执拗地叫着,一只手在她眼前来回晃动。她回过神来,感到香烟灰在手指间发烫的温度。她不好意思地笑了笑,算是回应。

但她实在懒得理她。"嗯?"于是她让自己干脆像个真正的老女人一样,傲慢地从鼻子里哼了一声。

"能给我一支烟吗?"女孩说。

"什么?"

"我想抽支烟,我看见你在抽烟。"她又重复了一遍。

她从裤子口袋里掏出中南海,里面还有两支烟。女孩自己抽了一支出来,

■ 黑熊怪

又从她手里接过打火机,点烟。

女孩说:"我会付钱的。"

"不用了。"她说。

"姐姐,你真好,那谢谢了。"女孩在她身边坐下来。花坛不大,两个人坐着有些挤。她感到女孩身上有一种热烘烘的气息,于是又往旁边挪了些位置出来。她不想这么干,开始想要不要起身离开。

可是,女孩说:"你也只剩一支烟了。"听起来很抱歉的样子。

她想说这真没什么,她可以再去买一包,只是当年那个卖娇子的老太太肯定已经不在了。但她不想说话,一点也不想,干脆把最后一支烟也点燃了。

"你也是来成都玩儿吗?"女孩又问。

她不耐烦地看了女孩一眼,女孩正望着天上一个什么方向,并没有注意到她的反应。于是她简单地答道:"不是的。"

"那,你是成都人?"女孩似乎不甘心,非要问出什么来。

"我? 其实也不是。"她停了停,心想自己并没有撒谎,因为她从来就不觉得自己是成都人,她来成都是因为母亲在成都,而母亲在成都只是因为母亲的第二任丈夫生前生活在成都,还有母亲的第三任丈夫也在成都,可能也不在了,玻璃人现在在川西某座山上。

她说:"你是来成都玩儿的?"她想转移话题。

"是的! 成都太好了,东西好吃,人也好,成都人说话软绵绵的,可好听了!"女孩很兴奋地说着。

"哦,你都吃什么了?"

"火锅、甜水面、钟水饺。哎,姐姐,明明是'甜'水面呀,为什么还那么辣呢?你看,我一天就长了这么多痘痘出来。"女孩转过脸来,头微微上扬,指着下巴的地方给她看。她看见几个不明显的粉红色圆点,觉得很性感,但她没这么说,她只是假装很配合地笑了起来。

"我们好几个人一起来的。"女孩指着咖啡店里。她看见那些年轻人,每人都抱着一个大相机,正专注地看上面的照片。"我们明天的飞机,去九寨沟。"女孩很得意,问她,"你去过九寨沟吗?"

她没去过,于是摇头。

女孩又突然想起了什么,她说:"姐姐,能再帮我一个忙吗?"

"什么?"

"帮我买包烟,我付钱,我这次一定付钱。"她央求着。

最后的两支烟也已经抽完了。她其实也需要去买烟的,但不是非得帮这个女孩买,开什么玩笑,一个陌生的未成年人。

她说:"小小年纪,烟瘾还挺大。"

女孩笑起来,像在跟长辈撒娇:"姐姐,你最好了,我刚看见你在这里坐下来,我就知道,你一定会帮我的,你也一定会理解我的。"

"你可以自己去买啊。"她说,其实她已经决定去买烟了。

"我,我不好意思嘛……"女孩说。

她假装有些生气:"抽烟就好意思啦?"

女孩厚着脸皮连连点头:"好意思,好意思。"

她叹口气,站起来,说:"等着我啊!"

■ 黑熊怪

■ 010

"姐姐,我给你钱……"女孩大声说。

"不用了。"她也大声说。

她在一家不远的小便利店买了两盒娇子烟、两罐百威啤酒,她本来应该多买一些啤酒的,只是她没有在速干裤的口袋里掏出更多的零钱。

女孩看见她回来,激动得像要跳起来。"还有啤酒,我爱死姐姐了!"女孩夸张地嚷着。

"你,叫什么名字?"她问了一个最没意思的问题。

"姐姐可以叫我小南瓜,我的朋友们都叫我小南瓜。"女孩很有意思地回答着这个没意思的问题。

"小南瓜。"她看着女孩胖乎乎的身体,在心里笑了笑。

她们各自打开一罐啤酒,她觉得很渴,虽然她还没有开始跑步。

小南瓜喜欢说话,她的嘴不是在喝酒,就是在抽烟,要不就在说话:"姐姐,你妈妈知道你抽烟吗?"

她愣了一下,说:"不知道。"

"我妈妈也不知道,不能让她知道,你用什么办法?"小南瓜问。

"什么什么办法?"她不明白。

"不让她知道啊。我晚自习放学,会一连抽好几支烟,在操场上,然后要跑一圈,才能散掉头发里的烟味儿,你用什么办法不让你妈妈闻到烟味?对了,你穿成这样,是要跑步吗?"小南瓜语速很快,有些北方口音。

"我?我跟我妈妈,我们不住在一起。"她说,心想难道小南瓜还认为她和妈妈住在一起吗?小南瓜竟然想跟自己探讨这些事,这些小孩儿们的把戏。

"哦,也是,真好,我也不想跟他们住在一起,太不自由了,等上大学就好了!"小南瓜说着。

"你还是高中生?"她看着小南瓜荧光色上衣里起伏的胸脯,觉得不可思议。

小南瓜不好意思起来,说:"我马上就毕业了,高二。"

她默默算着她们的年龄差距,十五岁,还是十七岁。

"抽烟几年了?"她问。

"三年,不,四年。"小南瓜说。她觉得小南瓜并没有隐瞒什么。

"少抽烟,对身体不好。"她不知道自己为什么会这么说,可能因为小南瓜太年轻了。她不喜欢自己这样说话的口气。

小南瓜说:"那你为什么抽烟?"

她不知道,没人问过她这个问题。父亲早死,母亲又嫁人,继父——她不愿这么称呼玻璃人——加入了邪教,谁还会管她抽不抽烟这种小事?她答非所问地说:"可以用毛巾。"

"毛巾?什么毛巾?"

"如果你不想头发上有烟味儿的话,可以用毛巾把头发包起来。"她从来没告诉过任何人,她从前就这么干,虽然没人在乎她的头发里是不是有烟味。高中的时候,她把头发包起来,然后放肆地抽烟,假装自己很聪明。那是很多年以前了。她自顾自地笑起来。

小南瓜也心照不宣地笑着:"哦,好主意!我会试试的。"

"你又为什么要抽烟呢?"又过了片刻,她这样反问小南瓜。

■ 黑熊怪

小南瓜说:"因为不可以,因为这是不可以的事啊……"她咯咯笑着,眯起来的眼睛好像在说:"没有什么是不可以的。"

"哦,也是,你这年龄是没什么不可以的。"她自言自语。

"看你说的,姐姐,好像你这年龄就不可以了一样,我多想到你这样的年龄啊。"小南瓜的语气里有点不屑。

她踩灭烟头,打起精神来:"我再教你一招,不,是两招。"

"快说,快说!"小南瓜的眼睛亮闪闪的,睫毛上粘着一些亮片。

"第一招,你永远用不着代数里那些你不懂的东西,所以千万别为数学烦恼。"

"哈哈,有道理。"

"第二招,你得知道,其实,什么事都是很平常的。"

"什么意思?我听不懂。"

"你以后会明白的。"她希望从前也能有人这样告诉自己,没什么事是大不了的,其实都很平常,人们都是这样过来的。

小南瓜似乎失去了兴趣,安静了一会儿,突然又莫名其妙地激动起来,问:"姐姐,你还没说呢,你是要跑步吗?"

"我?"她看着自己的跑步鞋,觉得不知道该怎么回答。

好在小南瓜立刻又发现了别的话题:"姐姐,我觉得你长得有点像Maggie Q……"

她没听清:"像谁?"

"Maggie Q 啊,这你都不知道,你太落伍了。"小南瓜显得很轻蔑。

她很不服气,说:"我为什么要知道?"

小南瓜似乎也有点生气,但又马上原谅了她,她说:"姐姐,你看我像谁?"

"你?你像……梁静茹?"她费力地从脑海里拣出一个年轻的名字。

"梁静茹是谁?"小南瓜无辜地眨眼睛。她觉得很崩溃。

"梁静茹,马来西亚的吧,唱歌的。"她回答。

"不知道。算了,告诉你吧,我像 Lord,你也不知道吧,新西兰的,刚拿了金曲奖的……"小南瓜说。

她默默地把啤酒喝光,心知她们无法再继续聊天了,但又觉得不是那么甘心,她希望证明些什么。她突然明白,就连这晚来宽窄巷跑步,其实也不过是为了证明些什么。

小南瓜说:"我男朋友一直说我像她呀,的确很像呀,我觉得。"似乎在怪罪她,这么明显都看不出来。

她只好没脾气地笑了笑,打开娇子烟,抽了第一口,一股甜腻的橘子味儿。她觉得自己快被呛到哭出来了。"白盒娇子,适合你抽。"那个人总是这么说。但这么多年没抽了,她也会不习惯。她曾经觉得他们是适合的,他却不这么想,看来他们在很多事情上都无法一致,也难免会分开。

小南瓜的手机响了,接通之前,她说:"姐姐你别走啊,等我接完电话。"好像她们真的有很多话要说一样。她轻点了下头,算是答应了。后来小南瓜走开去接电话。她看着她手舞足蹈讲电话的样子,觉得电话那头可能正是那个说她长得像新西兰人的男朋友。

那一年他们在这里跑步的时候,两条巷子里,连路灯都罕见,巷子两边青

■ 黑熊怪

■ 014

色的墙面之间，偶尔闪过一扇虚掩的门。一些竹制的茶几和竹椅子，像是被人遗忘一般，永远摆在同一个地方。他们从黑漆漆的窄巷子跑过去，又从宽巷子跑回来，根本就不会累，甚至还有力气在黑暗中拥吻。他们的相见似乎永远在黑暗中，于是现在回想他的样子，她觉得已经不是太记得了。她能想起来的唯一一次，他们在大白天见面，是那一年母亲婚礼当天。母亲第三次结婚，却依然大事操办。她在母亲的婚礼上喝多了些，中途从酒席上逃了出来，给他打电话。但她没在电话里说那些事，那个卖玻璃的商人在跟母亲结婚的前一天晚上还骚扰母亲的女儿，假装梦游，站在她面前露出阳具。那样的时候，她不知道自己还能给谁打电话，她说你快来，我一定要见你。他说宝贝，我在开会。他来成都是出差，顺便陪她回成都，参加她母亲的婚礼。她哭了。然后他真的马上来了。他们站在酒店外的一棵泡桐树底下，像两个准备开战的角斗士。她觉得自己马上会死掉，她最受不了婚礼这种事，何况还是自己母亲的婚礼。他说，你喝多了。她知道他只是在逃避，他不想谈论婚礼的事情。母亲穿着大红的旗袍正好走出来，看见了他们，什么话也没说。一次难堪的见面。然后母亲知道了，他也是从北京来的。母亲招呼他们进去敬酒，但他们都没动。她似乎还有力气冲母亲吼着什么，一些不合适的怨言，她没说那些梦游的事，那其实都是没必要的。

现在，他如果知道她一个人来现在的宽窄巷跑步，会怎么想？或许他只是会笑笑，暗示她的无知。他们只应该在黑暗中牵手跑步，现在，这个明晃晃的地方不属于他们了。他永远比她理智，想问题比她多几个层面。他也永远比她跑得快，如果他不等等她，她不可能追上他的。而她很早之前，也就不再追了。

"姐姐,你在想什么呢?"小南瓜不知道什么时候已经打完了电话,又坐回她旁边。

"没想什么。"她说,"男朋友的电话?"

小南瓜羞涩起来:"是的,他每天这个时候都给我打电话,不然就活不下去。"

"真好!"她觉得这是这个夜晚自己讲得最真诚的一句话。她从前也是这样,在每天一个固定的时间,等他打来电话。他不愿意她主动打电话过去,她只能等他的电话。后来,电话也少了,最终干脆没了联络。当时为什么还为哪天没有打电话这样的事斤斤计较呢,如果早知道会是现在这样的话?

"他对我特别好!"小南瓜似乎还嫌不满意,"不过,我不喜欢他开车的时候给我打电话,不安全。他开路虎,姐姐,那车太大了,我老觉得会蹭到旁边的车,我每次上车都要跳上去,真的,是跳上去,但是他说没事,说大车才安全……"

她不明白小南瓜为什么会有一个开路虎车的男朋友。但她不想问。

小南瓜大概也感到说漏了嘴,突然又不说了。

她没劲地笑着,心想自己还没必要为一个陌生的女孩操心。何况她早就对小南瓜说过,"什么事都是很平常的"。只是她当时不知道,她以为自己是不平常的那一个,就像小南瓜现在一样,兴高采烈地生活着,以为世界终将为自己网开一面。但事实相反,世界会一面一面地把窗户都关起来,终于有一天,你会发现自己再也出不去了。

她带着一种幸灾乐祸的神情看着小南瓜。商铺的霓虹灯在小南瓜绸缎一

■ 黑熊怪

■ 016

般光亮的黑色短发上,洒下一些斑驳的色块,像头发上的彩色泡沫。只是,没人会发现这些的,除非像她一样,坐得离小南瓜那么近,才能看见她头发上五颜六色的诡异光晕。她不知道小南瓜是否看出了此刻自己眼神里的东西,那略微有些阴暗的东西,就像眼睁睁看着什么东西在眼前碎掉,没有惋惜和遗憾,因为那本就是不属于你的。

她问小南瓜:"你男朋友是你的同学?"她没期待得到肯定的答案。她想自己不是个善良的女人,有窥探的好奇。就像当年,她急于了解那个人的一切,动用了各种不堪的手段,宛如完成一项精密设计的工程,她从未如此投入。她的确获悉了一切,通过录音,还有拷贝他电脑里的文档。而这些东西却背离了她,她希望它们能永远把他留在她身边,但是没有。从古到今,愿望与事实本身,简直是毫不相干的两码事——她用这句话打发了在监狱的那一年时间,倒也过得很快。

"不是的,"小南瓜轻巧地答道,"姐姐,我只告诉你,这是个秘密。"

她握着啤酒的手微微用力,一种难以抑制的激动,像电流一般击中她的手。果然是个秘密,其实她一开始就知道,经历了那些事,她早就有了足够的敏锐,还有直觉。女人依赖着直觉,甚至盲目崇拜。当初就是直觉告诉她,他有事,她才想方设法去证明。那时她太年轻,喜欢让一切都清晰可辨。但现在她已经不这样了,从入狱的那天开始。她告诉狱友,她被男朋友亲手送到这里来的,罪名是敲诈。这不奇怪,他有这个权利。她们都同情她,但又鄙视她。她们看她的眼神里,总显出她是那种为情所困的傻帽婊子。她不管她们,随它去吧。她开始让一切都混沌起来,反正只有一年。她自己很清楚,她没有敲诈过他,她不可能敲诈他,她那么爱他,只是,她从来没说过这个。

"我跟谁说去啊?你不想说就不说。"她这样说着,其实她知道,小南瓜终究会说的,小南瓜的秘密,这世界上的所有秘密,都必将被揭穿,被说给什么人听,然后才成立,根本就不存在永不公开的秘密。当然,也一定会有人为那些揭穿的秘密付出代价。

"他是我同学的爸爸。"

"哦,年纪很大嘛。"

"这不重要。"小南瓜严肃起来,"我只是想让自己开心一点儿。"

"哦。"她沉默着,感到小南瓜的话根本无法反驳。

"我,活不长。"小南瓜小声嘀咕。

"什么意思?"

"我会死。"

"人都会死。"她母亲的前两任丈夫都死掉了,第三任丈夫没有死,但也是会死的。玻璃人不想死,才会去修炼。

"有个东西长在我这里。"小南瓜指着自己肚子上一个什么地方。她不知道那是哪个器官的位置,胃?肝?"这个东西还在长,就这样。"

她没有说话。她想,如果一个陌生女孩告诉你她随时会死掉,你该说些什么呢?

"我不骗你。"小南瓜认真地说。

她点头,轻声说:"我知道。"然后,她不知道自己怎么回事,说,"我坐了一年牢。"

■ 黑熊怪

"姐姐,"小南瓜的声音听起来有些内疚,"你知道,你不用说这些的,我们,我是说,我只是想找个人说话。"

"不是的,我真的坐过一年牢。"

"为什么?"小南瓜远远看着咖啡店里面那些年轻人,好像她根本就不认识她的同伴。

"敲诈罪。我男朋友他结婚了,有老婆,我知道。我怕他离开我,我拿着他贪污的证据敲诈他,让他别离开我,哈哈,然后,他把我关进监狱,一年。"她觉得这件事被这样说出来,就是个笑话,说到后面,她真的大笑起来。

"哦,姐姐。"

"不,没关系的,真的,我出来好几年了,没事了,本来就没事嘛。"她说,然后又大笑。

"天啊。"小南瓜长出一口气,也没来由地笑起来,"他现在在哪里?"

"在北京。我们没联系了,但是我知道他的所有事。他升职了,在郊区有专门度假的房子;前年他给老婆买了一辆路虎揽胜;他的孩子今年上高中;他胖了几斤,他不是胖子,虽然他每周一、三、五晚上九点都去健身房跑步。我还知道,他现在有两个女朋友,一个在广播学院,上大三;另外一个是个什么肚皮舞教练。他给她们在新天地买礼物,一模一样的两条项链。他带老婆在国贸吃饭,过结婚纪念日。我知道他的所有事,我跟踪他,调查他,不为什么,就是想。"她一口气说完,好像在说自己的事,这些年,她的时间和事业,都被她一股脑儿告诉了小南瓜——一个年轻的、有秘密的、活不长的孩子。

小南瓜似乎被吓住了。她看见小南瓜的嘴一开一合,像溺水的人在水里拼命呼吸,然后小南瓜终于讲出这样的话:"都是真的?"

"都是真的,"她轻松地说,"你是不是觉得我是个疯子?我自己都觉得我是疯子。但是我没办法,我从十八岁开始,就为着这些事忙来忙去,我不知道还有别的什么事、别的什么人可以让我感兴趣。十八岁,你还不够十八岁呢,你没法了解十八岁的时候做的事情,很容易就成习惯了。"

小南瓜似乎在流泪。她看着小南瓜点烟,那一刻她决心忽略她的眼泪。

"说出来好多了,不是吗?"她说。

"姐姐。"小南瓜叫着。

"我是说,你的秘密,男朋友,还有快死了,这些事说出来是不是好多了?"

"是的,我想……是的。"小南瓜回答,一边踩灭了烟头。

"小南瓜,你怎么又抽烟了?"一个高大的男孩突然出现在她们面前。男孩的衣服上有一个巨大的阿童木,跟小南瓜衣服上的阿童木一模一样,是情侣装。她正好看见男孩衣服上,阿童木高举着一只手臂,是预备一冲上天的姿势。

小南瓜抱歉地对男孩笑着,又下意识地低头抹眼泪,把头抵在男孩身上那个阿童木上,像是刚刚长跑了一场。男孩抱着小南瓜,轻拍着她的背,眼神透露出不解。后来,她看着他们牵着手——两个阿童木高举的胳臂碰到一起,像是两颗彗星要火并——往咖啡馆去了。

她也准备回去了,站起来的时候,男孩又静悄悄地突然出现了,他面孔雪白,皮肤几乎透明,像一个玻璃做的娃娃。他用稚嫩的声音说:"对不起,姐姐,我刚才不礼貌,我女朋友,她不能抽烟,她生病了。"

"生病了?"她假装惊讶。

"是的,挺严重的,抑郁症,老是幻想没来由的事情。不过没事,我们陪她出来玩。"

"哦,这样,我不知道,是我不好,那……你们好好玩。"她觉得有点头晕。

"姐姐再见!"他几乎蹦跳着走开。

她又叫住他:"喂,你开路虎吗?"

"什么路虎?"他问,不知道是没听清,还是没听懂。

"算了,没事,再见啊!"她一边说着,一边挤进人群里。

走出窄巷子后,她继续往南,往宽巷子的方向走去。人渐渐少了,她不自觉地越走越快,到后来几乎是跑起来。然后,就有风了,四川盆地的风,只在你奔跑的时候才翩翩而至。在右转进入宽巷子东口的时候,她突然想起来,小南瓜在这个时候走出咖啡馆,不是为抽烟,也不是为聊天,她只是在等一个电话,一个不被提及的电话,一个每天固定时间打来的电话,或者,那根本就是一个不存在的电话。但是,女人们总是要靠这些不存在的东西过活的,不是吗?就像母亲仍然相信加入邪教的玻璃人会回来,她仍然相信自己与那个人生活中的一切都有关一样。她把所有的时间都用来琢磨这些事情了,其实,都是不必要的,只是从来没人告诉过她。她多么希望十八岁的时候,有人这样告诉过她。于是,她仇恨着那个十八岁的自己,化浓妆,穿半透明的长裙,羡慕其他女孩的长睫毛、细腰和名牌化妆品,为这些根本留不住的东西,牵肠挂肚。

宽巷子的景象仍是灯火明亮、人潮涌动,一切都和窄巷子没什么不同。她停下脚步,慢慢地从人群中挤出一条路来。她全身都开始发烫,一些汗水粘住了额头的头发。在一片晃动的光影中,她看见了过去的自己,在这条夜晚的巷子里跑步。那个跑步的身影,那是她最喜欢的自己,利落的装扮、脸上的粉红颜色、加速的心跳,这所有的一切,让她误以为自己无往而不胜,以为再没什么力量可以阻碍她穿越沉淀已久的黑暗,抵达那个终将出现的出口。

她回家的时候,母亲仍在沙发上看电视,一部古装电视剧,对白里的"老爷""娘娘"一声声传来。母亲眼巴巴地看她慢吞吞地换鞋,像是很希望她能说些什么。

她坐在另一侧的沙发上,没有看母亲一眼,她觉得疲惫不堪,一句话也不想说。

"跑步去了?"母亲问。

"嗯,"她点头,又说,"只是跑步,我没见那个人。"

"什么?"

"我们早分手了,我知道,那一年我总是趁跑步的时候去见他,但现在不会了,我们早分开了,他在北京,还有,他本来就有老婆。"她一口气说完。其实她知道,这些事母亲早都知道。

"我知道,我也没觉得你是去见他了。"母亲似乎在为自己解释。

"嗯。"她一下觉得所有话都说完了。

"我真的只是以为你去跑步了。"母亲又毫无必要地说了一句。

她没答话,而是慢慢地掏出烟来,是白盒的娇子,又慢慢地点燃,像进行着

■ 黑熊怪

一种古怪的仪式。"有玻璃人的消息吗?"她第一次主动问母亲玻璃人的事。而母亲也几乎快要哭出来了,她听见母亲仓促地答着:"没有,要有他的消息,就不会叫你回来了。"母亲又说,"你抽烟多久了?"

"二十年。"她平静地答道,她刚刚认真算过,的确是二十年。

"哦。"母亲只是平静地哦了一声,看她把烟灰掸进茶几上的一只茶杯里。

又过了一会儿,仿佛只是为了打破这难堪的沉默,她听见母亲说:"少抽点,对身体不好。"

她觉得如释重负,似乎一整个夜晚的紧张和努力,不过是为了等来这样一句话——她刚刚也是这样说的,对小南瓜。

"我明天陪你去医院。"她把抽了一半的烟扔进茶杯,茶杯里还有些水,烟头在茶杯里熄灭,发出噗的一声,"还有,别想他了,他不会回来了;我也不想他了,他不会回来了。"

"嗯,好。"母亲慢吞吞地答话,开始专注地看电视剧,正是武打场面,母亲喜欢看武打戏。她看着母亲,这个女人在她刻意的忽略中,变得前所未有的脆弱而苍老。她不知道母亲和玻璃人曾经的生活,但她能想象出来,母亲如何低声下气地对他讲话,那个不允许别人高声说话的男人。母亲一辈子都没有工作过,她的工作就是不断地找一个能养活自己的丈夫,然后用各种方式讨好他们。

"你不知道,他说我克夫,我克死了两个丈夫,所以他才走了,去修炼,都怪我,现在,我自己也遭了报应了。"母亲幽怨地说。

她从来没听母亲说过这个。"嗯,你没告诉我这个。"她假装很轻松的样子,"没事,他修炼好了,就会回来的。"她想,母亲和自己一样,她们不过都是需要一些虚假的承诺和希望而已,现在,她们能给彼此的,其实,也只有这个了。

"他们经常做这样的手术,是吗?"她又说,尽力让自己的声音听起来足够平静,尽管她其实一点也不知道该怎么应付明天的事,陪母亲去做手术,一个小手术。她没有做过手术,连医院都少去,但母亲让她回来,母亲说没人陪自己去做手术了,除了她。母亲有三任丈夫,只有她一个女儿,她曾经坚信母亲把所有时间都花在男人们身上了,她也是,所以母亲连一句话也不舍得对她讲。比如:"没什么事是大不了的。""没什么事是过不去的。""我们不都是这样过来的吗?"

"是的,子宫肌瘤,不算大手术。"母亲的声音听起来有些犹豫,或许是胆怯,她从来没有听出过的胆怯。

"我想也是,很平常的,没什么大不了,是吗?"她说。

"是的,没什么大不了。"母亲停了很久,才慢慢地重复着她的话。

■ 黑熊怪

■ 024

■ 移　栽

应天在电话里说了很多次，有空聚聚。乔远并不当真，在北京，所有人都这样说，所有人也都不信。在艺术区入住半年以后，乔远还是没见到应天，哪怕距应天的住处不过二十分钟的步行距离。没想到这天，应天真的出现了。在乔远工作室院门外，应天站成一只海星的样子，两手平摊，像要隔着一米多高的矮墙，与乔远来一个久别重逢式的拥抱。

那时的乔远工作室，还不是后来整饬过的样子。矮墙围出长宽各六米的小院，半是泥地，半是水泥地。泥地基本荒芜，陈年的草根和垃圾掺在一起，没人有勇气踩进去。水泥地面，刚好够停一辆小汽车，尽管乔远总是把脏兮兮的看不出颜色的桑塔纳停在院外的路上。矮墙是上任房主用红砖垒出来的，那个失败的雕塑家根本不屑于砌墙这种事，于是始终有砖块从墙面上拱出来。从任何角度看去那墙都不是直的，而像调皮的孩子故意搭歪掉的积木。在艺术区，总是会有这种七拱八翘、让人疑心随时会倒掉的东西，于是所有人也不以为奇，他们习惯了这种风格，就像习惯艺术区突然冒出来的奇怪雕塑一样：丰乳肥臀的女人、身着性感短裙和高跟鞋的睫毛很长的猪，或者趴在房顶长翅膀的裸体男人,有一年大雪后一夜间出现的雪人长着骷髅的头骨……后来这都不过成为讨好游客的东西。人们搂着性感的猪留影,以为它们是真正的艺术区明星。矮墙正对工作室的位置,留有院门,也只有半人高。门其实是块没有上漆的木板,从不上锁。铁丝弯成简易的门闩,也像随时会掉下来。

"你小子,终于来了!"应天夸张地喊道,热情得像这里的主人。这让乔远觉得自己如不立刻投入他的怀抱,便是对这种热情的辜负。但乔远迟疑着,无法动身。

在他们同窗的大学四年(准确说是三年)里,应天总是语不惊人死不休的那个,他认为乔远很多时候都放不开。"这对你不是好事,你知道,艺术家总需要一点点的……疯狂……"应天曾这样说乔远,他把最后两个字神秘地说出来,像在耳语一些惊人的秘密。乔远始终觉得应天看不起自己,因为在两人所有的合作作品中,那些奇思妙想都是从应天的方脑袋里冒出来的,虽然最终完成那些古怪的行为艺术、玩笑一样的装置作品,或者仅仅是一幅模仿结构主义风格的极简油画的,其实都是乔远。应天相信,这是有成效的合作,就像他们在艺术学院舞会和酒吧里,默契合作以讨好那些学过色彩和搭配的女孩一样。她们基本都是同一类女孩,并不真的漂亮,却令男人们一见难忘。她们把印象派那些理论都实践在自己身上,丝巾从不绑在脖子上而是系在腰上或者头上,戒指永远不会戴在手指上,而出现在颈上或者耳朵上,还有姑娘把戒指穿在肚脐上,低腰裤上一寸的地方,总是像明晃晃的星星一样闪着光。乔远不太明白她们的生活,也始终没有在她们不同比例的身体上建立起男性的自信,这让他整个大学时代都显得沉闷、惶惑,或者还有一些自卑,因为他身边总有一个应

■ 黑熊怪

■ 026

天作为对照。应天好像总能让她们觉得,男人们的世界是如此有趣,所以要迅速在咖啡厅或者酒吧各种昏暗的灯光里投怀送抱。

"我的天,你这里,也太不像样了,我看,我们得弄一下……"应天放下手臂,两手插在裤子口袋里,打量着简陋的院落,看上去有种救世主的自信。他从前也这样说,在每一个难挨的白天过去的时候,说:"我们得弄一下。"他这样暗示乔远,他们该去找女孩了。应天这样说的时候,总让乔远觉得应天会把所有问题都解决掉,那些麻烦事都会包在他应天身上,然后乔远也有了勇气,可以和那些新来的学妹说一些古怪、肉麻的话。

乔远回过神来,拉开那临时的木板门,让应天进来。"刚搬进来,好多地方没来得及收拾。"乔远说。

应天还是四处打量,像经纪人打量着刚出道的小明星,在心里暗自估量对方是否会有远大的美好前程。这让乔远不安,他不喜欢应天评判一切的目光。他们这几年并不常见,于是也失去了学生时代的坦诚,显出客气和生分。应天很早就入住了艺术区,是这里最早的住户。乔远曾经去他的住处看过几次,和普通的单元楼没有太多区别,那也是很久以前的事了。每一次,应天都会嘲笑乔远任职的工科学院,他把理工科男生说成各种笑话和段子的主人公,然后用这样的方式鼓动乔远来艺术区:"来吧,我们得弄一下。"他轻巧地描绘着一种生活,仿佛当年在咖啡厅对那些女孩描绘爱情的语调。应天没有工作室,因为他不打算画画。乔远问缘故,并认为艺术学院美术系的学生在艺术区理所当然应该画画。但当时,应天只是诡异地谈起一些含金量很高的名字,暗示自己正在为那些闪光的艺术而忙碌——他可以把任何事情都说得委婉、神秘,仿佛不可告人的天机,而如果乔远再多问两句,便会显得愚蠢,或者不明事理。

应天大概这时看见了娜娜。乔远回过头,看见娜娜穿着青蓝色的长袍——她喜欢在自己身上披挂各种古怪的衣服,踩在工作室金属的门槛上,懵懂地看着他们。应天冲娜娜喊:"美女!你好!"乔远认为他根本不需要那么大声。

娜娜表情严肃,没有应答。这与她平时不太一样。她面对陌生人时,会有短暂的胆怯,像孩子第一次看见远房亲戚的反应。但乔远知道,她会很快跟所有人熟络起来,她并不真正害怕所有人,而初见的严肃,可能也是因为她相信:反正会立刻熟悉,所以怠慢一下又何妨?这也许是她跟乔远真正的区别,那些她擅长的事,也是让乔远紧张的事。

事实也是这样。在三人去草场地村吃饭的路上,娜娜已经会在应天说完每句话后,咯咯大笑,像艺术学院那些女孩一样。她走在他们中间,那么轻松自如,别人会相信他们三人是每天都待在一起的伙伴。

这是一段有年头的路,机场高速建成前,所有车辆都必须在这条两车道的马路慢吞吞地等过十几个红绿灯后,才能到机场。但现在,这里不常有汽车经过,除非那些希望躲过高速通行费的农用皮卡。于是他们可以并排而行,在最适宜的北京秋天的黄昏。一公里以后,从五环的桥洞下穿过——那里总会有尿液的臊味,他们会到草场地村。

应天提出,他们应该去草场地吃晚饭。不过隔着一条五环,但草场地和艺术区大不一样,草场地村民的房子都被租出去开了餐馆,在曲折拥挤的小路两

■ 黑熊怪

■ 028

旁,他们可以找到全国任何一个省的美食。

乔远一路上都没说什么话,他一直在留意娜娜,希望她不要说出一些外行或者幼稚的话。她现在是他的女孩,尽管他们从没有认真明确过这一点,但应天会这样想,他也许已经在心里有了这样的想法:乔远这小子,终于来了艺术区,但他还有一个姑娘,这太奇怪了,他怎么可以有这样一个活泼的长腿姑娘?而且没有他应天的帮助。

好在他们始终在说一些无关艺术的话,而那些话听来也无关爱情。

"乔远说过你,但是你知道的,他一直说的是,阴天,哈哈,阴天……"这是娜娜在说。

应天说:"我知道。他以前合唱,'横断山,路难行'……哦,那太难了,麦克刚好在他嘴边,于是所有人都听的是,'很段三,路兰信'……"应天唱了出来,模仿乔远的口音。

娜娜笑得更开心了。乔远一边躲过娜娜张牙舞爪的手臂,一边假装这也是件很好笑的事。他希望自己已经对很多年前的那次合唱不在意了,但他发现娜娜的存在让这变得困难。

娜娜抹着眼睛,她可能已经笑出了眼泪,她说:"哦,是的,是的,我一直在想,怎么会有这么奇怪的名字。阴天,我还以为是个艺名,艺术家果然要有不一样的名字,因为他说,你们还有一个同学,叫秦天、阴天、晴天……"

应天大笑起来。一辆皮卡车正好吐着黑烟经过,乔远阴暗地想,应天可以把那黑烟都吞进去,然后他就再也没法揭穿乔远学生时代那些不堪了。这很像一种不好的开始,在他刚刚以为自己要痊愈的时候,那些陈年疮口被揭开,脓液漫延、再度感染。那是他最害怕的事。他本科毕业又读了研究生，已经让所有同学困惑。那些同学们，那时都已如鱼得水般自由翻滚在北京的汪洋里。接着读书，这听起来是最无奈和无趣的事。后来他研究生毕业，在一所理工科学院任教，教美术选修课，所有同学反倒不再诧异了。大概他们觉得，这不过就是乔远这样的人会干的事。他就应该这样，按部就班，过一种被所有人看穿的生活。他们不认为在乔远身上会发生什么精彩的意外。现在，乔远来了艺术区，这对所有人的预期都是一种伤害。应天可以在艺术区，和艺术家名流们交游，游刃有余地谈论尤伦思新近的展览或者近期拍卖会的热门拍品，身边围绕着模特身段、天使面容的姑娘，手上把玩着泰国的佛珠或者印尼的沉香……但这不应该是乔远的生活。应天当然也会这么理解，他可以理解当初那个在女孩面前手心出汗的乔远，可以理解在艺术学院的舞会上摔倒的可怜虫，他可能还无法理解在艺术区开画展的乔远。

娜娜不会了解这些。她青蓝色的长袍，被秋风吹动，露出娇小嶙峋的骨骼，就像这条过气的马路两旁那些新栽的树苗，纤细的枝条有固执的造型。更远处那些大树，黄叶已经落下，暗示在不久后即将降临的漫长寒冬。地上星星点点的枯叶，都像是对骄傲的、裸露的树苗一种幸灾乐祸的提醒——它们可能来自顺义或平谷的某温室大棚，它们无从得知自己在外面的世界将要遭遇的那些东西。他们为什么在秋天种树？乔远想。

大概是娜娜和应天其实也无法找到更多共同话题，在草场地村朝鲜餐馆的矮床上，他们盘腿坐下后，应天还是说起了艺术学院的那些事。乔远疑心这

■ 黑熊怪

■ 030

才是应天的真正目的。他知道,应天在这个无聊的看起来不会有大事发生的日子,从艺术区最南边的单元楼里出发,步行二十分钟,来到乔远位于艺术区最北侧的工作室。这一路上,应天也许都在得意,因为他终于又可以和当年的"小兄弟"乔远一起,再度上演那些一捧一逗的戏码,哪怕乔远已经在艺术区办过画展——这不是容易的事,但是他仍然只是乔远而已,这永远不会改变。

"乔远,你记得你那个'年会'吗?"应天翻着菜单,但他根本没看上面的字,他飞快指点着上面那些冷面、烤肉、辣白菜炒五花肉的图片。他身边站着的,应该是老板娘,细长的眼睛,裙子腰线高到胸脯以上,正飞快地在手中的小本上写着什么。

乔远希望应天可以委婉一些,至少他可以先说说他们完成的那些惊世骇俗的作品、他们在咖啡厅和酒吧里收获的那些美好记忆、他们同窗的那三年时间里消耗掉的那些时光……在娜娜这样的女孩面前。而不是像锋利的拆骨刀,一刀切中肯綮,如此毫不留情。是的,他们在一起的时间,不过三年。大三学年结束后,学院发现应天百分之六十的科目都没有及格,这意味着他必须在乔远毕业后再在艺术学院停留两年时间,和年级更低的学生们一起,完成他必修的学业,至少要通过百分之八十的考试。但应天无法忍受这样的安排。他潇洒地肄业,就像与那些女孩们利落地分手一样,迅速消失,挥挥衣袖,不带走一片云彩。大四一年,是乔远最安静的时光——同学们忙于各寻出路,他等待着成为研究生一年级的新生。乔远在这不被注意的一年里,意识到应天如何毁掉了他的大学时代,他希望自己从来也没有和应天住在一间宿舍,希望自己从来没有被应天半夜里在上铺和不同女孩们亲热时的动静而弄得心烦意乱、持续失眠,他希望应天没有利用过他,把他当成工具。应天见证乔远的失败,像一个明确的证据,而这个证据,现在活生生地盘腿坐在这里。他身旁坐着娜娜,乔远认识不久的女孩。她跪坐着,青蓝色长袍盖住膝盖和脚,像日本女人那样。她对这朝鲜餐馆的一切都感到惊奇,到处看来看去。她说:"这里,就像是他们家的卧室。"他们坐在低矮的床铺上,面前是同样低矮的小桌,身边是大红底色、绿叶图案的被褥……老板夫妇晚上共用的被褥。

乔远也四处打量,装作没有听见应天提到的"年会"。应天已经点完了菜,他一边倒着不锈钢壶里的大麦茶,一边像是自言自语:"你的那个'年会'……去年我见到她了。"

娜娜突然问:"什么'年会'?"像是一刹那发现了比被褥更令她感兴趣的事情。

应天满含深意地笑,并开始倒绿色玻璃瓶里的清酒。乔远飞快地触碰了应天藏在小桌下的腿,尽管他也觉得,这其实没什么用,应天不会理会他的暗示。

"哦,it is a long story(说来话长)……"应天说,故弄玄虚。

乔远对娜娜说:"没什么'年会',都是没意思的事。"但他不知道这样解释是否有用。

"没意思吗?你原来可觉得那很有意思。说真的,挺有意思。"应天说。

"快说吧!急死我了,你们两个。"娜娜可能真着急起来,一口喝光了清酒。乔远不知道她喝酒的时候,原来会像口渴的人喝水一样急切。他看着她,不相信她刚刚喝光了一次性纸杯里的酒。她扯着应天的胳臂,要应天说说"年会"。

她肯定知道,那跟乔远有关,或许是另外一次合唱——就是那种糗事而已,娜娜喜欢这些东西。

"一个女孩。"乔远觉得自己来说也许更好。

"可不只是一个女孩,是一个'年会'。"应天总是要重新解释乔远的话,就像错误的路牌,把娜娜引导到相反的方向。

"啊?一个女孩?怎么是'年会'呢?"娜娜流露出失望的情绪。

"先喝酒,我再说。"应天摆弄着已经端上桌面的装满烤肉、辣白菜的盘子,说道。

乔远先喝。除了喝酒,他觉得其实现在他做不了别的事。放下杯子的时候他朦胧意识到,这不只是一次谁也不当真的"聚聚"。他希望说些别的,那些值得说说的东西,于是他问应天:"最近忙什么?"

应天愣了一下,说:"有些事,你知道,就是一些事。"

娜娜说:"说'年会'!"

乔远搂着娜娜的肩,试图安抚她。这天她突然变得性急起来。但他的胳臂,让跪坐的娜娜歪倒了。这也许令她不自在,她拧巴了一下,挣脱乔远,又给了他一个表示歉意的笑容。乔远猜想,都是因为应天在场,娜娜才拒绝这亲昵的举动。看起来,她正在努力让自己坐直,像倔强的小学生在课堂上的样子。应天两手撑着膝盖,表情坚毅,在考虑着什么重大问题。这是乔远熟悉的表情,预示着马上就会有奇怪的想法从应天的脑袋里诞生。应天长得高大,方形脸泄露他北方人的出身,所以他跟乔远看起来很不一样。

"他最好马上说出来,他要我去做的,那又是什么事?"乔远暗想。

"你听说蒋爷现在的事了吗?"应天说,听起来他们终于开始探讨那些成人的事了。

乔远知道那是什么,蒋爷在筹备艺术区年末最大的装置展。蒋爷是艺术区身价最高的明星,应天在帮他做事,很多人都在给蒋爷做事。

应天说:"我想,你别画画了吧。架上,哦,那有什么前途呢?来帮我做装置,你记得的,你总能理解我的想法,我们来弄一下!"

乔远说:"哦,我想,这不合适。"

"有什么不合适呢?"

"我该想想,让我想想。"乔远像自言自语。

事实上乔远不需要想,他不会让自己回到受应天摆布的时光,但是他无法拒绝应天,他其实很少拒绝,在任何事情上。

应天似乎有些尴尬,他后来一直说着一些无关痛痒的话。窗外暗沉下来,外面的窗台上整齐码放着一瓶瓶的清酒,酒瓶在夜色中有种暗绿色闪光。娜娜始终没说话,大概"装置"或者"架上"对她来说,都是一样无趣的事。女孩们只关注男人本身,而男人们操心的那些东西,也是让她们厌倦的事情。政治、艺术、经济、股票……看起来都是她们的情敌。娜娜昨晚发过脾气,因为她认为洗碗的人不应该总是她。她在艺术区的咖啡厅当服务员,不需要洗碗的那种服务员,所以她和乔远的生活里,她也不需要洗碗。但这不是严重的问题,女孩们的小情绪不过是借题发挥的手段,乔远已经知道怎么应付了。从前他不知道,于是让事情越来越糟糕。最糟糕的,就是那个"年会"。"年会"每年从美国回来一次,他们才能见一面。见面来之不易,却总是不欢而散。她越

■ 黑熊怪

■ 034

来越喜怒无常,因为一些琐碎的事,出租车司机绕路、餐馆上菜太慢、商场结账排队,或者乔远手机里名字花里胡哨的女孩们的电话……都足够让她迁怒于乔远、大发雷霆。他们跨洋的恋情,于是成为应天津津乐道的笑谈。当时在应天看来,那不过是没什么希望的玩笑,可以不必当真。何况,乔远和她从没上过床。这更像一个玩笑。只有乔远这样的人,才会把玩笑当真。

他们已经把一顿饭吃了很长时间。清酒的空瓶子在桌上摆成六角形。乔远自己也不理解,为什么还能听应天说这么多话。

应天后来像要哭起来,他撑着额头,脸垂向桌面。乔远看不出他是不是已经流泪,乔远只能从他激动的嗓音判断。可能是酒精作用,清酒度数不高,却很容易让人喝醉。

应天呢喃着,说他其实很累,因为他做不到,蒋爷的要求太高,他大爷的那些人,只知道为难他,让他做不可能做到的事。

娜娜抚摸着应天的背。"她是个心地善良的姑娘。"乔远想,"所以她还不能看清男人们的伎俩。"他们看起来的样子,与事实本身可以完全不一样。就像昨晚,乔远假装抱怨颈椎的问题,他说长时间作画让他抬不起胳臂,娜娜便忘记了对洗碗的抱怨。他们拥抱着,让对方相信他们彼此相爱,尤其在这样的夜晚。颈椎问题,让这个夜晚显得苦涩、充满磨难,也让洗碗成为最不紧要的事。这样的时候,他们需要相互支持,这样才令人感动。虽然后来还是娜娜,愉快地挽起袖子,把他们不多的几只碗通通洗得发亮。

娜娜皱着眉头看乔远,像是在指责乔远的无动于衷,不是吗?乔远最好的同学、大学三年的同窗,现在看起来正在一个最脆弱的时刻,不管那是因为什么,至少他们,在场的所有人,都应该为他做点什么。

乔远无法向娜娜解释。解释意味着揭穿,这是残忍的事,对他、对应天都是。应天希望乔远能去帮他,他断断续续地表达这样的意思,到后来几乎是恳求的语气。这在他们之间是从未有过的。"我们得弄一下。"以前应天只需要这么说,这句话就像一把钥匙,应天拧动这钥匙,乔远便会让自己开动,像汽车载着沉重的负担,乔远这一路走来并不轻松。

乔远不喜欢娜娜拍在应天背上的手。他让娜娜去再点一些吃的东西。这会是一个漫长的夜晚,他们都需要多吃一点东西。

娜娜赌气一般,把手从应天的背上拿开,似乎意识到乔远的意图,根本不是让她去点菜。应天反而不再抽泣了,大概是意识到这没什么用,无论他说"我们去弄一下",还是假装恳求,如今,乔远都不再听命于他。这是让人沮丧的转变。

乔远叫来老板娘。现在,这个眉眼细长的少妇看起来已经困倦不堪,她正和一个白净的男人歪在房间另一头看电视。她不情愿地走过来,听见乔远说要菜单的时候,才又来了些精神。

大概意识到他们三人已经是这家不大的家庭餐馆这晚最后的客人,乔远有种想要讨好老板娘的愿望,于是他请她推荐:"你们的招牌菜?"

"狗肉火锅。"她眼睛也没抬,低着头说,看着手里的小本。那大概是菜单上最贵的菜。

"那就再来一个,狗肉火锅。"乔远说,他现在是这里的决策者,这真是一种

■ 黑熊怪

不错的感觉。

"什么?"娜娜大叫起来。

"狗肉火锅。"乔远不解地看着她,希望她已经忘记洗碗的事、"年会"的事,所有那些不堪回首的事。

"什么?"

"你干吗?"乔远突然大声,刚刚那种做决定的感觉已经被娜娜破坏。他有些恼怒。他们,所有人,为什么都喜欢质疑他? 他觉得头晕,大概已经醉了,他想。

"不,不能吃狗肉!"娜娜不示弱,她倔强起来的样子也显得可怕。

"我们就点狗肉。"乔远决定不再让步。

"你! 太残忍了……你就是一个残忍的人。"娜娜一边小声说,一边从矮床上挣扎着要站起来,之前她也已经盘腿而坐。起身的动作太快,她又踉跄着跳下矮床,飞快地穿鞋,在乔远根本没有意识到的时候,她已经拉开门跑了出去。

"哦,乔远,你怎么回事?"应天语气平稳地指责他,完全不像刚刚哭过的样子。

乔远和应天后来在五环的桥洞底下才追上娜娜。黝黑的桥洞像恐怖电影的片头,零星划过不知何处的汽车灯光。应天一路都在抱怨乔远,他说:"一个女孩都搞不定,你怎么还跟原来一样?"

乔远没心思理会应天的幸灾乐祸。他觉得只要追上娜娜,便可以不必理会应天的幸灾乐祸。

乔远这时想起，应天刚才正是用这种语气说起"年会"的事的。"那个女孩大一就去美国留学了，所以，他们每年只见一次，年会，哈哈，年会。"

娜娜当时也在笑，就像听见"横断山，路难行"的时候一样地笑，她看起来似乎对乔远多年以前爱着的女孩毫不在意。乔远有种失落，他自己也为此奇怪。

应天又说起那最精彩的一段，他怎么会忘记这一段呢："最后一年，'年会'回北京来，后来他俩吵架了。哦，乔远不会跟女孩打交道，他们每次年会都吵架。那一年吵得特别厉害，大概是'年会'吃醋了，以为乔远在学校乱搞女孩。她真弄错了，乔远怎么会乱搞呢？他没这本事。但他为了证明自己，你知道他干了什么吗？"

"什么？"娜娜微笑着问，鼓励应天说下去。

"他跳进了后海里，大晚上，哈哈，好像是冬天，对，是冬天，圣诞节，美国的学校放假，'年会'才能回北京来。他衣服也没脱，就突然跳了进去！天啊，我们一群人刚才还在说话，转身看见他跳了进去，不过，那地方不深，上面还有一层薄冰，水可能刚到膝盖，但他全身都湿了，他可能不是跳，是扑进去的……"应天做出一个扑倒的动作。

娜娜咯咯笑起来，好像那真的很好笑。"后来呢？"她问。

"后来，还有后来吗？没有后来了，后来'年会'走了，年会没有了。"

"你说你去年还见过她？"娜娜问。

应天突然想起什么，说："是啊，去年她嫁了个美国老头，也是搞艺术的。小骚货，现在更骚了，我问她记不记得'年会'……"

■ 黑熊怪

乔远终于听不下去,打断应天:"别说了……"

"你不想听吗?你很想听,我知道你很想听。她说记得,当然记得,不过,只记得他跳进后海的事儿。"

娜娜表情严肃起来,没有再问。

失去听众的应天大约也觉得尴尬,于是对乔远说:"不过,你们当时真厉害,每年就见一次,我们都挺佩服的!"这不知真假的话让乔远感到意外,应天从没说过佩服他。后来应天凑到乔远耳边,悄声说:"每年见一次,还不上床。"

乔远尴尬地笑,他知道应天不会再说"年会"了,但他也已经打定主意,他不会去给应天帮忙,做那些倒霉的什么装置艺术的事。

这大概是在应天假装哭起来之前。

娜娜蹲在桥洞另一头,靠着一棵新栽的小树。她抱着膝盖看乔远,像在鼓励他把她抱起来。乔远知道,这不过又是一次"洗碗",她并不是真的不能吃狗肉,但乔远不确定那些让她夺门而出的东西到底是什么,是她安慰应天的手吗?

乔远把她扶起来,她很顺从。站起来后,她趴在他肩上,开始小声地哭。乔远拍她的背,就像她刚刚拍应天的背一样。

"好了,宝贝,我们不吃狗肉。"他知道这会管用。

娜娜哭着说:"我们不吃狗肉,那太残忍了,太残忍了……"她全身都软绵绵的,身上的长袍在秋天的夜晚显得过于单薄。她在发抖,也许是太冷,他说:"是的,太残忍了,我们坚决不吃狗肉。"她温顺地紧贴着他,像在告诉他——他的话起作用了。但她还在哭,说:"根本不是狗肉的事。"

他从前不知道哄女孩应该说什么话,仿佛说什么都是错。有一次,"年会"也是这样,趴在他的肩膀上,希望他能带她回宿舍,那也是一个寒凉的夜晚。但是他拒绝了,尽管他也很想。因为宿舍里有应天,还有其他那些人,他不知道怎么让他们"给他一个小时时间",用来办妥那些事。他犹豫着要不要去酒店,但是她已经哭起来,很快又开始发怒,说乔远不过在骗她,又说他总在她不在的时候乱搞……后来,乔远发现自己怎么解释也没有用,于是就跳进了后海里。

应天这时赶了过来,他气喘吁吁地说:"嘿,你们先亲热,我躲远点儿,我去放下水……"说着,他走到五米远的地方,另一棵新栽的树苗前面,开始解裤子拉链。

娜娜嗔怪着别过身去,小巧的身体就像一个赌气的孩子。乔远听见应天在叫他:"嘿……兄弟,要不要也来放水?"娜娜沉默,乔远把这当成她的默许。他的确需要小便,这感觉突然强烈起来。他也跑向了应天身边那棵小树苗,看上去,那棵只有一人高的枯枝一样的树苗已经歪掉了,像随时会倒下来。

他们并排站着小便,以前他们经常这样做,在后海度过一个有趣的夜晚后,再东倒西歪地站在某棵树边上,让两条水柱始终相距十厘米的距离。

娜娜在喊:"你们人恶心了!"应天大笑。乔远觉得他们可能都已经好起来了,这个夜晚那些让人困惑的东西,无论是什么,也许都已经过去了。

"嘿,兄弟,你看,这树,这小东西,多风骚啊……"应天说。乔远没在意,他们都喝醉了。应天又说:"我们把它带回去怎么样?这小东西,我们来弄

■ 黑熊怪

一下!"

应天拉上拉链,要动手去拔那棵小树苗。乔远反应过来,他想偷树。"别弄了,你喝多了!"乔远拨开应天的手。

"喝多了才有意思呢,你看,这小东西!你那院子正缺这样一个可爱的小东西。来吧!兄弟,帮帮忙!我们把它弄回去……"应天已经把树苗拔出来了,乔远能看见球形的树根。

"你干什么?这不行!"乔远喊到。

"你们好了吗?在干吗?"娜娜背对着他们,不知道发生了什么。

应天停了下来,树苗斜插在地上。他紧紧地瞪着乔远,把脸也凑到乔远面前。乔远闻到猛烈的酒味,还有尿液的臊味,应天的脸在路灯微弱的光照下显得陌生。

应天狠狠地、低声地说:"你他妈这也说不行那也说不行,你告诉我,什么行?啊?女人吗?还是什么?我睡了她,'年会',去年,你知道吗?你没睡过她……"

"滚开!"乔远喊。

"你要干吗?"应天还是低声说。

乔远推开应天,把那棵倾斜的树苗拔起来。那其实已经不需要什么力气了,何况在这样一个夜晚,乔远觉得自己有用不完的力气,他一只手就可以提着一棵树,尽管只是一棵小树苗。

"你拿着什么?天啊,树,你疯了……"娜娜说,听起来带着哭腔。

"哦,美女,艺术家需要一点点的,疯狂……"应天平静地解释,完全不像喝醉的样子,他似乎对这样的事情很满意。在五环边这条不被世界瞩目的路上,他们三人正面对的事情:乔远单手拎着一棵小树,年轻的女孩刚刚闹了出走又哭了一场,而他,终于可以心平气和地为此作出解释,艺术家需要一点点的疯狂的事情。

"乔远,你要把它拿到哪里?"娜娜惊讶地问。

"哦,美女,当然是家里!我们要把这可爱的小东西带回去,这不是很好玩吗?"应天说。

乔远没有理他们,他希望自己可以走得更快一些,把他们远远地甩在身后,但他们却紧紧地跟着他。娜娜后来也不再问问题了,因为乔远顾不上她。他们并排走在他身后,像是两名忠诚的卫士。乔远越走越热,他想如果现在是在后海边上,那璀璨的蛊惑人心的霓虹之下,他也还是会跳下去的——那瞬间冰冻彻骨的感觉,应天永远也不会知道,那到底有多爽。

第二天早晨,乔远被一些奇怪的声响惊醒。

他从床上爬起来,挣扎着把窗帘拨开一条缝。他觉得自己的头,随时都会向地面扎去。

他隐约看见,娜娜拿着一个铁锹,在院子里挖着什么。她穿着乔远的衬衣和裤子,裤子太肥大,在脚腕处打了两个结,头发胡乱地扎起来。这装扮让她看上去老了十岁。

乔远开始回想昨晚发生的事情。他好像做了一些什么肯定会让自己后悔的事。哦,天啊,喝醉了,偷了一棵树回来。这意识突然让他清醒。他随便抓

■ 黑熊怪

了件衣服。可能还是昨晚那件衬衣,有难闻的酒气。他暂时顾不上那么多。他来到院子里才终于明白,娜娜想把那棵树苗在院子里种起来。她不会用铁锹,院子里泥土地面的这一半,现在还只有一个浅浅的坑。她似乎对自己不满,用力地铲着土,把自己的体重全部都压在铁锹上。

"我来吧。"乔远走过去,想去帮她。她回过头,脸上亮晶晶的,不知道是汗水还是泪水,在早晨的阳光下,隔外醒目。这是乔远见过她最狼狈的样子。

"娜娜,对不起。"乔远不知道自己是在为什么事情道歉,但他下意识地说着对不起。他接过铁锹,疑惑着自己的工作室怎么会有一把铁锹。

娜娜好像看出他在想什么,说:"找门房老李借的,铁锹。我想,它会死的,那太残忍……我们得把它种在这里,不然它会死的。"

那是一个晴天。乔远记得很清楚,他在工作室的院子里种下一棵树。他以前从没这样想过,要在院子里种点什么东西,但是他的确这样做了。此外,他又清理了泥地里那些荒草和垃圾,用五个黑色大垃圾袋装起来扔掉。这耗费了他几天的时间,但他和娜娜后来认为,这都是值得的。他们还计划着,在院子里他们还能做些什么。后来他们一件一件地将这些想法都付诸实践。在小树苗的旁边,放上木头茶几,一张旧沙发,茶几上铺上花格子的桌布,摆上烟灰缸和茶盘。娜娜还想在春天的时候,在院子里种一些蔬菜。另外那一半的水泥地面,或许可以时常清扫、用水冲洗,在夏天的夜晚拉上彩灯,用不锈钢的炉子做烧烤。可能还需要接上电线,这样院子里也可以用音响放音乐了。

应天也只是隔很长一段时间,才来乔远的工作室一趟。每一次,他看起来都不太一样,他的生活总是像魔方一样迅速变化。有一次,他打量着那棵树,那树竟然活了下来。这已经是个奇迹了,但应天似乎完全想不起来跟这棵树有关的那些事了。他疑惑地问:"哦?这个小东西还挺可爱的嘛,什么时候有的?"

乔远没有回答他。移栽这棵树的事,他们最好都不要再提,无论是娜娜,还是应天。那个奇怪的夜晚,已经过去很长时间了,乔远已经知道,很多事只能过去,不要回头。

有一天,大概已经是春天的时候了,娜娜惊奇地告诉乔远,那棵树一夜间长出了好多小芽!

他搂着娜娜,他们都站在工作室金属的门槛上。娜娜喜欢这样,站在门槛上来回晃动,像个孩子,假装站不稳。他说,真想不到,还以为它会死呢!

这时,娜娜说:"我不想再听见年会的事了。"

乔远愣了一下。其实他是想了一会儿,才反应过来娜娜说的"年会"指的是什么。

娜娜说:"那其实跟我没什么关系,是吧?"

乔远说:"是的,没什么关系。"

■ 黑熊怪

■ 044

■ 跳　绳

　　向妈妈要来艺术区的消息,是乔远最先告诉大家的。他本来以为,那会是一个十分郑重的场合。但后来时间紧迫,向妈妈的火车第二天就要到北京了——她现在应该正在长途列车的车厢里,辗转难眠。乔远也就没有太多选择了。

　　这天晚上,他把大家都召集到自己的工作室,宣布向妈妈第二天就要到了。他希望至少自己的语气,还是郑重的。虽然眼前这些人,都昏昏欲睡,打不起精神来——这些天,他们都过得不太容易。当然,最不容易的一定是向妈妈了。她在电话里讲,一直睡不着。谁能不失眠呢,出了这样的事之后。

　　其实,所有人对向妈妈的出现都有心理准备,只是这里没有人见过她。如果她的儿子小向还在的话,事情会容易些。这些年,艺术区时常都会有亲友们从各地来造访。他们分享亲友相见的喜悦,让彼此的交往维系在一个热情而合适的分寸。但小向,现在已经不在了。当然,如果小向还在,向妈妈也不会千里迢迢从舟山到北京来的,那需要坐一天一夜的火车。

　　小向此前也很少说起他的家人。他一直有些腼腆,时常心事重重。这样的性格没什么问题,他们在艺术区毕竟已相处多年,小向顶多吝啬了一些,那是因为家境不好,他必须俭省。何况他在艺术区也不算混得很好的,只能斤斤计较着在首都生活的昂贵成本。

"我想,我们得做点什么吧?"乔远迟疑着,小心翼翼地讲出这样的话。但大家都沉默,好像这是个太复杂的问题。乔远感觉自己的寒暄能力根本应付不了这个夜晚的全部谈话。

"有人去接她吗?"火车明天中午到北京站,他们可以查火车时刻表。"我去吧。"乔远说,向妈妈毕竟是先给他打电话的,乔远认为自己负有这样的责任。虽然他和小向在这些年的交往里,也不是格外亲密。

小向似乎没有特别紧密的朋友。他曾经和酋长共用一间工作室,一起生活了几年,后来酋长回了南方老家,小向便一个人住。他有过两个女朋友,但他们都还没弄清小向女朋友的名字,那两个女孩就消失了。如果小向有女朋友,他大概也不会出事。

向妈妈长什么样子?乔远不知道。但他可以写一块牌子,在出站口等她。牌子上写什么呢?他不知道她的名字。可以写小向的名字,也许。但那肯定不合适,像是接小向了,而小向现在在哪里——一个幽灵,能在哪里呢?

乔远最后在牌子上写了"向妈妈"三个字。其实那牌子也只是一张画画的毛边纸,墨汁写的字看上去很一般,写字的时候乔远的手可能发抖了。

"小向的工作室,我们要不要去打扫一下?"有人问。

但立刻就有人反对,说还是等他妈妈来了打扫吧,那些东西怎么处置,只

■　黑熊怪

■　046

有亲人才有发言权啊。其实工作室里已经没剩下什么东西了，也根本不需要"处置"，他们只是不愿再去那里。小向在那间工作室住了五年，然后死在那儿了。

小向出事后，他们倒都去那里看过。这些人在艺术区从未见过那样的恐怖场面。地板上堆满各种画材，没有落脚之地。陈年的颜料干涸了，像腐烂的各色水果挤在一处，散发出也像烂水果一般的恶心气味。但颜料是不会有这样味道的，也许这难闻的气味里还有一些别的东西。"一定是尸体的味道了。"——他们都这样想，但没人说出来。毕竟那是小向啊。

谁也不知道该怎么办。从事发到现在，好在已经过去一段时间了。他们正在日常的生活里平复，享受着终于降临的平和。他们也逐渐淡忘掉当初在小向的工作室见到的那些干裂的油画。每幅画的右下角都有小向亲笔落款，是一个不太圆的向字，中间那个"口"写得很小，宛如萎缩的句号——小向一直在给自己画句号，在每张作品的固定位置。最后，他给自己也画了个句号。但这个终结，也像他的签名一样，不圆满，算个椭圆，最多。

艺术家们当时被这样的问题困扰过——那些油画应该扔掉吗？如果不扔，应该怎么办？他们都一样，把大把的时间都用在类似的事情上，完成一张又一张作品，却并不知道它们有什么意义，但如果没有画出什么来，他们会觉得更没意思。

其实，小向那些油画中的多数，从诞生之日起，就没离开过那间工作室，没有多少人见过它们。它们自生自灭，没有买家，没有观众。有些画被刀子划开了，一道道明显的裂口，龇牙咧嘴，像是作者在毁灭它们时的愤怒表情。

他们那时还见到了小向的收藏品,是一些动漫游戏中的玩具人偶。每一个都只有钥匙扣大小,一律是长腿的美少女,穿着各色带小花边的小一号的比基尼,那种臀部饱满、长发如瀑的假人。乔远曾听说,这些小玩意儿价格不菲,他认为这不像小向的作风,因为他那么节省,从来没办过 party(聚会),没给大家买过酒喝。艺术家们轮流买酒喝,轮到小向的时候,他拿出的是半瓶剩下的白酒,不知道什么时候大家聚会喝剩下的半瓶酒。

有人解释,那些玩偶的确值钱,如果成套的话。只是小向的收藏并不成套。但小向很珍爱它们。那些玩偶在塑料板拼接起来的简易床头柜上摆成了一种别有用心的场景——大胸的玩偶们把乳房骄傲地挤在一处,像绽放的花朵,每只乳房都是骄傲的花瓣。这间工作室曾经被盗过,在早年的一次艺术节期间。艺术节期间固然是人来人往、混乱不堪,但偷盗的事却并不常见,何况偷到小向这里。只是,那小偷一点儿都没挪动小向的收藏。那些大眼睛的小美女躲过一劫,继续安然陪伴着小向,又度过了这么些年,直到小向都离开了,它们却还在。

这不能怪这些艺术家。毕竟,没人擅长处理这样的事,生存与死亡。乔远画国画,作品中最多的就是近似敦煌风格的佛像。画佛像让他心态笃定,自以为可以对很多事情坦然处之,但现实却一次次击穿他伪装出的强悍表象,他还不够强悍,至少在小向出事后的这段时间里,乔远意识到自己其实只是那种脆弱的个体,像一根纤弱的绳索,摇摇晃晃,稍不留意,便断开了。只是现在,他并不为自己的脆弱难为情。他知道,事情总不在人们的掌控之内——这几乎是人们唯一能掌控的,就是没有什么事情可以掌控。

■ 黑熊怪

■ 048

小向曾经向乔远借过五千块钱,为的是交上拖延已久的房租。他们大多拖欠过房租,没人觉得这是大事。后来有人被告上法庭,他们才陆陆续续去把房租补上。小向拖欠房租也不是有意的,他只是没钱。后来乔远知道,小向再也不可能还钱了。这笔不大不小的债务,带给乔远不大不小的折磨,因为他在小向出事的两个星期后,才想起五千块钱的事。

向妈妈对艺术区各种古怪的雕塑都没有表示出惊讶,她第一次来北京,第一次到艺术区,这种稳重倒是十分反常的,显得格外刻意。她一直紧抿着嘴唇,像是故意憋着很多话。她没带行李箱,只拎着两个不大的购物袋,不像出远门的样子。后来她从其中一只袋子里拿出了带鱼,说想分送给艺术家们,因为他们曾经都是"小向的朋友"。可是,他们对小向都了解太少,并不能算是"朋友"。小向总是成为他们欢饮之后那些笑谈的主人公。他们谈不上喜欢他,也没有不喜欢,只是有小向在的时候,他们还可以拿他说笑,气氛便会欢乐。小向对于众人的调侃,总是表现得很愤怒,气氛便更欢乐。但愤怒之后,下次聚会小向总是会出现的,即使没有人想起来要邀请小向。何况,在艺术区发生的这些聚会里,也从来都不存在"邀请"这回事,但他们总能聚到一起来,这或许也算是某种共同的感应。

乔远先替所有人暂时保管这些来自小向家乡舟山的特产,是晒干的带鱼,仍有强烈的海腥气。同样出自大海的那些鲜活的鱼虾,是不可能带上开往北京的那趟耗时 25 个小时的火车的。乔远不喜欢带鱼,从没见过这种食物烹饪前失去水分、干瘪丑陋的样子——从新鲜的生命到失去所有水分,变得容易保存和携带,需要晒几天呢?

　　小向的尸体被发现的时候,已经是死掉几天后了。就算那时天气已经转凉,尸体也很难看。蛆虫已经滋生,苍蝇在之间狂欢。大约北京干燥的天气也帮了些忙,如果在小向家乡的海边,潮湿的空气里,他的尸体会更快腐败,变成比海腥气更难闻的一堆腐殖质。

　　从火车站回艺术区的一路上,向妈妈都避而不谈小向。于是乔远也只好谨慎地避免提到他,尽管那其实是他们之间唯一能谈的东西了。这样便无话。他不敢去看向妈妈的脸,那张脸上有太多小向的影子——一个比小向更瘦弱、更不堪一击的小向。

　　乔远紧盯着汽车前挡风玻璃,上面灰蒙蒙一片,用雨刷也刷不掉,灰色反而变得更深重了。或许是天色更灰暗了,这是初冬时节。

　　向妈妈说早想来北京了,但是走不开,家里的活计太多,小向的爸爸又不能走动——他去年被水里的某种东西咬了,又没及时处理,伤口吸了海水,胀大了,都撑破了裤子,远远看去就像一只脚踩进圆桶里。伤口腐败了,一直没好。现在,他左腿踝骨到膝盖之间的肌肉,全都坏死了。再然后,是今年的休渔期开始了,向妈妈才终于来了北京。她又说北京好冷,舟山还穿单衣呢。

　　乔远想问问小向的丧事,那大概已经过去两个月了。艺术家们本来还说过,大家一起去一趟舟山吧,去参加小向的丧事。但没人出面组织,小向的亲属也没有告诉过他们葬礼的具体日子。何况每个人心里,也许都有一万个理由让自己脱不开身,有人或多或少还提起小向的吝啬,偶尔几乎到了厚颜无耻

■ 黑熊怪

的地步，但随后又有人说："这么个人，就这么没了。"

到现在，他们这些人谁也没有去舟山。九月过去了，十月也过去了，艺术区进入繁忙的收获时节。那些喜庆开幕的展览和新近开张的艺术品商店，让日子变得丰富又急促。这种当下的丰富，更容易占据人们的精力，而小向，毕竟已经过去了。只在那些夜晚胡乱喝下各种酒的时候，他们会因为沉闷而感到气氛古怪。渐渐地，他们终于告别了北京的秋天。十一月初，北京早早下了这年的第一场大雪，秋天就这样来去匆匆，像小向一样，急不可待地向肃杀的寒冬让步了。

向妈妈说了些感谢的话，声音和她在电话里一样，口音很重。那时乔远还没有习惯她的口音，他勉强分辨出来，她是感谢乔远来火车站接她，听起来很是客气和意外。

不过后来，她开始说别的。乔远也逐渐能听明白她的话了。她说自己从火车上下来，差点找不到出口。想不到这里人那么多，多到她都找不到自己的儿子了。不对。她这才想起，儿子已经不在了。儿子在舟山的海里，海葬了。她一夜没睡，这当然是可能产生幻觉的。她的儿子在北京生活了九年。前四年，上大学，寒暑假的时候，还回家。她就给他带上一大包干鱼、干虾。他最喜欢那种最小的、最咸的鱼干。后五年，他在画画，当画家了，但再也没有回过家，因为儿子没了寒暑假。

向妈妈只以为小向是猝死的。没人告诉她小向真正的死因。

或许也算自杀吧，因为没有人该为他的死亡承担责任，除了他自己。但这肯定不会是小向的本意。自杀的人怎么会是小向呢？他是那么善于忍耐，总是可以为自己的各种不得已和窘迫找到借口，然后让自己解脱。比如家境不好，比如画商的眼光都有问题，或者女孩们都是爱慕虚荣和物质的……反正，小向生活窘迫，也没有爱情，他的画始终没有像他自己希望的那样，被某个眼光独到又财大气粗的画廊看中……而这些问题，自然都不是因为小向自身的原因。

他们对小向的了解，在小向的尸体被发现的那一刻，就变得单薄，至少不那么可信了。艺术区所有人那时都通过各种途径，迅速知道了小向那特殊的癖好。这样的消息总是流传得极快。

在小向的死因还未被公安机关完全确认的时候，应天和乔远讨论过，应天说："肯定不是上吊啊，因为他在床上躺着，绳索在脖子上套着。上吊的话，得找个地方把自己挂起来。"

"会不会是没地方捆绳子，所以把自己勒死了？"乔远问，但他又立刻自我解释道，"不可能，人不能勒死自己，就像人不能抓着自己的头发把自己提起来一样。"就是这样一个人，活着的时候让大家开开心心地玩笑，年纪轻轻又选了这样一个玩笑般的死法，搞得扑朔迷离的。或许也不对，小向没有选择死，而是死这件事，选择了他。

乔远想起了电视剧里总是会出现的那种场景：上吊的死者，笔直而僵硬地垂挂在幽暗的房间里，还有突然撞见死者的亲人，发出失声的尖叫和痛哭——人们对死亡的认识，其实多数都是这般，遥远而抽象，像那些电视剧演员干瘪的哭叫声。

■ 黑熊怪

■ 052

"不是自杀,难道是他杀?"其实没人愿意往凶杀上联想——凶杀,真的吗?在艺术区,多让人不安。但似乎只有凶杀,才能解释小向脖子上那明显的勒痕,上面还套着小指粗的绳索——其实是一根跳绳,但这是大家后来才知道的。

大家都不约而同想起小向从前的某个女朋友——不知道是两个女孩中哪一个——黄昏时分总在艺术区绿化带中间的小路上跳跳绳,每天要跳一千下,一边跳一边小声数数。他们都记得那女孩跳绳的时候一上一下涌动的胸脯,像永不停歇的海浪。但也许就是那根跳绳,导致了小向的死亡。

向妈妈带来了一小块渔网。她在小向死去的卧室床上,铺开那一小块渔网。床只剩下黑色的床架,小向的床单什么的,当然已经被处理,烧掉了。

乔远在卧室外,看见卧室里的妇人,干瘪黝黑,却很有力量,她时常都会用这样的动作和力量撒开渔网。现在,她的一小块渔网网住了一张黑色的小铁架床。她的儿子一直睡这张床,后来又死在上面。

她说要把小向的魂,给网回去。乔远感到恐惧,仿佛小向的魂灵真的还在这里停留、飘荡。那魂灵不情愿被一张干干净净的渔网网住,仍然在尽力挣扎。小向终究是不愿意回去的。他在艺术区画画,五年都没回去过,他甚至没怎么谈起过自己的家乡,不过大家也不觉得奇怪——没人关心那片遥远的渔场。小向的骨灰却终究回去了,被稀释在舟山的海里,他是渔民的后代,当地土地少,所以墓地很贵,海葬也许是他合理的去向。

那根跳绳跟小向的尸体一起被火化了。跳绳的两个把手早就不知去向，白色的棉质绳索上缠绕着细细的红色花纹，像密密麻麻的血丝。

火化的时候，乔远他们没去。是小向的表哥来北京处理他的后事的。后事其实也很简单，公安那边很快就定了案，不是自杀，也不是凶杀，小向是猝死的。这样的结论似乎可以让人安心。

小向的表哥看上去很冷淡——跟他黝黑粗壮的外貌看上去很不合适的淡漠。他似乎还对艺术区这些人有隐隐的敌意，也拒绝跟所有人谈论小向的事。于是大家在小向的后事中，也就无能为力。不过他们如果再主动一些，还是可以帮上忙的，只是所有人似乎都认为没必要——小向不是有个表哥从舟山过来了吗？

表哥从火葬场直接带着小向的骨灰去了火车站，那正是捕鱼最忙的时节，表哥说他家还有半片渔场的事情需要打理。后来人们传说，小向在火化炉里竟然又坐起来了——这话似乎是小向的房东最先说出来的，虽然房东当时根本没在现场。自从小向出事以后，艺术区这些人总是处于一种鬼怪带来的恐惧之中，房东的话更加让人烦闷。哪怕他们那时已经知道，小向是猝死的，而且应该死得并不痛苦，他毕竟是在最欢快的时候死掉了，想想，多少算是种安慰。

房东散布小向在火化炉里又坐起来这样的事，也许是因为房东自己感到恐惧。毕竟小向是死在他名下的房子里的，又在两天之后才被人发现。准确地说，小向是先被一条狗发现的。在尸体还没有大规模传出恶臭之前，狗先知先觉，闻出了异样的气味，便一直狂吠。人们叩门不应，又一天，还是如此，才

■ 黑熊怪

去找来房东。房东开门进去，发现小向全身赤裸，已经硬在床上了，尸斑滋生、头部肿大，脸颊却塌陷了，看起来就像外星人。房东后来逢人就说，小向去火化前，据说身体又变软了，多诡异啊！他死得不明不白啊，也让他的房子变得不明不白了啊。总之，小向根本就是个祸害——生前总是拖欠房租，死后还留下这么多谜团阴影，好好的房子现在要降价出租了，只怕降价也租不出去啊。房东也因此拒绝见向妈妈，他把钥匙交给乔远，让乔远带着向妈妈去看小向生前住了五年的地方。

小向所有的东西，能烧掉的就烧掉了，不能烧掉的，他的表哥带走了一部分，包括那些大胸的橡胶玩偶。表哥有三个上小学的儿子，他说可以带回去给他们玩。他们都是在大海里讨生活的人，对这样的东西不忌讳，他们忌讳的是别的东西。剩下的，只是一些简易家具——玻璃板搁在箱子上做写字台，上面的笔记本电脑也被表哥带走了——仍放在工作室里。房东不打算清理它们，因为"工作室还得继续租给别人呢"。

"怎么会猝死呢？"向妈妈自言自语。其实，乔远他们都这么想过。小向毕竟那么年轻，还不到三十岁，心脏、大脑应该都很健康。向妈妈是不会相信猝死的说法的。乔远更不知道怎么告诉她，小向的猝死其实跟他隐秘的爱好有关——一个母亲，不应该听到这样的事。何况，小向的表哥曾那么严厉地告诫过他们，要对小向的死因保密。表哥的语气让大家意识到，这是丢人的死，严重程度已经超过了自杀。尽管大家并不认为这很丢人，只是觉得小向运气不好，死得这么离奇，够荒诞的。但表哥跟他们毕竟不是同样的人，在很多问题上看法是会不同的。"只说是猝死，公安给的结论就是猝死。"表哥还训斥说，

"你们只是猜的,猜的就对吗?"当时没人跟小向的表哥争论,谁会跟死者的亲属争论呢？其实大家在心里也都在想,小向的死因虽是猜的,但并不会错。

所有人还是都知道了小向是怎么死的,连初来艺术区的女孩儿们也不例外。小向生前就是她们的话题,死后也是。乔远一直觉得,她们都是喜欢小向的,至少没有女孩讨厌他。只是,她们的喜欢还没有深刻到让她们中的任何一个成为小向的女朋友。她们只是喜欢小向的讨好与奉承。小向在面对女孩的时候,未免太热情了些。正是这让小向时常被大家取笑。小向的两任女朋友都不是艺术区的常客,她们都在艺术区以外的地方,做某种是会让人忘掉的工作。小向的两任女朋友似乎都不是太合群,在艺术区的日子也没有令她们格外快乐,尽管这里有大把随和的年轻人,她们也总是让自己格格不入。

乔远的女朋友娜娜,对小向也并不反感,哪怕她那天终于还是知道他如何让自己在高潮时刻猝死的荒唐事。她告诉乔远,那年第一次见小向,就感觉他怪怪的。"说不出来的感觉。"她说。那时,娜娜还不是乔远的女朋友,她和小向在一个饭局上见面,小向对她格外照顾,将生鱼片的调料一样一样地挪到她面前。"他说他擅长吃生鱼片,一直盯着我,要看着我把那些鱼片吃下去,吓死我了!"娜娜回忆当初,"我可不敢吃生鱼片!"

后来娜娜成为乔远的女朋友了,小向待她仍是好的,但总难免生疏。娜娜从小向态度的转变,意识到一个她无法改变的事实——"我只有你一个了。"娜娜对乔远说。从她的语气,乔远判断不出她是为这样的现状感到委屈,抑或伤怀,可能都有一些。乔远不喜欢她这样的表示,总以为自己需要为她不再被男人们普遍宠爱而承担责任。

娜娜因此对小向"有过一段误解",她说以为小向是那种男人,"有机会要上,没机会创造机会也要上"。

乔远问:"其实呢?"

"其实,其实,的确是这样吧,如果他不是创造机会,也不会把自己'爽'死。"乔远觉得她的说法很准确,他甚至想,可不可以这样告诉向妈妈——小向其实是爽死的。但后来娜娜又说:"小向运气不好,他没遇上过什么机会。"她指的,也许是小向从来没有遇上过一个可以长久陪伴他的女孩。

娜娜第二次见小向的时候,距离他们第一次见面已经过去很久了。她说自己都没想到小向还能认出她来——尽管她已经穿着娴静的长裙,把头发的颜色又染回黑色,也不再穿紧身的黑皮衣了。"他拿出一张纸给我看,上面全是小五号的字,密密麻麻打印的,你猜是什么?都是手机号码啊。"娜娜多年之后说起那张纸,仍然觉得惊讶,"他为了表示他还有我的电话号码。"

"为什么?"

"他说是怕手机丢了,所以提前把电话都打印备份,这没什么,但关键是,嘿,他还每天随身带着那张纸呢。"娜娜说,过了一会儿,她又补充,"好像还是按姓氏首字母排序的呢!"

乔远从不知道小向有这么细的心思,但打印手机通讯录这样的事,想来总是有些不正常。如果小向还在,这自然还会被大家热闹地议论一番。

向妈妈说自己根本没必要来的,因为小向的骨灰已经回舟山了。她在乔远的工作室见到了小向的第二任女朋友,那个女孩这天不知为何出现在乔远的工作室。

乔远陪向妈妈进来的时候,女孩正和娜娜一起心不在焉地讨论指甲油颜色的问题,她胖乎乎的手拽着娜娜的细胳膊。乔远认出她就是从前那个经常跳绳的女孩——身量丰满,红色套头衫圆乎乎地裹在身上,像年画上观音娘娘身边的小娃娃,也像小向收藏的那些橡胶电游玩偶。小向和她刚在一起的时候,对自己的爱情十分得意,尤其是她的丰满。小向形容她是那种"一晃一晃"的女孩——什么是"一晃一晃",他没解释。但没多久,人们都看见那女孩在艺术区跳跳绳,硕大的乳房的确"一晃一晃"。不是所有丰满的女孩都能做到"一晃一晃"的,这难得的一个让小向找到了。他们起初很恩爱,结伴去草原游玩的时候,两人共骑一匹马。小向当着所有人的面扶她上马,尽管看起来很费力,小向却是很辛苦地幸福着。只是没多久,他们就分开了。女孩还会来艺术区,但和小向再没话说。又过了几个月,小向就出事了。

但那女孩现在并没有提供关于小向的更多信息,她对向妈妈也只表达出有距离感的礼貌,她一直是个内向的姑娘。小向出事后,她被叫去问过话。她很恐惧,认为录口供这种事,无论如何不能再发生在自己身上。很多人都曾出于关心,在小向死后询问她和小向之间发生的事。但她痛恨他们,她一度把艺术区所有人的电话号码都从手机里删除了。她认为他们太冷酷——问她那些东西,现在还有什么意义呢?

她不需要为小向的死负责——在大家一致认同这一点之后,他们的号码才重新出现在她的手机里。可是,她从来也没有拨打过这些手机号。

可是谁该为小向的死负责呢?小向自己吗?

■ 黑熊怪

■ 058

女孩姓何，何和向字太像了，所以她从前也不在意被叫作小向，但现在，乔远只能叫她小何。他谨慎地提醒自己不要叫错。

小何问向妈妈好，尽管没人给她们做介绍。她大概是听说了向妈妈来北京的消息，才特意赶来艺术区的。现在是晚上五点半，天色正在一点点暗淡下去，眼前很多东西都模糊起来，像是墨色中隐匿不见的铅笔底稿。那些细微的线条还在，只是人们再也看不见了。向妈妈受宠若惊，一连讲了五个好。

小何现在在艺术区外的蛋糕店工作。"金凤呈祥。"她简洁地答复，一副"你懂的"表情。那是一家连锁蛋糕店的名字，金凤呈祥，在这样的时候说出来却格外不适合。向妈妈自然不懂什么是"金凤呈祥"，难免困惑。但向妈妈也没再问，毕竟她刚度过了疲倦的一天，这时看上去，脸色格外暗沉，高高的颧骨在脸上投下两片阴影。她说知道小何曾经是小向的女朋友，因为看过小向寄到家里去的照片，那时小向是多么兴奋啊。她又解释说，当时他们都很喜欢小何，只是隔得太远，所以，"我们也不知道怎么办"。

不知道怎么办的事还有很多，而眼前最难办的，就是向妈妈在北京的时间该怎么打发。她不懂艺术，是世代渔民——小向从前说过的。她在乔远的工作室站着，手足无措，就像荒野里突然出现的一棵树，并不高耸，却依然令人瞩目。她似乎也意识到这种难堪，四处闲逛了一番，于是又加重了气氛的不堪。小何已经离开了，她是一个不太合群的姑娘，更没有义务陪伴向妈妈度过一个漫长的黄昏。她总是这样突然出现，又突然离开，和她在小向的生命里留下的痕迹一样，果断、坚决——而她竟然还认为是这些艺术家太冷酷。她离开小向的时候,小向也没有特别难过,他认为女孩们总是不懂爱情,她们爱钱、爱好看的衣服和昂贵的化妆品,就是不爱那些值得爱的人。可是小何却是难过的,乔远认为自己从小何的神情上看出了这一点。小何不像那种爱慕虚荣的姑娘,她公开宣告的"分手理由"是——小向人挺好,就是有点变态。人们对此一笑了之,小向的确有他的变态之处,大家不奇怪。他斤斤计较,四处占便宜,在饭店总是找服务员要几盒火柴装进口袋,吃饭的时候忙着让自己的盘子永远装得满满的。还有他盯着女孩们的样子,全无骄傲,有的只是低贱的示好,反正这种示好又不需要花钱。但后来,人们才对小何所说的"变态"恍然大悟。小向原来比他们都深奥,至少在性爱上,他喜欢受虐的刺激——捆绑和鞭打,这些人们只能遥想一番的场面,小向却一直在身体力行。那些伴随着窒息而来的高潮体验,当然猥琐、神秘,却复杂、刺激。原来小向一直都在体验这样的刺激啊,可为什么是小向啊?

乔远问向妈妈,打算如何安排在北京的时间。她却惊恐起来,没有听懂一般瞪大了眼睛,眼珠如两颗昏黄的果子正在腐败溃烂。乔远不敢直视她,他认为这足够奇怪。他想自己其实没必要心虚啊。

后来向妈妈叹气,说起自己其实并没有打算,原来想得很简单,就是想来看看,她以为来了就会知道该怎么办。但没想到,来了之后更不知道该怎么办,除了看看小向生前住的地方,也没什么紧要的事,早知道就不来了,来一趟这么辛苦。

"来看看也好,小向常来我这里。"——乔远希望她喜欢听这样的话。

向妈妈问:"这里真好,你们住得这么近,和我们村一样。小向来你这里,

■ 黑熊怪

你们都做些什么啊?"她坐在一张高高的吧台椅上,那通常是娜娜坐的地方。娜娜喜欢这张可以旋转的椅子,墨绿色的皮质椅垫,有闪闪发光的银色脚垫、扇贝形状的金属靠背,就放在乔远那张三米长的白色画案旁边。娜娜时常在这张淘自旧货市场的吧台椅上端坐,以便居高临下地观赏乔远画画。但现在,娜娜蜷在沙发上,位置上从高转低,而她的兴致也是,反正这天她看起来很懒散,没有参与乔远和向妈妈的谈话。

"我们聊天、喝茶,有时喝点酒。"乔远回答。

"聊什么呢?"向妈妈问。

"聊……也没聊什么,就是……艺术……"乔远想起那些时光里,是否真正发生过关于艺术的谈话。他想不起来。他们的话题多是女孩,然后是身边这些人的乐事,还有不着边际的玩笑,小向也是他们说得很多的一个人、一个话题、一个玩笑。

"哦……我是不懂的。小向很喜欢画画,从小就喜欢。"向妈妈似乎陷入了回忆。高高的、可以旋转的吧台椅上的她,让坐在画案前电脑椅上的乔远有仰视的感觉,他不喜欢这种感觉,除非高高坐着的那个人,是娜娜。

"是的,小向画得挺好的。"乔远说。那些被割裂开的油画,后来去了哪里?这样的想法让乔远懊恼。他忘记了小向的那些画,再没见过。它们消失了吗?他觉得,向妈妈应该留着小向的画的,可是现在去哪里找呢?

"他还喝酒?他原来不喝酒的。"向妈妈的身后,是一架落地灯,不知什么时候被娜娜打开了。光线在她的身后投下明亮的轮廓,她记忆中那个不喝酒的小向,应该是五年前,还是大学生的小向了。

"他……对，我们都喝酒，不喝醉，轮流买酒喝。"乔远勉强应付着。他不能说小向从来没有给大家买过酒。

"男人是该喝酒的。"向妈妈说。

"小向老是提起你，还有他爸爸。"乔远只是不愿意再说喝酒的事了。他对小向的大部分记忆，都是大家一起喝酒的时候。小向沾酒就脸红，但也许是那些嗤笑引发的愤怒让他脸红的。人们说小向"生得伟大，死在花下"，仿佛小向果然是怀才不遇一样，但他只是"不遇"，却并未"怀才"。他的画作，大家也是看不上的。小向从来没有卖出过一幅画。小向最终也没有死在花下，他死在自己手上了——谁能想到呢？

"真的？"向妈妈问得很奇怪，像是根本不相信她的儿子会向朋友们提到父母，"他对我们不满，因为他爸爸埋怨他不回来，就这么一个儿子。"

"他为什么不回去？"乔远问。他猜想是舟山太远，而小向喜欢艺术区。

"他爸爸希望他去县里的小学教书，好不容易打通关系，他死活不去，我知道，他想在北京，跟你们一起。"向妈妈说道，说完又用手擦脸上的汗，可现在是冬天，她不应该出汗，"那工作很好，他可以教美术课，一个月的工资抵得上我们全家干三个月。"——可是，这都因为小向要跟他的"朋友们"在一起，这一切才没法实现，乔远想。

小向在艺术区的生活基本是东拼西凑的。他在一家美术高考辅导班教课。这种辅导班在艺术区有几家，都是每年春节后开学，高考后结业。于是每到下半年，小向便季节性失业。但小向在北京好歹也是靠当老师为生的，不知道向妈妈会不会因此感到宽慰。小向教过不少女学生，她们中有人后来考上

■ 黑熊怪

了中央美院,这是小向最骄傲的事——"我虽然上的是普通师范,但我的学生上了美院。"女学生和小向喝咖啡,从来都是学生付账。小向并不在意,因为他教课很认真,可以作为咖啡的补偿。他为学生改素描,改得气急败坏,对女生也不留情面,把她们训到流泪。这些学生都是从各地来北京专为上考前辅导班的,这样的行为需要良好的家境做基础,所以那些孩子通常也是娇养惯的。她们向校方投诉过这个"有暴力倾向"的艺术家老师:"他当真以为自己是个老师呢!"她们在学校位于艺术区的那间临时办公室里挤在一起,叽叽喳喳地投诉。事情看上去闹大了,于是消息很快传开,艺术区所有人都不相信小向的"暴力倾向"。他们问小向:"是不是对男生女生一视同仁?"小向认为受到侮辱,红着脸又尖声争辩:"严师出高徒!严师出高徒!"小向终究也没有受到过培训学校的处罚,他是一名尽职的老师,关键,他还是一名廉价的老师。所以来年他依然在辅导班上课,依然接受学生赠送的礼品——各地特产或者一些无用的卡片,写着"感谢师恩"之类老套的话,也依然和学生在艺术区喝咖啡,结账的时候极力暗示服务员:学生非要表示一下心意,就让学生买单吧。在这一点上,小向对男生和女生的确做到了一视同仁。

向妈妈提前就订好了旅馆,"在携程网上订的,都说便宜些。四人间,一晚五十块钱。"她解释着,然后她就准备离开艺术区了。这让乔远觉得,她所在的渔村其实并非人们想象中那般落后——那毕竟是东部沿海,又出产海鲜,应该并不贫瘠,只是那里的生活会辛苦些,小向才打死也不回家乡,可是哪里的生活又容易呢?小向如果回去了,他的命运、死亡,会不会有所不同?人其实根本回答不了以"如果"开头的所有问题。

乔远提出送她去旅馆,但向妈妈拒绝了。乔远想如果是小向,他肯定不会拒绝。小向不会放过任何机会的,连死亡也没例外。

乔远送向妈妈去艺术区外坐公交车,并为自己未能陪伴她感到一些歉意。或者这歉意也并非仅此原因。他们走出艺术区的时候,两旁行道树金黄的树叶正在上演一场声势浩大的集体下落表演,无可挽回地集体自杀。要是乔远从前对小向有更多了解的话,他现在也许会更释然一些,不过也许更难过一些。可是,无论如何,都是无可挽回的事了。

向妈妈也许把乔远的沉默理解为对自己的应付,而乔远也的确没有表现出热情的样子。她对小向的了解说不定还不及乔远多。她在乔远的帮助下上了公交车,几乎刚到公交车站,那辆开往望京的公交车就到站了。她拎着一只黑色购物袋,慌忙上车,好像生怕在这样的时候多做停留,会给乔远带来更多的麻烦。尽管乔远从未感到向妈妈的出现是一种麻烦,只是,这不是他能够应付的局面。

乔远甚至还未来得及与向妈妈告别,问问她明天或者后天是否还会来艺术区。但乔远明白,就算她再来艺术区,又能做些什么呢?情形不会比今天更好,也许还会更糟。艺术家们仿佛已经默认把向妈妈的事情交托给乔远去应对。那些混蛋这天都没有如平常那样在路过乔远工作室的时候进来抽支烟,而他们一般总是能把这样的路过处理得极为自然的。对于小向的死亡,还有小向的处为人,他们知道的和乔远一样多,但他们不愿意让已经过去了的小向在一个陌生妇人的脸上再现。而那些被忽略的真相,还是让它继续被忽

■ 黑熊怪

■ 064

略吧。

乔远朝公交车挥手,但他根本看不清向妈妈在车厢里的位置,车厢里只见黑压压的一片人影。壮硕的穿蓝色棉大衣的售票员把半个身子都探出车窗,用扩音器喊着"让一让,让一让"。沉重的车辆就这样缓慢移动,战战兢兢地驶入这座城市的苍茫夜色。

乔远回到自己的工作室,看见娜娜依然意兴阑珊的样子。她很少有这般沉默的时候。她蜷缩在沙发的一角,朝他伸出双手,这是他们都熟悉的动作,暗示着一个紧密贴合的拥抱。乔远疲倦地坐在她身边,伸手将她揽入怀里。他希望她的反常并不是因为向妈妈的出现,但他也想不出还有别的什么事会让她没精打采。娜娜靠在他胸前,头枕在胸前口袋的位置。她问他是不是已经把向妈妈送走了。他还没有回答,她又说,感觉很古怪,因为,"她为什么现在来这里"?

"她想来看看,可以理解的。"

"那时她为什么不来?"

"我听说是太伤心了,小向的表哥不让她来,怕她受不了刺激。"乔远说。

"可是,我好不容易才暂时忘掉小向的死,现在又勾起我去想那些事。还有啊,小何今天也是这样说的。"娜娜小声地、断续地说着话。乔远以为她只是疲倦。连日来弥散在艺术区的沉闷,的确很容易让所有人都疲倦,但她却是难过。

"小何说什么了?"乔远问,一只手轻轻理着她的马尾。

"她说,她觉得,来见向妈妈也不是,不见也不是,"娜娜说,"她是个善良的姑娘,因为她还是来见向妈妈了,其实,她不来也能理解的。"

"是的,遇上这样的事,唉……"乔远感到自己唯一能说的,大概只是这样的一声叹气了。

"毕竟,小向吓着她了,他们分手主要还是那方面的问题。"娜娜说。

这天晚上,乔远和娜娜遇到了从未有过的问题。他们在沙发上的拥抱和亲吻,无论如何激烈持久,也无法令他们走向那最终的步骤。性爱的微妙犹如艺术,得与不得之间的界限仅是分毫。

娜娜于是更加难过,她说她很想,但是感到自己失控了,她控制不了自己。乔远也是,娜娜的难过又让他的难过加倍。小向喜欢刺激的游戏,没有女朋友的时候也依然要向愉悦的高峰冲击。他不放过自己,于是结果了自己。极度的快感与极度的死亡,从来都离得那么近。小向也控制不了自己的身体,还有生命。这样的想法,让乔远感觉自己脆弱又无力。乔远想,人终究是要放过自己的,不然迟早会结果自己。乔远还感到眼前一直晃动着那根跳绳,小向用来捆绑自己的不太干净的白色跳绳。小向离开以后,那跳绳似乎一直勒在他们每个人的喉咙处。他们残喘着继续生活,但再也无法忽略掉那种让人窒息的不适。

乔远和娜娜最终放弃了努力。"真希望从前能对他好一点,哪怕他其实并不那么讨人喜欢。"然后他们都喝了一点酒,喝酒的时候,乔远是这样告诉娜娜的。这意外降临的失败足以让他们惊惶无措,毕竟这样的体验在他们而言,是

■ 黑熊怪

■ 066

第一次。他们无能为力,除了紧紧握住手心的玻璃杯,颤抖着喝下冰冷的威士忌。乔远默默祈祷着,希望这只是暂时的问题,而明天,明天也许一切都会好起来的。

很多天以后,一场画展在年与时空画廊开幕了。乔远在开幕当天才发现,展出的竟然是小向的那些画。

画展规模不大,占用了年与时空画廊的一半空间。二十余幅油画被完美安置在墙上,液晶电视里也滚动着那些油画的图片。画廊外有铜版纸印刷的大幅海报。海报上的字是黑白两色斑马纹的——艺术家向历平遗作展。海报上还有小向的大幅头像照片,也是黑白的。乔远认出是从某次聚会的合影中裁剪出来的,又经过美工处理。小向干瘦的脸、深陷的眼窝和薄薄的嘴唇,都显得格外陌生。海报上小向的眼睛似乎眯起来了——对画家的海报来说,这并不是太合适,因为眼睛里没有光,缺少力量,有的只是一团死去的阴影。组织者找不到小向更好的照片了吗?或者只是没有尽力去找。还有小向的画,这段时间都存放在哪里?谁组织了这次画展?为什么所有的一切在没有秘密的艺术区都成为了秘密?

乔远看着海报上那些明黄色的字眼:坚守、不幸、价值、发现……这些词仿佛在他眼前闪烁和跳动着,它们宏大而空洞地企图诠释小向的艺术。那是不可能的,任何一个人都无法被一张海报诠释。

乔远走进画廊,开幕式正在进行。进门右侧的自助餐台上有精美的西点、果盘、咖啡和香槟。这曾是小向最喜欢的部分,在艺术区的画展开幕式上,小向可以随心所欲吃那些装在小杯子里的蛋糕,熟练使用着一次性的小叉子,小向还可以点头暗示服务生他需要一杯摩卡,是的,从庞大的咖啡机里刚打出来的咖啡,加很多巧克力的、泡沫丰富的摩卡。

画廊老板吴勇,此时正拿话筒对场地中间稀疏的十几个人,讲述着"一位英年早逝的艺术家的追求"。他身后的投影墙,此时是一块方形的暗蓝的光,是大海的颜色,衬托出吴勇在神情和语气上的肃穆。

场地中间站着的那些人中,有曾经时常和小向、乔远他们一起喝酒的,也有一些人是乔远并不认识的,还有一些显而易见是记者。毫不相干的人们都凑在一起,而他们对正被谈论的故去的艺术家的印象也并不一致,气氛总是有些怪异。

乔远站在人群后,听吴勇侃侃而谈——他竟然还提到了同样英年早逝的凡·高。后来又有一些人发言,分别说了些与小向无关的话。吴勇这时过来招呼乔远。他们认识多年,一直彼此提防。

吴勇仿佛知道乔远要问什么,于是抢先说:"是小向的房东收起他这些画的,觉得可以炒作炒作,没准儿能成。"

乔远不知道什么是吴勇所说的"成"。小向生前肯定是希望办画展的,这样来说,也许房东做了件好事。可是,现在小向已经不在了,向妈妈也再没在艺术区出现过。眼前这些人,都是小向的陌生人——小向会期待一场这样的画展吗?

吴勇似乎并没有意识到乔远沉默中的心事,他接着说:"我觉得是件好事吧,人都没了,能完成他的心愿,总是积德的。"

■　黑熊怪

乔远也说是，吴勇的话并没有留下让人反驳的缝隙，况且，反驳和争论其实都没有什么用处，于是乔远又补充说："祝贺啊！"

"得卖个好价钱！"吴勇笑得很灿烂，像此时他身后墙上那些画上的紫云英。乔远掠过吴勇的头顶，去看那些画。他知道，那只是很一般很一般的习作。大片的花朵，美术学院任何一个学生都可以画出来的习作，但他不能说出这样的判断。

小向的画展持续了十天，比一般的画展要短一些，因为那些画卖得很好，价格也适中。吴勇当机立断地决定停止展出和售卖，然后把剩下的画都留了下来——限制销售，这也是画廊常用的提价办法。

另存·更迭

一

有一年艺术区突然热闹起来。乔远记得，艺术区的房租也是这一年涨上去的。新的工作室像沸汤上的水泡咕噜噜冒出来，很快又都砰啪几声相继消失。安徽老杨和他带领的包工队最终成为这锅汤里最不可能破灭的泡沫。老杨在这一年把自己的小电动车换成大电动车，最后换成摩托车。他用很难听懂的安徽普通话告诉乔远，太忙，没时间签装修合同，如果乔远接受报价，那就先付百分之五十的定金。"这么多年，我还骗你？"老杨在电话里说得很诚恳。

后来乔远付了定金。老杨把摩托车停在乔远工作室外，跨站在车身上，噼里啪啦地数钱。老杨只收现金，连蒋爷的活计都是。和这里的艺术家不一样，老杨不觉得蒋爷有什么了不起，也不明白大家为什么都在讨好蒋爷。老杨不是艺术家，他是工程队的头儿，需要讨好的人是建材市场可以调包换货的供货商老王。老杨跟乔远说过好几次，蒋爷的厕所没有门，不只没有门，连墙都没有。"只有一个马桶，么事都没，门都没有……"老杨说安徽口音的普通话。

■ 黑熊怪

"那是蒋爷的风格,极简主义。"乔远说。

老杨看上去还是困惑:"上他们家三楼,就看见光溜溜一个马桶,么事都没,没门、没门……"他觉得这很好笑。

乔远没再接话。他知道这场谈话如果继续下去只有一个结果——他永远不会说服老杨。老杨对任何事都像对自己的装修报价单一样强硬,然后乔远只能尽量去说那些让老杨不至于更困惑的话。而那些话,可能都是不该说的。那些话在艺术区总会迅速流传,像大风天气里的柳絮,到处都是。

可是有很多"不该"的事情,都正在艺术区发生。比如离乔远工作室两个路口远的十字路口,那里曾经是显赫的飞白画廊,现在重装开张了,在装修的脚手架终于被拆掉之后,人们才发现,原来是耐克体验店。巨大的玻璃幕墙,就像女孩们水亮发光的面膜,完整覆盖在艺术区斑驳的红砖墙面上。耐克体验店中英文的霓虹招牌,是面膜上露出的两只妩媚、流光溢彩的眼。耐克体验店的装修,不是老杨做的。找老杨干活的人,都是乔远这样的艺术家。用老杨的话说,"都是小个体户"。老杨认为这不是好事,上下两层六百平方米的耐克体验店,那浩大的装修工程,谁都知道会是笔挣大钱的好买卖。老杨只是商人,他自己甚至都不会刷墙,所以他只按照商人的逻辑思考,这也许更好,老杨从不会碰到乔远的那些问题。

乔远那时已经卖出去五十幅小画了,都是敦煌系列的人物画,价格从每平方尺一千一直卖到每平方尺一万。老杨给乔远工作室刷水泥清漆地面的价格是每平方米一百。老杨不知道乔远画作的价格,他也不关心这个,但他还是一再表示,希望乔远给工作室铺上实木的地板。

"水泥……清漆……"老杨迟疑着，问，"你打算给厕所装门吗?"他竟然幽默起来，其实他的安徽普通话让他无论说什么，都是幽默的。

乔远想告诉老杨，这不是价格问题。每平方尺一万的身价，让乔远很少考虑价格问题。尽管他那几年在理工科高校教选修课，每月拿五千块钱工资的时候，也很少去想这些问题。可能有些人就是这样，总没法让自己成为一个商人。但乔远也意识到，如果要向老杨解释一个画家的工作室装实木地板是一件多么荒唐不现实的事情，那会更困难，尤其在老杨频繁表达对极简主义厕所的无比困惑后。最终，乔远还是把地板问题归咎于价格，为了让老杨更易理解——实木地板不划算，只有耐克这样的大公司才会在艺术区用上实木地板这种奢侈的东西。

这里曾经是一片苏联时代修建的红砖厂房。在北京，人们很容易发现这种像俄罗斯大妈一样厚实的苏式建筑。那些三到五层的板楼，都被踏实安置在二环路周边。艺术区在四环路外，这里的厂房比那些三五层的小板楼更高大空阔，看起来就像苗条的俄罗斯姑娘结婚后迅速膨胀的体型。但它们内部却是空荡荡的，至少乔远刚来艺术区的时候是这样。那是这世纪刚开始的几年，北京城的房价还没有成为神话，所以大面积的空房子并不显得奢侈或者可耻。乔远那时在艺术区走了一圈，跟吴勇一起，现在想来，当时所见除了房子还是房子。透过绿色铁窗棱中间黑乎乎的玻璃，可以看见厂房内部，空无一物，仿佛窥见猛兽虚弱的腹腔。消失的工人和机器、闲置的食堂和公共浴室，以及墙上标语空留下的几个无法辨认的字迹……一切都让这里像一座遭遇撤离警报的空城。那些有生命的、没生命的，统统看不见了。只有房子留了下

■ 黑熊怪

■ 072

来,委屈地等待侵略者到来。乔远曾经是侵略者,早期的侵略者。他们花了好几年时间才陆陆续续拉帮结派,为自己在这里唐突的出现壮起足够的胆来。有人甚至为此找了一些理论依据,将工业时代气息浓重的艺术区称为"包豪斯"风格在中国的本土化实践。可能他们自己也意识到这说法的勉强,所以在那些文章里,很少提到艺术区在北京城西郊圆明园的前世——圆明园是农业时代的吗?圆明园艺术区,如今仿佛被推翻的朝廷,只剩下依稀几个亲历者,可以零星追忆当年荣耀。

二

之前有一天,娜娜光脚从乔远的床上跳下来,冰凉的水泥清漆刷成的地面让她尖叫。那可能是一个乍暖还寒的春天的早晨,娜娜在寻找拖鞋和快速跑去卫生间两个动作之间抉择后,终于还是放弃了拖鞋。于是她现在成为老杨的支持者。实木地板,正好是娜娜这种女孩喜欢的东西——干净、有温度,而这两个特点在艺术区都太稀有。娜娜昨晚还搂着乔远的脖子,试图让他理解实木地板的好处——可以不穿鞋袜走来走去,再也不用担心脚心受凉。

乔远认为自己不需要说服娜娜。他想,她只是一个女孩,在他的工作室打发一些青春。她看起来根本不像艺术区的东西那么坚固。但他的无动于衷也让她懊恼,他不确定是否需要哄哄她了。

艺术区的房子,仿佛永远都不可能被摧毁,连那些雕塑都是生铁或者水泥浇铸的。在这里出没的艺术家们,脸上也总是一种处于时空之外、坚硬又隔阂的神态,仿佛任何日常普通的事物都足以令他们露出懵懂和不理解的表情。

他们的作品也是坚固的：比如画油画的于一龙，他把大头合影的油画从作品1号画到了作品573号，所以他和很多人一样，成立了工作室，再找来一些年轻的助手。这样他们需要做的事情，便只剩下给作品编号了——从1号到573号，反正可以一直这么编下去。娜娜不了解这些事情——几百幅都是画大头合影的油画，这听起来该是一件多么无聊的事。娜娜还在频繁地换工作。乔远有时会想，她才是一个真正的全能艺术家，她竟然做过艺术区所有为年轻女孩预备的那些工作。娜娜的上一份工作，是在蒋爷的公司做文秘，这已经比她以前做服务员、前台、接线生的工作好太多。但娜娜后来不干了。有一次主管让她下班后留下来，因为"有重要的事情"，在意识到"重要的事情"其实是让她站在那些男人身边，给他们面前正在签字的合同翻页之后，娜娜便愉快地离开了，仿佛她终于在这份不错的工作里，找到了一个不错的辞职理由。所以，娜娜其实更像那些脆弱的东西——陶瓷、玻璃幕墙，或者木地板、画纸。

幸好老杨这天来乔远工作室的时候，娜娜不在。于是乔远可以坦然做出决定——选择从来都是这世界上一切麻烦的根源。

老杨不情愿地开始计算水泥清漆刷地面的价格。他在一个皱巴巴的作业本上画工作室的平面图。圆珠笔歪歪曲曲画出三四个长方形，分别代表院子、工作室、卧室，可能还有厨房兼储藏室。

乔远觉得这太不准确，显而易见，图上的工作室比院子看起来还要大，但乔远又不知道，他们是不是都是这样做的——把一个装修简化成作业本上潦草的几笔。乔远以为老杨会进工作室来测量面积，但看起来他并不打算离开自己的新摩托车。

老杨终于画完了草图，他看着前方，目光向上，像是突然想起那些被忽略的往事一般，大声说："这样，我跟另两家同时做，也是水泥地！"

乔远不知道这个提议意味着什么，是更低的价格，或者更快的工期？他也没法判断老杨的语气是不是希望他表示同意，于是乔远没说话，他等着老杨说。老杨看起来却只是急迫地想离开，他在自己在摩托车上直起上身，又扣上安全帽之后，才突然想起来什么一般，对乔远说："三家，我同时开工，只是，你需要再等两个月，但完工会很快，多好，是不？也给你省钱。"老杨说完便一边开始蹬摩托车的油门，一边说，很多事都在等着他和他的摩托车呢。

乔远不在乎他晚两个月开工装修，但乔远希望他的摩托在这天启动以后，还会再回来这里。他有种不好的感觉，仿佛那轰一声开走的摩托车，也会像当年的机器、工人一样，凭空消失，只给他留下一座潦草的、未经装修的房子。

老杨走后，乔远还在工作室门口站了一会儿。然后他反应过来，这种不祥预感的产生，跟老杨带走的那百分之五十的定金有关。但他又觉得自己可能多虑，老杨在艺术区做装修已经很多年，他们也认识了那么些年，所以应该彼此信任，虽然在定金的问题上，老杨并未对乔远有过格外的优惠，因为他终究是商人——他还会想出三家工作室同时开工装修的办法，不知道他是不是从作品1号到573号的生产中得出了这样的经验。流水作业、批量生产，也许厂房里还残余着这种工业生产的精神，于是也影响了艺术区的这些人。

三

乔远那时开始装修工作室，并不是非得赶上这一年艺术区开始大兴修建的潮流。他对潮流并不敏感,可能跟他画国画有关。他只是突然空闲下来,在五十幅敦煌人物画完成之后,他再也画不出敦煌人物画第51号。他仍然想判断出这现象所预示的东西是好还是坏,但所有人都认为他只是懈怠。画大头合影的光头油画家于一龙,尽管忙得来不及装修,但这天竟然能抽出时间跑来跟乔远喝茶。

老杨走后,乔远和于一龙坐在院子里的那张旧沙发上,看路上各色行人。

于一龙说:"歇几天,再开工就可以了,有第一张就有第二张、第三张……第五十一张,这有什么呢,你需要自己的品牌。"

"品牌?"乔远不解地看着他,觉得他说话的语气很像蒋爷,慢悠悠的。他的光头在午后阳光下闪着油彩的光。乔远这时认为自己很像是西单大街上橱窗里的那些塑料模特,摆着一种刻意的造型,被往来行人用眼光轮番扫描。他们希望看出什么来?灵感枯竭的画家?作品573号的伟大?还是一种他们不熟悉的生活?

艺术区的游客现在越来越多了。乔远曾经以为这是他无法再把敦煌人物系列画下去的重要原因。那些相机闪光灯照亮这座曾经的空城,他无法在明亮的光线中回忆起敦煌洞窟里一只小手电筒的光亮指向长耳宽额的佛头产生的那种震慑,也许他还需要一次旅行、写生,不一定是敦煌,也许是其他任何与艺术区不一样的地方。

"是的,品牌,要不他们凭什么买你的画?"于一龙把下巴抬向路边,刚好两个学生模样的姑娘按下了快门,把茫然的乔远,以及因为抬高了下巴而更显自信的于一龙,都装进了她们的数码相机。

■ 黑熊怪

■ 076

　　乔远提议，他们也许不适合再坐在这里。橱窗是展示商品用的，他们又不是商品。但乔远又终于没把后半句话说出口，他觉得于一龙不会认同自己。
　　于一龙看上去对这提议很不理解。他抬头，看了看天，仿佛为证明这是一个适合在室外喝茶的好天气。于是他把目光从天空挪回乔远脸上的时候，便显现了一丝不易察觉的失望。他接着讲关于品牌的理论——艺术不过是一些概念，现代艺术更是如此。概念？品牌不也是一些概念吗？
　　乔远不安地左右观望，像一个不敬业的人体模特，多让人沮丧。而跟于一龙喝茶，并无助于缓解他的沮丧，除非于一龙能帮他再画出五张敦煌人物画。五张，是蒋爷要求的数目，就像在超市拿走五罐啤酒，蒋爷的要求同样明确，四张要有佛头，剩下一张要有飞天，但不能全是佛头和飞天，那些东西属于敦煌壁画。"我们要的是现代艺术。"蒋爷说。
　　可能是乔远的不安让于一龙意识到，自己也需要尽快赶回工作室了，他大概急于给作品574号拍板、编号。"时间不早，得回去了，小崽子们不给力！"他说。可不是嘛，那些年轻的助手可不是每一个都拥有很好的悟性与天赋的，所以很多事还得他亲自斟酌。"这才是最关键的，"于一龙神秘地暗示着什么，"确保574号后的所有作品，都是我自己的品牌。"
　　于一龙离开之前，如常拿走了茶几上的一次性打火机。他时常去外地，或者外国，参加各种展览、双年展、年会，或者别的什么国际公司赞助的商业活动。这当然是重要的事情，抛头露面是艺术家需要的东西。唯一的不好，是总得坐飞机，所以在机场他扔掉了太多打火机。他抱怨，这让他每次看见打火机都很悲伤，他为那些扔掉的打火机悲伤，所以后来，他不可避免地养成了到处掠走打火机的习惯。他把这作为"艺术家的小怪癖",故弄玄虚地讲给《艺术财经》的记者。于是在后来刊登的访谈文章里,便出现了这样的小标题:《飞行与打火机——信息时代的当代艺术》。在同一篇访谈里,于一龙还说起,他将带着作品 588 号参加欧洲郎波蒂现代艺术展——这也是媒体需要的爆料。乔远是从这篇报道里,才第一次明确知道关于郎波蒂现代艺术展的那些传说,竟然都是真的。郎波蒂现代艺术展也是热闹的艺术区这一年最神秘的话题,因为蒋爷的号召和组织,让很多人都觉得,欧洲仿佛北京昌平一样,不过一步之遥。艺术家们跃跃欲试,只是最后的名单定下之前,谁也没有勇气宣布自己已经胜利。但于一龙可以,可见他的自信,也可见他的前途或者市场——其实都是一个东西。

四

一个月以前,乔远才第一次见到蒋爷。那是在蒋爷家,一座三层小楼,外墙是水泥本色的灰,远远地便能看见那些裸露在外的粗细不同的管道,大概是水管或者装有电线的 PVC 管道——人们通常都想方设法遮掩起来的那些东西。那些东西,在蒋爷家里都是公开的——包括那个没有门的著名卫生间。

蒋爷的小楼不在艺术区里。那天乔远跟着于一龙沿环形铁路走了很长的一段路,然后转过一个不经意的弯,就突然站在了蒋爷家门口。柳暗花明,其实也让人猝不及防。乔远觉得自己并没有做好准备。

幸好于一龙看起来对这里的一切都很熟悉。他把手伸进铁门,轻轻做了一个动作,便打开了门闩。铁门向院落内的方向,吱呀一声打开,同时传出狗

■ 黑熊怪

■ 078

叫。两只欢快的大狗,像发情的小狮子,并排冲他们咆哮。于一龙讨好一般去哄它们,大概嘟囔着它们各自的名字,英文的名字,乔远没有听懂,但似乎起作用了。两只狗轮流趴下,在门口的水泥地面上,一左一右,像两只石雕的狮子。

院子很大,架着烧烤用的不锈钢炉子。阳伞下是白色躺椅和方形小茶几。一个角落,堆着形状怪异的木料、石头。还有整齐的草坪,上面散落着几个水泥墩,大概也是做凳子用的。乔远猜想,再过两个月,白天会逐渐漫长得难以打发,黄昏时分,这个院子便会成为一个不错的地方,艺术家们会喜欢这里的烤肉和啤酒、彩灯和音乐。也许他们还喜欢这里看起来不加掩饰的质朴风格。虽然乔远也发现,蒋爷家里用来喝茶的茶具,其实都是昂贵又脆弱的英国骨瓷,上面有复杂的巴洛克风格的玫瑰花纹饰,小碟子轻巧得几乎没有分量,让他担心自己随时会将手里的云南滇红茶泼出去,幸好他脚下只是简单的水泥地面,不是花样繁复、很难清理的阿拉伯地毯,也不是见不得水的实木地板。

"年轻人……"在于一龙为乔远做过介绍之后,蒋爷坐在一张很大的木椅上,慢慢说着话。

他们都坐在各种造型的木椅上,没有座垫,全身所有部位都不能与椅子贴合,对骨骼关节肌肉全方位地进行考验,很像是故意不让人久坐的那种设计。

蒋爷擅长设计,尤其是木器。近年木制家具开始热卖,哪怕它们并非都是那些昂贵的红木做出来的,也能卖出天价。这当然是因为创意,艺术品的所有价值都来源于此。

蒋爷并不亲自完成作品,所以他开了公司,招揽了不少年轻的、聪明的,看起来也诚实可靠的年轻人,为他完成那些作品。当然更关键的是,那些年轻人都手脚麻利,像于一龙一样。

于一龙没在蒋爷的公司干活。他是油画家,主要画很好辨认的人物头像。作品1号到作品573号,每一张都不一样,但每一张又很像。这真是奇妙的事。但于一龙时常说起蒋爷,他心怀感恩,因为要从作品1号画到573号,这可不像人们想象中那么简单。他应该是这里的常客,在一楼的大客厅,他可以熟练地帮阿姨布置那些精巧的英国骨瓷茶杯。

这是四月,空气微凉。北京城的四月是最尴尬的月份,春天短暂地掠过人间。人们被一种蠢蠢欲动的气息迷醉,时常表现错乱。比如现在,于一龙穿着夏天的圆领T恤,牛仔裤腿卷了两卷,露出匡威的蓝色帆布鞋,还有没穿袜子的脚踝。而乔远似乎还在冬天,黑色皮衣紧紧裹在身上,似乎在遮掩整个冬季囤积在肚子上的那些脂肪。

遮掩,一定是一个不好的词。在蒋爷家的大客厅,乔远第一次有了这样的意识。他那时还看见了一个女孩,远远地,在客厅另一头的餐桌前,翻着杂志或画册之类的东西,那其实应该是餐厅和厨房。

乔远觉得在艺术区见过她。他不确定她和蒋爷的关系。这是敏感的事情,需要遮掩的东西。于是乔远不敢再看她。他假设在他们中间,有一堵不透明的墙。

蒋爷与乔远想象中的样子,看起来很不一样。蒋爷名声在外,却很少在媒体上露面。他的形象,人们只能通过那些艺术报刊记者拙劣的描述来想象。在那些文字里的蒋爷,有时粗暴傲慢,有时又文质彬彬,满口脏话又字字珠玑,尖锐刻薄又在情在理,就像这个时代很多矛盾的东西一样,人们喜欢这种神

■ 黑熊怪

秘。每个人心中都有一个蒋爷,乔远在大学时代就知道这种说法。后来乔远入住艺术区,发现蒋爷并不是黑暗中的隐者,他时常出现在艺术区的宣传海报或者影像作品里,在艺术区曝光的这些图像中,他看起来更像一个温和的作家,面目并不如言辞凶悍,甚至有些其貌不扬。

乔远有过很多次机会见蒋爷。他知道这些机会对于年轻的艺术家来说意味着什么。但他放弃了,不是故作姿态,他只是无法适应以那些太勉强的方式结识一个人、一个名人。像很多年轻人一样,急切地扑上去,递上故弄玄虚的名片,在一分钟时间里讲完一生值得炫耀的事,再可怜兮兮地要求提携……年轻人一定要这样做吗?乔远不反对他们的方式,他甚至还羡慕他们的自如。但乔远自己总是做不好,他始终没有办法把自我介绍做得不卑不亢,也不知道应该如何说出内心那些真正的愿望——希望追求自己的艺术,这听起来不过是虚伪又无力的借口。于是乔远只好在这样的机会面前退缩,像不会示好的情人,一边愤愤不平于那些油嘴滑舌的廉价情话,一边又替自己毫无用处的自尊心感到惋惜。

这天于一龙带乔远来蒋爷家,是因为于一龙说:"这是蒋爷的意思,他想见你。"乔远试图追问出这邀请的含义是善意还是恶意,但于一龙只是谨慎地执行着蒋爷的指令。于一龙摸着自己的光头,黑框眼镜让他显得过分严肃,他嘱咐乔远:"最好还是去。"他大概看出了乔远的迟疑和胆怯,"你还想不想在这里待下去了?"于一龙的语气并不轻松。在所有涉及蒋爷的话题上,他的语气都不轻松。他是山东人,高大白净,穿格子衬衣或者圆领T恤,所以他很受女孩们喜欢。但他并不随和。他身边的女孩,也都不能长久。大概她们都很难忍受他认真起来的样子。而他的认真,又只用在另一个老男人——蒋爷身上,这该更让女孩们灰心。

乔远突然想起来,他是在于一龙的工作室见过那女孩的——在餐桌边看杂志的女孩。是的,不会错的。她有特别的肤色,黝黑的、健康的,像皮毛光亮的棕色小马。在所有女孩都被惨白得可怕的粉底覆盖了的脸蛋中,这样的肤色很让男人们一见难忘。

乔远短暂的走神,大概让于一龙担心起来。于一龙给乔远的杯子倒茶,说:"哥们儿,你是不是要来点口味更重的东西提神?"

乔远不好意思地笑了笑,假装自己的走神不过是因为忐忑。他的确忐忑,这不是他喜欢的气氛。小时候他跟父亲去给父亲的厂长拜年,他记得自己一坐在厂长家的真皮沙发里,便一直想要小便。可是他不敢说。父亲低声下气跟厂长聊天的声音,听起来那么陌生,他连拽拽父亲的衣角都不敢。那是最可怕的事情,在陌生人家里,还必须忍住小便。后来他被父亲严厉地骂过,因为他那天在厂长家的表现,完全"呆得像个脑瘫儿"。"我不知道怎么会有你这样一个上不了台面的儿子。"父亲说。他觉得父亲的话听起来不绝情,而是充满悲伤,便立即开始后悔自己没有在厂长家里好好表现。在厂长希望他能当场用毛笔画两笔画的时候,他希望自己那时没有沉默地摇头,好像那会要了他的小命。

当然,乔远现在已经三十岁了。小学时给厂长拜年的尴尬已经不再对他有什么困扰,或者,是类似的情形不断上演,他终于开始麻木,不再跟自己过不去。他已经知道如何表现得像个正常的成年人,哪怕只是短暂的、不到位的表演,那并不真的难受。

乔远顺着于一龙的玩笑,说:"蒋爷的茶对我已经是重口味了,真提神啊!"一边让自己真的打起精神来。

蒋爷隔着巨大的茶几,坐在另一头的木椅上。这时他笑起来,声音并不大。乔远让手里的茶杯乖乖处在胸口的位置,让自己的眼神看起来充满期待。他知道自己现在的样子,很像那种讨好老师的平庸的学生。他为此又得意又羞耻,这也许是人们都会同时遭遇的两种情绪。

他这时看清了蒋爷的样子,尽管隔着长长的茶几——这让他们三人仿佛在进行一场盛大的宴会。蒋爷看起来其实还很年轻,至少眉目清秀,并不像那些角度诡异的照片一般,让人害怕。咖啡色小格子的围巾,在胸前搭出一道比例适当的分割线,刚好把米色风衣外套在黄金比例处分隔开。乔远从茶几一侧看过去,还能看见他米色裤子搭着的二郎腿,跷起来的脚上,是一只蓝色的匡威帆布鞋。于一龙也穿同样的帆布鞋。

蒋爷说:"乔远……画得不错!"他说话很慢,中间又停下来,不断用火柴点烟斗,再抽一口,慢慢吐出烟圈,"我想,你也许可以给我画几幅画。"漫长的铺垫都通过烟圈完成了,所以蒋爷直截了当,说出要求——五张敦煌人物画,四张要有佛头,一张要有飞天。

这样更好,乔远突然放松了。他觉得自己是从这时开始喜欢蒋爷的,蒋爷没有说那些让人困惑的话。乔远根本不擅长在迷雾重重的话语迷宫里揣摩说话人的真实用意。

"哦,真的? 那太荣幸了!"乔远的惊喜并不是装出来的。他终于可以放下那脆弱的杯子,又觉得不知道该如何处置两只空出来的手,于是没有必要地,再拿起了杯子。

"下半年吧,我有大动作。"蒋爷说。

于一龙又说了些什么,可能是关于"大动作"。但乔远没有留意,他想起了别的问题,给他几幅画,是免费吗?他们算是合作吗?还是这里有一些他并不熟悉的规则?他知道,这些问题都不应该问。

于一龙说:"蒋爷不会亏待你的,蒋爷没亏待过任何人。"

乔远也点头说是,暗自希望自己那些问题,于一龙也有能力作出解答。

但这都不是最糟糕的时刻,在他们开始谈论蒙德里安的风格的时候,乔远意识到更糟糕的问题——他很后悔自己喝掉了太多红茶,现在他想要小便。他当然不至于胆怯到羞于提出这样的请求,但他随即想到了蒋爷家没有门的卫生间——这让简单的问题似乎复杂起来,他猜想他们都是怎么解决的,关于没有门的卫生间的使用问题,于是他又迟疑了片刻,希望于一龙可以停下滔滔不绝的长篇大论,以便留意到他需要帮助。

"你,有什么问题吗?"蒋爷问。

乔远笑着说:"没事,只是想用下卫生间。"他开始希望小时候那个厂长也能有蒋爷的敏锐,可以关注到客人的不适。

"哦,外面,你带他去下。"蒋爷示意于一龙,很快他又摇头,说,"还是唐糖带吧,一龙,我们接着说话。"

房间另一头的女孩——原来叫唐糖的女孩——立刻站了起来,显出很高的个子——她竟然没有在起身的时候让笨拙的木椅子发出一点声音。她看起来训练有素,长长的米色亚麻布裙子、紧身的短袖黑衬衣,在空阔的房间里飘过来,也是无声无息的。她示意乔远跟他走出客厅,来到院子里。乔远离开的时候,听见于一龙的声音在说:"您这个大动作,太好,太有想法了,我觉得它更大的意义在国际化……"

唐糖穿了一双木屐。乔远很奇怪,这样的鞋子为什么走起来也没有发出一点声音?她这时转过头来,问他是不是乔远。

"你认识我?"

"我认识娜娜。你是娜娜的男朋友,乔远。我早听说了,但没见过。蒋爷说乔远今天要来,我就想是不是娜娜的乔远……"她说话很快,说完便笑起来,跟娜娜很像,很多女孩都是这么笑的。

"哦,难怪我觉得,我们好像见过。"乔远说,一边迎上去,跟她并排走。

"是吗?你确定这管用吗?说我们见过,你这样跟女孩搭话?"她的胸脯在紧绷的黑衬衣里起伏,似乎很老练。

"不,我记得我们真的见过,我想起来了,是不是在于一龙那里?"乔远说完便意识到唐突,他直觉唐糖并不愿意听到于一龙的名字。

唐糖果然严肃起来,她说:"一龙啊,他不错,就是有点……我也不知道,有点冷酷吧!"

"哦,他是不错。"乔远其实也不知道自己应该说什么。

"就是这里了,给客人用的卫生间。"唐糖停下来。

乔远从卫生间出来的时候,唐糖还在原地。她在抽烟,又递给乔远一支,说:"待会儿吧。"乔远不确定自己是否应该离开蒋爷的视线这么长的时间,在蒋爷的家里,跟一个漂亮的女孩一起。

但她又说:"我,真的不想进去……"

乔远于是也点上烟,用自己的口袋里掏出来的打火机,味道淡淡的"中南海",是乔远常抽的烟。

"娜娜怎么样?"唐糖问。

乔远感激她避开了于一龙和蒋爷的话题,他还不知道他们之间发生了什么事情,但她刚刚的表情足够告诉他,在她和他们两人之间,肯定发生过一些不该说的事。

"娜娜,她这两天发烧,生病了。她不好好吃饭,身体总是不好,换季的时候就感冒。"乔远相信自己至少可以轻松地谈起娜娜,那是不需要遮掩的东西。

"哦?我好长时间没见她了。"

"是吗?你们随时可以见。"乔远说。

"不,我想,还是算了吧!不过,我很喜欢她,我们以前玩得不错。"唐糖说。他觉得跟她谈话是一件很困难的事,她似乎总是把话说到一半便停住了,这和蒋爷不太一样,虽然乔远跟蒋爷说话也不容易,但那属于另外一种不容易。

"她,我说娜娜,就是个小姑娘。"乔远说。

"我不是吗?"唐糖扭过脸来看他,她眼睛很大,长睫毛不知道是天生还是被睫毛膏拉长的。艺术区女孩们的长相,总有太多不真实的地方。卷曲的棕色头发,刚好落在肩膀上。紧实饱满的肩,让她看起来真的很像健壮的小马。

他说:"不,你比她健康,你是大姑娘。"

唐糖满意地笑了,然后告诉他,她曾经是游泳教练,在体育学校学了四年游泳。"是不是很厉害?"她问。

"是,看不出来,很厉害,你怎么来艺术区了?"乔远顺口问。

"因为,因为于一龙,他带我来的。"唐糖说。

乔远不再问下去。他已经想起第一次见唐糖的时候,在于一龙的工作室,墙上显眼处挂着于一龙新完成的作品。乔远不记得那是作品多少号。但这幅作品不一样,因为画上的姑娘,赤裸上身,露出软润的、红扑扑的像西红柿的乳房,好像马上会掉下来的乳房。于一龙对表情惊讶的乔远说:"是不是很不错?还有更不错的,你待会儿就能看见模特本人了。"乔远很快便收敛起自己的表情,他不会让自己像游客一般,对艺术区各种奇艳的东西大呼小叫。他老练地笑着,希望自己的表情跟于一龙同样淡定。

后来他果然看见了画中的人,只是她是穿着衣服的。她简单地冲乔远点头,便一闪而过,不知道去工作室的哪个角落了。她大概并不愿意认识他,艺术区有很多乔远这样的年轻艺术家,他们并不那么重要。她对他不耐烦地点头。这不过出于礼节。于一龙也并没有给他们做介绍,他大概觉得他们不需要认识,不是吗? 这是他的姑娘,他的模特,就像他的画一样,都是不能和艺术区的朋友分享的东西。

可是,他们为什么分开了? 唐糖现在在这里,蒋爷家里。她自如地进出,表情淡漠,对每个来客也不再做礼节性的招呼。

乔远咳嗽起来,大概一口烟抽得太快。他想尽快抽完这支烟,回到蒋爷的客厅。唐糖在旁边的垃圾桶上,拧灭了烟头。

她说:"你对娜娜很好。"

"是吗?"他开始希望自己能谨慎地应对她,她就像蒋爷家里的骨瓷茶杯一样,脆弱、危险,稍不留意便让人做出不应该的举动。

"是的,比于一龙好。我本来不应该这么说的,但因为你是乔远,娜娜说,你值得信任,你不像于一龙。"她说,似乎想赶在他们进客厅之前,把所有话都讲完。

"一龙也很好,不是吗?蒋爷很看重他。"乔远答。

她皱起眉头,这让她看起来一下老了很多,她说:"他只在乎别人看重他,他一点儿也不看重自己。"

"什么?"

"怎么说呢?你知道蒋爷的大动作吗?"唐糖问。

"不知道。"

"嗯,具体,其实我也不是很清楚,但是肯定跟郎波蒂现代艺术展有关,我听说,花费有三千万。"

"三千万!"

"是的,都有赞助,谁不想去欧洲呢,是吧?"她说,"于一龙也想去,你也想去,我知道。"

乔远未置可否,其实他并不知道郎波蒂现代艺术展——那是什么?听起来和他的敦煌人物画,关系并不大。

她说:"他们都疯了,每天都有人来这里,好像这里卖郎波蒂现代艺术展的门票一样。"她大概意识到自己说出了很精彩的话,便又笑起来,满不在乎,说,"还真是!蒋爷也许就是在卖门票,只是看他们都拿什么东西来换门票。你呢？你有什么？"

乔远不确定她的话是否在表达一种蔑视。他含混地说着敦煌人物画的细节。可是，她好像知道他只是在回避她的提问，她打断他，说："你不需要像他们那样的。"

说完他们已经走进了客厅。她突然变得和善，几乎不动声色，引导乔远坐回他刚刚坐过的那把木椅，又小心翼翼为他们换了热茶。

大概是离开的时间太长了些，坐下的那一瞬间，乔远觉得这椅子真是冰凉。那凉意甚至穿过骨骼抵达心脏、大脑，将他全部冻结，以至于他很长时间都无法集中注意力，进入于一龙和蒋爷还在进行中的漫长的谈话。他们的谈话中，似乎真的出现了"郎波蒂"。

于是后来乔远沉默的时候便越来越多，他不确定那些关于康定斯基、能指所指的话题有什么紧迫性，必须要在这样一个不舒适的季节、不舒适的椅子上讨论完毕。乔远猜想，他们只是碍于他在场，才只说那些没什么要紧的问题。

有一瞬间，他想起了发烧的娜娜。她生着病，于是脾气也变得古怪，像进入更年期。她也许才是他目前更紧迫的问题。他想提前离开，不过是五幅画，不至于让他勉强自己在这里消磨时间。可是他知道，自己做不到。他已经是成年人，可以做任何勉强自己的事。他看了看于一龙，觉得自己看出了于一龙脸上同样的违心和不适。他希望自己错了，于一龙跟他不一样，唐糖刚才就是这么说的。

于一龙这时告诉他，刚才，蒋爷已经说过了，以后欢迎他经常来这里坐坐。

"交流嘛，这很重要；男人嘛，力比多需要相互激发。"蒋爷说。

乔远很配合地笑过,才表示完感激,顺便又感谢了蒋爷对自己作品的赏识。

蒋爷说:"我欣赏有才华的年轻人,以后合作的事情很多。"听起来滴水不漏。但乔远却相信他也许对于一龙也是这么说的,在很久以前,某个尴尬的下午,在同样的位置上。他也许对很多人都说过同样的话。但那些人现在去了哪里?

在艺术区越来越复杂的空间里,他们每一个都在一个注定的位置上,眼巴巴地拿出自己拥有的全部。他们在期待什么呢?是别人的关注、喜爱,还是卖出作品,换一间更宽敞的工作室?他们可能对自己拥有的东西并不明确,对想要得到的东西也不是那么清楚,那他们又怎么完成这种置换,就凭任何人一句"你很有才华"的陈词滥调吗?

于一龙仍然在附和蒋爷的话,这是这个下午他做的主要事情,他说:"是的,我早这么说过,蒋爷你得相信我的眼光。"听起来他真的为此得意。

但蒋爷却突然沉下脸来,在乔远还没有意识到发生了什么的时候,蒋爷大声说:"你早说过屁!再说一遍,你有什么眼光?"

于一龙被吓住了,愣了片刻,才小声笑着:"我只有屁眼光……"他很厉害,至少现在看起来,蒋爷的发怒不过是长辈对晚辈开的充满爱意的玩笑。

蒋爷大概对这回答很满意,竟然能迅速用慈祥的语气说:"一龙啊,还是很不错的,要谦虚……"

于一龙可能只是对乔远的在场感到难办。这样的时刻,也许经常出现。很多人都喜怒无常,于是他们才令人害怕,让人必须谨慎地表达尊敬。蒋爷也

■ 黑熊怪

■ 090

是这样,这并不是严重的问题。严重的只是乔远不应该看见这一幕。

后来于一龙便一直避开乔远,在他们步行回艺术区的路上,于一龙变得沉默。他看起来很疲倦,跟刚刚去蒋爷家的兴奋状态完全不一样。出门的时候,那两只狗正在吃饭。不锈钢的食盆看起来太大,于是狗也没胃口。他们经过的时候,两只狗只是懒懒地抬起眼皮看一眼,便不再有任何反应。

唐糖送他们到门口。乔远走在于一龙和唐糖中间,他觉得这是世界上最尴尬的一个位置。他担心他们都想往对方身上扔石头,只不过碍于乔远在场,才尽量保持平静。但火药味儿仍然掩饰不住。这是一座极简主义的住所,没有东西可以被掩藏住,连那些陈年的情事也是。乔远对他们充满同情。他猜想,于一龙从前一个人来蒋爷家里的时候,是如何应对唐糖的?但他很快又觉得自己只是多虑了,他们都有能力应付这种局面。他们不像他。他或许不应该为他们任何人担心。他只该担心自己,担心生病的娜娜。其实,他为什么不生病呢?至少大病一场,可以给他充足的理由,从现实中逃离,逃开这些不被遮蔽的问题。

"她跟你说什么了?"于一龙问。这是回艺术区的路上,于一龙的第一个问题,让乔远意外。乔远自己倒有很多问题要问于一龙,但他不确定在于一龙沮丧的时候,那些问题是否合适。

"她说,你很不错。"乔远如实答道。

"我不错?哼哼,我哪里不错了,我错大了,我大错特错了……"于一龙说。

"怎么了?"乔远问。

"她应该恨我的,她还说我不错,这算什么? 她本来那么喜欢我,我把她送人了,她为什么不恨我?"于一龙嚷起来。

"怎么了?"乔远再问。

"算了,不说了。"于一龙又加快了脚步。走了两步,他又停下来,"蒋爷说了,你的五幅画他买,价格比你现在的要好,希望你重视,尽快给他。"他公事公办地说完,像是终于完成了一件什么事情,但他是否忘记了"郎波蒂"的事情?

"哦,真的吗?我本来还想问……"乔远觉得这应该算个好消息,不是吗?但他从于一龙的口气里没听出什么喜悦。

"是的,是的,是的,是的,你他妈还想问什么?"于一龙听起来快要发火了,"都不是好人!他妈的!"他愤怒地说。

过了一会儿,于一龙似乎又平静下来,他们已经快走到艺术区了,他说:"对不起,哥们儿,我失控了,这真是好消息,对你来说。"

乔远谦虚地笑着,其实他并不确定自己是否值得这样的重视。于一龙说:"把握住吧!这里就是这样。机会,就像女人的安全期一样,不抓紧,就过去了。"

然后,乔远大概是在一个月也没画出一张佛头或飞天之后,才意识到他错过了什么。他在艺术区入住已经四年,刚好是拿到本科学位需要的时间。四年来,蒋爷第一次提出要他的作品,这意味着他的画作价格也许会从每平方尺一万卖到每平方尺两万,或者五万。五张敦煌人物画,想来一点也不困难,毕竟他已经画过五十张了。但可能五十张都只是平时成绩,只有这五张才是毕业作品。他或许压力过大。已有573号作品的于一龙,在此时更让乔远对自己缺乏信心。

五

于一龙喝过茶,向乔远宣讲了一番他的品牌理论之后,总算离开了,没多久,娜娜就回来了。

在卧室,她脱掉长风衣,露出风衣里玫红色的比基尼,乔远便知道,她还是去了耐克体验店的开张庆典活动。

昨晚娜娜终于数清楚了,她一共有五套比基尼,虽然她其实从没去过海边。她出生内陆,于是更有理由向往阳光沙滩。她把它们都铺在床上,神情像少女为自己准备不知道什么时候才会穿上的嫁妆。

耐克体验店的开张庆典活动,已经在艺术区做了很长时间的宣传。活动规则是,看哪个女孩当众以最快速度穿上耐克的法兰绒帽衫和裤子。第一名将得到去泰国旅行的机会,其他人将得到帽衫和裤子。唯一的要求是,女孩的外套里面不能穿其他衣服,只能穿比基尼。

听起来这是一个很有想法的活动,当然,如果自己的女朋友没有要求去参加比赛的话。娜娜对此跃跃欲试,她认为这是稳赚不赔的比赛。这让乔远有些不快,他想象她穿着比基尼,在耐克的玻璃幕墙前,和女人们哄抢一件帽衫——这场面真是不堪。女人们其实都是目光短浅的,她们喜欢计较那些渺小的利益。

"万一,万一赢了,我们可以去泰国旅行……去芭提雅……去清迈……"娜娜一边说,一边把五套比基尼的内裤在床上拼成一个五角星的图案。她歪着头看床上的五角星,很快又往另一边歪过去,显得犹豫不定。她也许被这个选择难住了,从五套比基尼里挑出最完美的那一套,选择从来都是困难的事情。只是她对这件事情的认真,让乔远感到羞耻,因为她竟然希望去讨好那些凑热闹的男人的眼光。但乔远没有再说什么。他想起,他们的关系正处于一个微妙的阶段。

"你是画家,你帮我挑一个颜色吧?从这五套里面。"娜娜最终向乔远求助。他靠着卧室的门框,觉得自己最不愿听到的数字可能就是"五"了——他很长时间也画不出那五幅画。蒋爷已经开始显而易见地冷落他,又明确告诉他,"如果已经尽力了,那就这样吧"。

那是五月的一天,乔远在艺术区一个画展开幕式上见到蒋爷的时候。蒋爷一手握着烟斗,另一只手插在裤子口袋里——他又换了米白色的风衣和同色的格子围巾,蒋爷被很多无关紧要的人围起来。很多人都去了那个开幕式,包括乔远的大学同学,应天。在渐热起来的五月,应天穿一身笔挺的黑色西服,表情庄严得像牧师。应天为蒋爷从人群中开出一条路来。应天总有这样的能力——无论做什么事情,看起来都老练得像他已经这样干了很多年。他这天的事情,也许是确保蒋爷可以避开这支由记者、仰慕者还有游客组成的队伍。蒋爷看见了乔远,他举起烟斗,是在招呼他。乔远却只觉得,应天黑墨镜下那双眼睛,释放出了警惕的目光。乔远向蒋爷走过去,这几步路他走得备受瞩目。蒋爷看起来并不高兴,他开口便问:"小子还有时间到处溜达啊?作品什么时候出得来?"乔远讨好地笑,他说:"正在努力。"蒋爷说:"抓紧了,别让我看错你!"但乔远焦虑的,已经不是蒋爷态度的冷淡,而是应天明显的敌意。应天跟随蒋爷多年,乔远不知道他具体做什么,但肯定不是画画。应天不画

■ 黑熊怪

画,也不会木工。乔远曾经以为他擅长创意,那是大学时代。后来他又让乔远觉得,他其实什么都擅长,武术、起草合同、新媒体、公关、养狗、用大麻叶卷烟、烤五花肉……总之,是除了画画之外的任何事。

"你们这些年轻人啊,都说在尽力……"蒋爷话没说完,但人已经走远了,乔远只记得自己听见蒋爷最后的话是,"如果尽力了,那就这样吧!"像恨铁不成钢的家长。

这样?继续这样?在艺术区这片大工地上日复一日地等待灵感吗?他不觉得这是个好主意,也许郎波蒂现代艺术展的名单已经确定,那里根本不会有他的名字。他还真是擅长让所有人失望,父亲、蒋爷、老杨,也许还有娜娜。

尽管觉得所有的比基尼都不合适,娜娜不应该穿比基尼在艺术区出现,更不应该出现在耐克体验店——耐克体验店本身,也不是应该在艺术区出现的东西。但现在,乔远觉得自己没什么精力去计较所有那些不应该的事,他也许可以至少不让娜娜失望。于是,他向她建议,玫红色,也许。

她疑惑地看着他,说她会再想一想。

他们在一起已经快四年了,至少三年,她从来都不是他们之中迟疑的那一个。她其实早已经有了决定,他想。她说过,她五岁的时候就知道,要让自己的发夹颜色和裙子协调。

看起来无论如何,她都会去参加那个哗众取宠的、让他别扭的耐克体验店的活动了——她真的天真到会认为自己能获得去旅行的机会吗,还是其实她只是愿意让更多人在室内的镁光灯而不是海边沙滩的阳光下,见证她穿比基尼的美丽的身体曲线。

他说:"我们可以去旅行的,你知道的,如果你真的想去泰国的话,我们不需要这种免费的东西。"

他想,这是最后的努力了。他还不能坦然说出那些真正的原因。她太年轻了,二十三岁,年轻到让他无法对她做出任何要求。他能做的,也许从来都只是给予。那一瞬间,他又想起了郎波蒂现代艺术展。该死的郎波蒂。他对这个地名的认识,其实目前都仍仅限于欧洲的一个城市。他其实真没那么在乎去不去郎波蒂,哪怕是代表北京的当代艺术家去参加国际性的展览,就像他对男人们都上瘾的欧洲的啤酒和足球,也没那么在乎一样。

娜娜看着他,神情表示——她不知道他在说什么。事实上,在这之前,他们已经将"是否去旅行"的话题谈论过太多次了,以至于旅行这个浪漫温情的行为,如今已经成为敏感话题。她知道他正在一个焦虑的阶段,也曾频频嘲笑他可能正好进入了男人的生理期。旅行的提议最初也是他提出来的,这让她迅速兴奋起来。机场和旅店之间的旅行生活,就像那种真空包装的食品,是与他们的日常生活隔绝的、迥然不同的。但他很快又否定了这个提议,因为他无法忽略的现实问题:五张敦煌人物画仍然只是一沓废弃的草图,看起来他永远也完不成它们。她很失望,这是罕见的情形,她懂得让自己舒适,所以很少让自己失望。但他还是让这发生了,因为在这样的时候去旅行,这是不可能也不现实的。看起来,她似乎在试图让自己拥有新的期待。她说:"那是你的事情,我不画画,我也许可以去旅行。"之后第二天,她就向他宣布,她已经从蒋爷的公司辞职了。现在,万事俱备,她将旅行去了。她得意扬扬,像说着一个美梦,语气并不当真。如此看来,他想,终究怪他,他不该提起旅行这件事。那就像

■ 黑熊怪

■ 096

　　另一种可能,旅行也许会将他们久已凝滞不动的生活,另存为一段新的片段,他已经向她描绘出了这片段的新鲜刺激,于是后来一切看起来,都蠢蠢欲动、呼之欲出,只有他,像无法启动的汽车,会一直停留原地。哪怕他无比确信,他其实比这世界上的所有人,都更需要一次旅行。

　　他突然明白了娜娜用神情想告诉他的东西,那是什么——"你是说真的吗?你真的还要讨论旅行的事吗?"

　　但娜娜终于说出来的话却是:"当然,我想去泰国,海岛,我会去的。但我不知道,你想去哪里?"

　　他说:"你想去就行了,我随便。"他为自己的言不由衷感到一丝羞耻。他已经会熟练地说出这些讨好她的话了,尽管这些话并不一定总是管用。

　　娜娜脱下连衣裙,开始试穿比基尼,以确定第二天她应该穿哪一套在耐克体验店出现。她脱和穿,对他都没有丝毫回避。他不确定她是否还发出了一些不屑的声音,从她小巧的鼻子里。

　　她把玫红色比基尼的带子,在后背处打了一个松松的蝴蝶结,动作轻巧熟练,根本不需要乔远帮忙。那是她的事,与他无关。她转过身来,他看见她明显的锁骨,像闪着鱼鳞光泽的小翅膀,仿佛随时都会带她飞走。他很想去抱她。她正面朝向他,弯腰换上比基尼的小裤子。他没动。在这样的时候,任何举动都只不过让他更轻视自己。她锁骨处那对小翅膀,他想,那是她最漂亮的地方。

　　她穿着比基尼,在卧室里对着镜子,做出了一些扭捏的姿势。她也从镜子里,给过他几个短暂的、挑衅的眼神,像是在故意激怒他。他告诫自己,不要上她的当。如果他如愿被激怒,那他就真的输了。所以,他只是淡然地微笑,甚至还用自认为最酷的手势点燃了香烟,他假装很享受地靠在门框上,看她的表演。他疑心自己的样子,和第二天耐克旗舰店里那些男人们是很一致的,流露出可以理解的简单的满足,内心里满满的都是情色的狂想。

她似乎知道,他的样子不过是装出来的。她从镜子里看他,问:"真的吗?你随便?你怎么连自己想去哪里都不知道?"

他那时能看见她赤裸光滑的后背、玫红色比基尼包裹的略宽的臀。从镜子里,他还能看见她起伏的身体正面,肚皮上有一颗很明显的痣。这也许并不好,艺术家总相信美是犹抱琵琶半遮面,美是含蓄的。可是,他们在一起已经太久了,彼此看得太清楚,透彻得就像看镜子里的自己。

"你想去欧洲吗?"娜娜问。

"什么?"其实他知道她问什么。

"欧洲,郎波蒂。"

他迟疑了片刻,才回答:"我其实,没太所谓。"

她在蒋爷的公司工作过,她知道那些关于郎波蒂现代艺术展的事。年轻艺术家们争先恐后向蒋爷示好的时候,也许她正为他们的杯子倒上热茶。她也知道,他一个月焦虑、烦躁,甚至假装要开始一次并不必要的装修,这都不过是因为他无法完成的那五张作品——那也许是他去郎波蒂现代艺术展的门票,不是吗?如唐糖所说。但唐糖也说过,他不需要像他们一样。他们,于一龙、应天,所有人……他们似乎都比他更知道如何拿到一张门票。只有他一无所有。他曾经画过五十幅画,但现在一张也不属于他。他根本不应该把自己的名字,跟郎波蒂联系在一起。

"算了,没事。"娜娜好像并不相信他的回答,"没太所谓。"——仿佛他们在一家新开的餐馆讨论该点什么菜。

娜娜从不问那些不该问的事。他曾以为这是她最大的优点,但现在他不这么想了。因为她其实都知道,什么都知道,这让所有的沉默都变得难以承受。

他祈求着,该死,接着问下去啊!他从没像现在这么渴望为自己解释一番。

六

乔远收拾了院子里的茶盘和烟灰缸,又回到卧室。娜娜的比基尼已经换过了。现在,她穿着宽大的黑色 T 恤,上面印着巨大的乔布斯头像,看起来很像耐克体验店里的姑娘穿的那种衣服。他猜想,她是否已经在那里,在耐克体验店,找到一份新的工作了?这完全有可能。

从她的样子,他暂时判断不出她是否赢得了这天的比赛,以及更关键的问题——她会去泰国旅行吗?

"回来了?"他问。

"嗯。"她把五种颜色的比基尼,各卷成一个小小的卷儿。

"怎么样?"他问,语气平淡,也许所有的恋人在那些不愉快的事情发生并终于平静后,都是用这样的语气说话的。

"挺好的。"她客气地答道,"很多人都去了,挺热闹的。"在他听来,这却是最不客气的回答。她明明知道他在问什么,但她拒绝回答。

他希望自己只是习惯性地多虑。赢大奖、去泰国,这件事情太不现实,需要太多的运气,可能性很小。她不会去泰国的,她只是想要做点什么事情,让他不舒服的事情。

"哦。"他突然不知道该说什么,这真是糟糕的一天,他无法对所有人说出自己真正想说的话,老杨、于一龙,还有娜娜,可是,说出来又有用吗?那些问题也不会得到解决或者缓解,它们依然纠缠在他的生活里。

"你呢?今天过得怎么样?"娜娜已经收拾好那一堆小卷儿,坐在一张她常坐的小沙发上。他们总是这样进行一些谈话,娜娜可以面对镜子,时刻注意自己的表情。

"我?上午老杨来,收走了定金。但是两个月后才能开工,因为……我也不知道因为一些什么原因。下午于一龙来,喝茶。就这样。"他希望自己的语气可以不这么沉闷,仿佛当年在他任职的理工科学院讲选修课一样,他总是无法让台下的学生对他说的东西发生任何兴趣,因为他自己其实也不会对此感兴趣的。

他想,真的就这样过去了吗?旅行,还有那些模糊又尖锐的问题,地板的问题、五张敦煌人物画的问题,就这样被自己忽略了?他平铺直叙着这不容易的一天,仿佛所有的问题都不存在,或者都已经被解决掉了。

"哦,那很好的。"娜娜说,听起来他们正在进行的谈话是温和而日常的。但他知道,这都不正常,她跟他说话的样子根本就不应该是这样的。

他微笑着,点了一支烟。烟雾升起来,是淡蓝色的。他曾经用这种淡蓝色

■ 黑熊怪

■ 100

画线描,工笔的蓝色佛头。那是他最早卖出的一批画里的一小幅。穿羊绒长裙的中年女人用染着猩红指甲的手指,提走了那幅画。她看起来并不让人讨厌,而其他所有买画的人,都让他感到厌恶。他猜想这只是一种本能的反应,跟母牛护犊类似。那些画,五十幅敦煌人物画,都是他的孩子。五十个孩子一个不剩,换来眼前这种生活。这种交换漫长得似乎要持续一生,他却已经没有勇气培育第五十一个孩子了。他突然意识到,或许所有的问题都是同一个问题。灵感枯竭——艺术家永远逃不出的噩梦。

他想去开窗,烟雾让这间不大的卧室更局促。他站在娜娜身后,探身去拉铝合金的窗户。这动作让他比平时需要更多的力气。可是他没有成功,大概用力的方向不对。也许很多事都不对。一只苍蝇,被他惊得从窗玻璃上突然弹开。他和那只苍蝇,同时被彼此惊吓到了。不知从何处飞来的苍蝇,错过了季节,正不要命地往玻璃上撞,一次又一次。他觉得自己也是一只苍蝇,在禁闭的空间里,以为自己在向似是而非的光亮的方向飞去,事实上,只不过徒劳无功、头破血流。他又退回来,坐下,任凭烟雾积累的淡蓝色越变越深,也没去打开窗户。

娜娜没有赢得耐克体验店的那场比赛。这并不令乔远意外。她说:"那没什么要紧的,我觉得还挺好玩的。"但他再也不敢提起旅行的话题,直到她有一天给乔远看微博,那里有一些人在泰国旅行拍下的照片,她说:"我还是得去。"听起来,她只是在说明一件无关紧要的事、一个容易实现的简单愿望,她并不是在询问他的意见。在旅行这件事上,她已经将他忽略、排除在外。他认为这样也不错,至少他在告诉她"决定不铺木地板"的时候,也不必忐忑,仿佛对她有所亏欠。他甚至很满意至少解决了地板的问题。虽然很多的问题,都像再也没有出现的灵感一样,沉淀在生活里,没有进展,也不知道如何解决。于是在后来很长一段时间里,他都在盼望老杨能早一天出现。老杨电话里说,会先派个工人来测面积。乔远觉得那很不错,至少表示自己已经开始着手做一件事情了,而不是让日子停滞、无所事事。

在艺术区,没有人应该无所事事。于一龙的油画已经有了作品580号了,离参展郎波蒂现代艺术展的588号似乎更近了一步。应天更忙一些。有一天他出现在乔远工作室外,喊着"Guten Morgen",又解释说这是德语的"早上好"。乔远不意外,应天就该什么都会,他还会去欧洲,穿着黑色西服套装,警觉的眼光里有些杀气,永远站在蒋爷身后一米远、四十五度角的位置。倒是应天自己感到了无趣,大概这场德语表演没有取得他预料中的效果。娜娜缠着应天,她向他学会了德语"你好"的另一种说法。她还想学西班牙语和泰语,应天说他也会,但是"改天改天"——他很忙,不值得把时间浪费在教女孩说外语上,何况这女孩还是乔远的女朋友,那就更不值得了。但改天,再一次出现的应天,已经不穿西服了,他成为策展人,身上的中式对襟仍然是黑色的,那是六月,"这至少比西服凉快些",乔远想。策展人应天小心翼翼地避免谈论"外语这种小玩意儿"。他问乔远,有什么进展没有。这样的话,乔远那时听来,觉得这更像是一句嘲讽。但应天看上去又很诚恳,他手臂交叉抱在胸前,感慨着:"你看看,看看,艺术区现在比菜市场人还多,这些人都疯了,都疯了……"他表现得很委屈。大学时代应天曾风云一时,因为他为班级画展拉来一笔不菲的赞助。但班级画展结束后,他在庆功酒宴上发怒,对所有人拍胸脯说:"你看看

■ 黑熊怪

我是谁,我是应天!"乔远此时突然理解了大学时代的很多事——应天做了努力,做了别人做不到的很多事,但他并没有独树一帜,这足够让他委屈。独树一帜,这是太难的事情。艺术区是一片越来越恐怖的森林,所有人都在"独树一帜"。

乔远想问问郎波蒂现代艺术展的事情,希望应天可以告诉他目前蒋爷的动作。但他还没开口,应天就说:"都疯了……他们都要去郎波蒂,你相信吗?他们怎么都能去郎波蒂呢?"

"是吗?谁会去?"乔远不确定自己是否也属于应天说的"他们"中的一个——在应天看来根本不配去郎波蒂的那一个。

"这事儿已经没什么意思了。"应天说。乔远觉得这一次应天是对的。不过,很多没意思的事情,人们还是热衷的。乔远根本不怀疑,应天对郎波蒂的渴望,同样,他也不能否认自己其实也是这么希望的,如果他能顺利完成五张敦煌人物画的话。

娜娜似乎更喜欢热闹起来的艺术区。她在耐克体验店结识了若干扎马尾的小姐妹。那些女孩看起来都很像,仿佛同一颗花生里剥出来的一排花生米,白白的圆脸和恰到好处的酒窝。她们不关心郎波蒂,她们只关心限量版的耐克鞋。这让乔远想起唐糖,他从未听娜娜说起过的唐糖。唐糖不是花生米,她是黝黑神秘的核桃仁。这样的想法让乔远快乐,这大概是那段时间难得的乐趣之一了。关于唐糖的事,他试图向娜娜询问,但似乎没有合适的机会,娜娜现在也快成为那种花生米一样的女孩了。乔远又希望能在艺术区看见唐糖,但想起她身边的蒋爷,又觉得最好不要见到她。他于是又去了一次于一龙的工作室，希望再看见唐糖的半身裸像，但在那层层叠叠的大头油画中，他并没有发现那对红润的乳房。乔远为这可笑的举动鄙视自己，他明白，就像自己的五十幅画一样，唐糖的画像现在也不会属于作者于一龙了。繁忙的于一龙无暇顾及乔远的心思，但他们依然会谈论郎波蒂，这是艺术区所有人都在谈论的事情。于一龙暗示乔远，一切终会水落石出，只是目前时机未到，"那是一个奇迹，魔术一样"，于一龙的倦容并没掩盖住他的兴奋，这让乔远觉得于一龙其实已经忘记唐糖了，这似乎也是不错的结局。

<h2 style="text-align:center">七</h2>

但老杨和他的工人都没在约定的时间出现。老杨没有失约，而是有了更紧急的情况出现。"我要去欧洲了，现在在准备护照，我没有护照，还有签证，那是什么东西，我不知道，但我没时间了，那会很麻烦……"老杨在电话里道歉。

"欧洲？"乔远觉得自己像在玩"连连看"游戏，正费力地把老杨和欧洲想方设法联系起来。老杨来自安徽南部某县，小学文化。他相信运气，因为每天打牌，运气是重要的东西。他说过，"我前半生运气不好，后半生还行"。他来北京那年遇上"非典"，所以小半年都没人找他做装修。他只能在五环外的村里租房，跟手下七八个安徽小工匠住在一间平房里。他会一点木工，但不是太精通。后来他得到一块木料，觉得还不错，但也不知道该怎么处理，只能放在平房门口。那木料竟然真的被一个年轻人高价收走了，他后来听说那是块老木头，有人就喜欢在村里"捡漏"。他开始明白为什么年轻人居然还担心他当

■ 黑熊怪

时舍不得卖。于是他开始倒腾木材，也开始后悔当初卖老木头卖得太便宜，他不再相信那个年轻人，但他自己也不太懂这个。他还是做装修，年轻人给他介绍了艺术区的生意。那时非典已经平息，村子里剩下的包工队已经不是太多了，他的运气来了。

"是的，蒋爷非要我去，说是个作品。我不知道我怎么算个作品，我生意太忙，不爱去，但蒋爷说不让我出一分钱，又说不只我去，他要让九百九十九个中国人去郎波蒂，嘿！九百九十九个人，我想那有什么呢，那就去呗！"老杨说。他的运气会越来越好。

"行为艺术。"乔远小声说，"九百九十九个人去郎波蒂的奇迹。"

"什么？是，是行为艺术，有个名字，叫'幻觉'。"老杨说，口吻很像蒋爷，他又说，"你的装修，我回来再做，我记着的！"这就是安徽普通话了。

像老杨一样，乔远身边的很多人都逐渐开始为护照、签证之类的出行准备而忙碌。

"幻觉"项目的媒体宣传已经开始，一切水落石出，不再是秘密。

应天是公关团队里重要的一员，也是首批去郎波蒂现代艺术展的成员。他仍然宣称"这件事情已经没什么意思了"，因为他只是九百九十九分之一的那一个。

到七月的时候，艺术区终于安静下来，很多人都去了欧洲。老杨、于一龙、应天、唐糖、门房老李、耐克体验店的导购、早餐店的老板娘……他们分成三批，轮流飞赴欧洲度过一周的时间。"幻觉"项目很早就启动，但很多细节一直被秘而不宣。它只是蒋爷的作品，参展的唯一一件中国作品。乔远和娜娜都没有参与,他们各自都有充足的理由让蒋爷对他们摇头。

于一龙出发的那天,乔远和娜娜坐在院子的沙发上,看他拖着箱子,兴致勃勃地朝他们挥手。那一天,拉杆箱碾过艺术区水泥路面的声音,很长时间都没有平息,形成的巨大噪音像是正上演着一场兵慌马乱的撤离。只是这一次的撤离,他们的心情是愉悦的,因为在这免费的、备受关注的出国旅行结束后,他们还是会回来的。

娜娜心有不甘,她又说起耐克体验店的那次比赛,认为"所有的好事,都没赶上"。但她很快又释怀了,因为她说,"那么多人,肯定不好玩"。她开始认真策划去泰国的事情,现在这件事又有了更吸引她的魅力,因为那跟她们,那些花生米一样的女孩,都不一样,她认为那很酷,跟别人不一样。这让乔远对旅行的话题不再有怨恨,因为他们终于对这件事有了相近的认识。娜娜只担心她的小姐妹们回来后,会"开始翘尾巴",这是她唯一需要打足精神去小心翼翼应对的危机。

那是艺术区最安静的三个星期,更对比出之前大半年的喧闹。耐克体验店开张一个月的酬宾活动已经结束,海报、鲜花拱门之类的装饰物已经撤下,只在玻璃幕墙上留下一些深浅不一的印迹,有一种突如其来的萧瑟,仿佛突然降温的天气。很多工作室都门窗紧闭,因为艺术家走了。于是游客也不见了。画廊零星开业,或者干脆放假。早餐店停业一周,因为老板娘也去了欧洲——郎波蒂。路上偶然闪过一两个人,看起来都是午睡刚醒的倦怠模样。有一瞬间,乔远疑心自己现在是这里唯一的一个人,尽管他知道,娜娜就在不远处的卧室里的那张床上,沉睡在一个绵长的梦中,就像四月的时候,她生病那次一样,他知道她安稳地在房间里,便感到踏实。他很久没有这种感觉,郎波蒂把一切都改变了。他当时并没告诉娜娜,蒋爷要见他,还想要他的画——也许他早就有预感,这并不是奇迹和魔术。但她总是会知道的,这对他们都不是一段容易的日子。

乔远坐在院子里的旧沙发上,抬头看了看天——的确是一个适合在户外喝茶的好天气。他只听见风声,低沉的、不知在何处刮过的风。他想起多年前,他第一次来艺术区的那个下午,似乎也听见过同样的风声。空旷的厂房像死去的城堡,让人不安。那个下午的时间,似乎被拉长过,如今想来,像一个漫长又陌生的长镜头。

现在,乔远觉得自己哪里也不想去了,旅行的念头此刻看来,就像一个可笑的、失败的魔术表演,从始至终都在穿帮。这里粗笨的红砖、层高十米的厂房、废弃的水泥烟囱,还有他的工作室、他亲手修整的院落,他和娜娜一起种的树,墙角那些报废的画框、草图、干透的水粉颜料……都令他着迷,让他觉得自己只能属于这里,无论什么时候。

八

秋天的时候,娜娜果真旅行去了,泰国,五天四晚。一个短暂的小别,对乔远来说,一切都还好,可以接受。

娜娜为这次旅行计划了很长时间,她和另外三个女孩一起,会去曼谷、清迈,最后到芭提雅。但她们去芭提雅做什么?人们去那里多数是为看泰国人妖的。她们四个女孩,平均年龄不到二十五岁,正是好奇又固执的那种年龄,所以娜娜不会理会乔远的疑问。她说自己是为看海去的。她长这么大,从来没有去过海边。可是她又不会游泳,因为她的父母没有教过她,"他们自己也不会游泳。"她说,"我爸爸本来有个小哥哥,七岁的时候在小河里淹死了。"娜娜的爸爸在四岁时成为家中独子,长年被禁足,再也没到那条河边玩过。于是娜娜也一样,她生下来便是家中独女,这意味着所有危险的东西她都要躲得远一些,直到十八岁离家。后来她一件一件地把那些从小不被允许的事情都体验了一番,赛车、滑雪、跳伞,还有喝酒、抽烟、抽大麻……但她觉得其实不过如此。大概因为后来她发现了更好玩的事——谈恋爱。男人们的世界也是危险的,不过这种刺激充满变数,不会一下子就让人失去兴趣。跟乔远在一起后,她不再寻求更多刺激的体验,因为那些东西,其实也不过如此。但她还是没去过海边,这是一个小小的未完成的心愿。如果有什么机会,她觉得还是可以尝试的。"反正我总是会见到海的。"她说。

唯一的问题是唐糖,对他们三人来说都是。

唐糖是在娜娜出发前两天出现的。她只拎了一个小纸袋,里面丁零当啷的,不知道装了什么东西,肯定不是换洗的衣服。她看上去脸色糟糕透了,虽然她本就是个皮肤很黑的女孩。

她说要在这里住几天。

"住几天?"乔远很惊讶。

但唐糖并不见外,她把纸袋里的零碎东西在乔远工作室的画案上倒出来,钥匙、手机充电器、硬币、几张卡、缠绕在一起的几条项链、游泳眼镜、小包装的化妆品、牙刷,还有几个验孕棒……唐糖坐下来,看上去她并不打算收拾这堆

黑熊怪

东西。她说累坏了,走了很远的路。她问:"有没有喝的东西?"

娜娜从卧室出来,她们似乎心照不宣,有一种显而易见的亲密。娜娜端来白开水,用雀巢咖啡赠送的红杯子。娜娜又告诉唐糖,好,只是她马上要去旅行了,机票和酒店都不能改签,不过没关系,"你可以住在这里"。

她们完全忽略了乔远。在艺术家乔远自己的工作室里,他觉出了尴尬,仿佛学生时代闯入女生宿舍。两个女孩在小声说话,桌上和卧室里,到处都是女孩们的物件。唐糖的钥匙扣是一只塑料的翠绿色小乌龟,而娜娜正在准备旅行的行李——它们暂时都被堆在床上。他担心娜娜根本无法把它们都塞进一个小行李箱里,但后来她竟然做到了。为这次旅行,她专门买了粉红色的行李箱。跟一个女孩在一起,原来是一件这么复杂的事情,乔远想:"这意味着你得应付她的整个世界。"

"不过住几天,她现在很脆弱。"在工作室外面的院子里,娜娜这样对乔远解释。

女孩们总是脆弱的,但不应该是唐糖。她体育学院毕业,当过游泳教练,是那种皮肤发光、胸脯鼓鼓的女孩。

乔远在蒋爷家认识唐糖。她那次告诉他,她跟娜娜也认识,而她们"玩得还不错"。唐糖是蒋爷的人,这让乔远谨慎,也或许是无奈,只好敬而远之。蒋爷是艺术区最重要的人,所以跟蒋爷有关的所有东西,艺术区的人都最好敬而远之。唐糖比那些东西更神秘一些,因为她曾经还是于一龙的女孩,也是于一龙的模特。于一龙画油画,从作品1号画到作品588号,都是差不多的人物大头像。蒋爷曾说,于一龙的人物大头画体现的是"现代性导致的人性迷失",于是那些画都卖得不错,比乔远的水墨人物要好,尽管后来水墨画似乎更有市场一些。于一龙有时帮蒋爷做事,每当他帮蒋爷做事的时候,都像端着一碗热汤一样,自己小心翼翼,也让别人紧张。但他并不在蒋爷的公司。他主要还是画家。

唐糖怎么从于一龙的模特变成了蒋爷的女孩?这些事情,乔远不了解,也不想了解。但很明显,唐糖似乎跟乔远身边所有人都有联系。现在,唐糖要在乔远的工作室暂住几天。

"她可以住工作室的沙发。"娜娜说。

第一天晚上,乔远睡在工作室的沙发上。唐糖和娜娜睡在卧室的双人床上。乔远觉得这样的安排才是合理的,可能这就是两个女孩的本意。她们是完全不一样的,但玩得还不错。娜娜说她们在那个暑期戏剧学院表演培训班上认识。仅此而已,娜娜没再说更多。而即将和她去泰国的那三个女孩,都在艺术区的耐克体验店上班,她们扎马尾,喜欢荧光色、咖喱和林志炫——娜娜说了不少她们的事。因为她可能知道,乔远对她们不会有什么兴趣。

乔远在沙发上,很难入睡。他发现夜晚的工作室有些不一样,可能黑暗让这里显得更宽阔,像没有边的砚台,一切都淹泡在浓墨里。那些写意人物画,他最得意的几幅作品,被认为有八大山人风范的作品,隐隐约约可见,像夜色里妩媚的烟雾,让人害怕。

但这都不是他睡不着的原因,她们才是。一墙之隔,她们悄声说话的声音持续了很长时间,只是听不清楚在说什么。女孩们的话题总是这样,没完没了。乔远并不想知道。但唐糖仍然神秘,像此刻的工作室。她从郎波蒂回来

■ 黑熊怪

■ 110

后,就经常来这里找娜娜玩,和他也时常见面,唐糖给他们带回来了欧洲的巧克力,巧克力是三角形的,颜色和她的肤色有种可爱的协调感。娜娜担心发胖,每天只吃一小块巧克力,于是那盒巧克力在他们的冰箱里放了很长一段时间,让乔远打开冰箱就会想起唐糖。即便如此,乔远和唐糖也不是真的熟悉,没有过朋友间的那种交流,似乎他们都在避免交流。这样他就觉得她始终是个谜。

娜娜出发的那天,乔远送她们去机场。唐糖没去,因为车上坐不下——她是这样解释的。但娜似乎并不在意。那三个扎马尾的女孩坐在后排,像电线上三只并排站立的麻雀,一直在左右扭头。

娜娜从这天早上开始显出心事,她不是能够遮掩自己心事的女孩。乔远觉得她有话没说出口,也许因为没有合适的机会。后来他把她带到工作室院子里的树下。那棵树是他们一起种的,现在已经长高了一些,尽管不是太明显。他拥抱她,像每对即将小别的情侣一样。也许她只是需要这样的仪式来让自己心安。

"我不合适这个时候走,可是……"她说,听起来满是歉意,又有些无奈。

"我知道,行程早就定了。这些事,总是这样。"他说完才觉得,她可能会误解他,她会觉得"这些事"是另外一些事。但是他不能解释了,那只会更让她误解。

"是的,你确定,没事? 我是说,唐糖在这里。"娜娜说。她没有误会他。

"你很快就会回来的,不是吗? 你在担心什么?"他问。

"我,就是不放心。"娜娜说,她似乎终于想通了什么,小声告诉他,"唐糖怀孕了。"

乔远觉得自己不应该意外,不是吗?他已经看见唐糖的袋子里那几个验孕棒。可是,他现在是不是应该表现得吃惊一些呢?

他说:"那为什么会住在我们这里呢?这……不是太合适吧?"

娜娜说:"太复杂了。她需要躲开他们。我也不太清楚这事。反正,别让他们找到她。"

后来乔远想起娜娜临行前才告诉他唐糖怀孕的事,可能是因为唐糖并不希望他知道这些。但娜娜还是告诉他了,也许因为娜娜有别的担心,不只是担心"他们找到她"。

五天四夜,现在想来真是漫长。

九

乔远送走娜娜,从机场回到艺术区。唐糖并不在工作室。半个小时后,她又拎着纸袋出现了。和上次一样,她把纸袋里的东西统统倒在桌上,一堆药瓶。她说是维生素。"这么多,会让我闻起来像个橙子。"她说。她好像并不对乔远避讳怀孕的事。有的药瓶上明确写着,给孕妇的营养补充剂。她刚从医院回来。

"情况怎么样?"乔远觉得这是朋友间正常的问话,他对唐糖还是谨慎的。她让他感到害怕。为什么不能让他们——他知道是蒋爷和于一龙——找到她?

"还能怎么样?就那样。"唐糖答。这不是正常的回答。人们通常都会说,

■ 黑熊怪

"很好,谢谢",或者,"有点小问题,但总体还不错"。

她说:"你觉得我很搞笑是吗?"

"当然不是,怎么会这么想?"

"我突然就来住下,还不搞笑吗?"她看起来是认真的。

"娜娜说,你需要……在这里……"他本来想说,"躲开一些事情",他庆幸自己没这么说,"我想,你只是需要一个地方安静一段时间,想想什么事情。我们都会这样。"他说的是真的,他自己,还有去旅行的娜娜,也许都不过是需要一个地方、一段时间来想一些事情。

"我,是的,我很感激,我不太会感谢人……"她似乎被他的话打动了,但她真的不擅长感谢。他在蒋爷家里见到她的那次,觉得她是那种女孩,一直被宠爱着,却不会爱上任何人。

乔远并不愿意她真的感激他,那会让他处于一个怪异的境地,像那种慷慨的施舍者,在人生关键时刻给别人滴水之恩。这对他们来说,都是奇怪的。

他问她要不要水,这样她可以吃维生素片,然后让自己像个橙子。

"那是什么?"唐糖指着工作室里一株植物问他。他其实也不知道,他甚至都想不起来它为什么会出现在这里。他如实相告。

她一整天都没什么事干,除了睡觉。她仍然睡在卧室,醒来后,在工作室来回走动,让他没法专心画画。尽管他很长时间也没有找到画画的感觉了,他不过是在上网,假装自己在搜集素材。她不是个安静的女孩。这是乔远不太能接受的。

"你浇水吗?"她问他。乔远摇头,他这时才想起,原来娜娜一直在给那株植物浇水。

"我也不给植物浇水。我不知道应该怎么浇,是喷一点,还是每天浇,还是隔两天浇一次,我说,那有什么区别吗?"她说。

他表示认可,说他其实连自己的饭都搞不定,哪里还顾得上它。

"不过我想,我们还是浇点水吧!"她开始行动,用他的杯子接水。她蹲在那盆绿植前,鼓胀的胸脯紧贴着膝盖,上衣往上滑了一些,露出腰身。他这时觉得她很漂亮,跟娜娜不同的漂亮。他盯着她看了一会儿,又去看电脑屏幕,心想也许可以为她画一张画。他又很快放弃了这个想法。她曾经是于一龙的模特。于一龙画过她,没穿上衣的人体画,印象派的朦胧风格,但仍然显著突出了两枚乳房。

她为什么不去于一龙的工作室住?乔远想到这里,觉得不太愉快,他不再接着往下想,也许他可以给于一龙打电话。但这个电话会不会让唐糖离开这里呢?他并不希望她离开。她至少在替代娜娜为绿植浇水,所以她应该留在这里。

十

乔远接到刘一南的电话,刘一南说他要去郊区打高尔夫了,"一次很重要的高尔夫",其实刘一南的每次高尔夫都是重要的。这几年刘一南只有在需要寄存狗的时候才与乔远联系。他和娜娜那段短暂的关系,毕竟结局不是太好。很长一段时间娜娜提起刘一南,都会补充说"那是个混蛋"。后来白郡主出现了,这似乎让他们的关系缓和了一些。

■ 黑熊怪

刘一南有时会和另外的女孩们同时出现,都穿着正式,娜娜说,那是"一副随时准备上台领奥斯卡的派头,盛装"。说完娜娜会瘪嘴,她对刘一南还是极为不屑,但随着时间推移,她的厌恶也在转变,其间多了一些无可奈何的亲近,这多半也是因为白郡主。白郡主跟娜娜很合得来。他们三人都再没提过小薇,小薇人间蒸发了。艺术区人来人往,很多人就这样蒸发了。

刘一南不能带他的狗去高尔夫球场,所以需要把狗寄存在乔远的工作室。刘一南大概没什么朋友,要不也不会把白郡主托付给他们了。乔远认为。

但刘一南确实表现出认识很多人、交友广泛的样子。娜娜说:"他的朋友可能都只会打高尔夫。"随后,她又说,"好在白郡主足够可爱。"娜娜喜欢那只白色的拉布拉多犬——白郡主。这个奇怪的名字不是刘一南取的。取名的是个女孩,大概是云南女孩,也许是大理的白家。那女孩离开了刘一南,确切说是离开了刘一南在万国城的那套小公寓。刘一南并不住在万国城,他在城东有更大的居室。女孩走的时候,没有带走她的狗——白郡主。刘一南那天如常去万国城的小公寓,但没有见到她。她的行李也不见了。他明白她不辞而别,完全不顾他们"在精神还有肉体上的情谊",但狗还在。白郡主被遗弃了。"唯女子与小人难养也。"刘一南这样评价这件事。他开始养狗,但养得三心二意,他说太忙,"哪里顾得上狗呢?"但好在"白郡主最大的优点,是女孩们都喜欢它"。传媒大学教授刘一南,擅长对任何事物作出概括,他可以应付各种话题的采访。

女孩们喜欢白郡主,也会很快喜欢上它的主人。这大概是刘一南还留着白郡主的唯一理由了——这一点是乔远概括出来的。

"不,现在不行。"乔远拒绝了刘一南,他们其实也不是那么好的朋友。他不喜欢刘一南,他觉得他们是完全不同的人。

"为什么?帮个小忙,帮个小忙,我们狗粮自备!"刘一南说。

"娜娜旅行去了。"乔远说。

"你没去嘛!你可以带它,再说它又不是小孩,不需要带,它生活完全自理。"刘一南擅长说服任何人,他曾经在电视上说服春晚节目组:"不要再说过年吃饺子,我们南方人过年不吃饺子,我们只在随便对付一顿的时候才吃饺子,但过年不该随便拿饺子对付。我是南方人,我为南方代言。"

"可是,我不方便。"乔远说,他不想告诉刘一南唐糖的事,他直觉那不是太合适,他想象着刘一南在电视上侃侃而谈,说的都是他的工作室新出现了一个皮肤黝黑的性感女郎。这真是恐怖又诡异的画面。

"方便,方便,娜娜旅行去了,我们白郡主来陪你!"刘一南挂了电话。一个小时后,他的帕萨特出现在乔远工作室门外,白郡主从后窗伸出脑袋,它对这里并不陌生,车门一开,便径直从铁门的空隙钻了进来。它绕了院子跑了两圈,大概坐车太久需要活动,这院子比万国城的小公寓和城东的三居室都更适合它活动,所以它边跑边叫。

刘一南没有下车,他对白郡主的表现似乎很满意,脸上露出一种欣慰的笑。他按了喇叭。乔远从工作室出来。刘一南在驾驶座上冲乔远做了一个抱拳的手势。乔远也伸出手、握拳、伸出拇指,然后拇指向下,冲刘一南上下挥了挥。刘一南在车上爽快地笑了。

唐糖听见狗叫,也跟了出来。她和白郡主也许同时被对方吓了一跳。白

■ 黑熊怪

郡主也许以为会看见娜娜,但出来的不是娜娜。刘一南应该也是这么以为的。

乔远知道刘一南看见唐糖会做出什么样的联想,但他觉得没必要对刘一南作出解释。

乔远只是给唐糖解释了一下,他说这只狗会在这里待两天,因为他不负责任的主人要离开它独自寻欢去了。他说完又觉得,可能这事真的不妥当,孕妇是否应该和一只狗待在一起?还有,她是否会觉得他在暗示什么,比如她也不过是被不负责任的主人寄存在这里的一只宠物?

于是他有些忐忑,但唐糖似乎并没在乎他的话里到底有没有隐含的深意。

刘一南下车了,想给唐糖递名片。

唐糖接了名片。刘一南又说幸会。

"它叫什么?"唐糖问他,她没说幸会。

"它?哦,它叫白郡主。"刘一南说。

"白郡主?奇怪!"唐糖看起来很困惑。

乔远并不希望刘一南在这里停留,他催刘一南走:"你不是有重要的高尔夫比赛吗?"

"是的,是的,重要的比赛,市政府有几个头头参加的。你看,多亏乔远——我的好哥们儿,要不白郡主就没人照顾了,乔远是好人哪……"刘一南对唐糖说,极力在暗示什么。

唐糖只是微笑,她似乎没听进去。

"他真是你的好哥们儿吗?"刘一南走后,唐糖问乔远。

"你觉得呢?"

"不算是,他挺怪的,看起来。"

"他先认识娜娜的,他跟艺术区的人不太一样。"

"教授,是不是老上电视?"唐糖看了一眼名片。

唐糖给白郡主取了新名字,叫玛丽。但她不确定它是不是一只母狗。玛丽对自己的新名字反应迟钝,于是唐糖需要反复叫玛丽、玛丽、玛丽……她现在有事情做了,照顾玛丽。所以她不需要跟乔远没话找话。他们似乎相处得还不错,她用乔远的杯子给玛丽喂水,玛丽喝完又舔她的手心。她开始打喷嚏,因为"孕妇对狗毛会敏感",她对自己解释。但她没有躲开玛丽,反而经常去摸它、抱它。

她又给它洗澡,用乔远的洗发水。她不觉得这有什么问题。玛丽似乎也喜欢洗发水的味道。它在院子里甩干身上的水珠,在水泥地面落下一串串小脚印。她不是乔远的女孩,玛丽也不是乔远的狗,但她们现在都在这里,在他身边,她们已经度过了三天时间。他觉得是自己在照顾她们,但唐糖不会这么想。她越来越熟悉这里,包括厨房和浴室。她给他做过一次三杯鸡,又给玛丽买了小牛肉,玛丽看起来也认同了自己的新名字。她洗澡之后不会打扫浴室,在镜子上留下水渍。然后他去洗澡,看着那些水渍的情状,感到自己身体里的欲望。可是他不会做什么的。他其实一直对她有欲望,但他一直也没有做过什么。

他们吃三杯鸡的那晚,唐糖说要喝点什么。他以为她指的是饮料或者汤,

■ 黑熊怪

但她已经变出了啤酒。他提醒她,孕妇不能喝酒。但她坚持,她已经一口气把一罐啤酒喝光了,然后什么也没说,就趴在桌上,她没醉,只是不开心。她说她想明白了。

"想明白什么了?"

"他不该来的,我不该留下他。"她说。听起来很冷酷,好像在说与自己无关的事情。

"孩子?"乔远不喜欢这种气氛,太紧张,但他也不能什么都不说。

"孩子。"她重复了一遍。

她只喝了那一罐啤酒,吃了很多鸡肉。她说那只是她的孩子。

他不知道她想表达什么意思。他很想知道孩子的父亲是不是蒋爷,但他不敢问,也不能问。他想以后可以问娜娜,也许娜娜知道。

娜娜已经到了芭提雅。她发照片来,说已经见到海了,但很失望,海水很浑,到处都是中国人。她发的多数照片都是她自己,根本看不出是在什么地方,大头自拍照,也看不出她穿什么衣服。乔远觉得在那些照片里,她看上去还是开心的,并不像她的短信里流露出的情绪,那些文字好像都在说,这次旅行有多么让她失望。

他告诉娜娜,玛丽来了。又想起娜娜并不知道这个新名字,于是把"玛丽"两字删去,打上"白郡主"。他这时想,玛丽自己会希望他打上哪个名字呢?但玛丽刚吃完小牛肉,正在唐糖两腿间趴着睡觉。唐糖也趴着,趴在乔远的腿上。她身上有一股热气,就像刚刚煮好的三杯鸡一样,咕咕冒着水泡。这时给娜娜发短信,他想也许不是太合适。但她的手机每天只在这几个小时才打开,为了节省国际漫游费。他必须在这段时间,完成跟她必要的联络。后来他觉得这更像是一个任务,可以说的事情并不是太多。娜娜每天都会换一个地方,她有很多可以说的东西,但她不喜欢打字发短信,她会多发几张自己的照片。其实发照片更好,他更喜欢看她的照片。那让他觉得,她是他的女孩,只不过这几天不在他身边,她旅行去了。

"它们让我难受,好像塞了很多东西进去。"唐糖直起身来,低头看着自己白色针织衫下面的鼓起的胸部,仿佛看着让她为难的什么东西。

她为什么要告诉他这些?他猜想她只是困惑、无助,需要有人说说那些烦恼。她并没有传说中的那些反应,电视剧里女人一怀孕便会呕吐,她从来也没有吐过,至少乔远没见过。她睡在卧室,乔远睡在工作室的沙发。但她有其他的烦恼,比如乳房开始肿胀。

"你摸一下!"唐糖说。

"不。"他觉得自己好像在别人家做客,客气地谢绝主人端上的茶水,反正听上去只是下意识的那种话,并不真诚。

"没事,没别的意思,只是摸一下,它让我不舒服。"她看着他,像他们刚见面需要握手一样。

他摸了一下,隔着衣服,更像是轻轻抚过。他觉得那乳房很硬,但他认为自己很喜欢。她似乎也是。她说这会让她好过一些。他不明白她的意思,他希望她能再说点什么别的。可是她的问题太复杂,她顾不上别的了。

十一

娜娜回来的前一天,那本来是不错的一天。玛丽下午会被刘一南接走,但他又改了主意,说是打高尔夫太累,他想过两天再来。唐糖对此很高兴,那晚之后她几乎只对玛丽笑。乔远问她那是不是真的决定了,真的不要这个孩子。她又说不知道,她问你觉得呢。好像那是他的孩子一样。

他说他会留下孩子。其实他并没有想过这个问题,如果真的想一想,也许他会有完全相反的答案。他三十多岁,却没有孩子。这已经说明了什么。但他觉得这样的时候,他不能完全按自己的想法,毕竟,她的孩子跟他并没有任何关系。他只是觉得这样才是善意的,毕竟那是生命,像玛丽一样活蹦乱跳、像绿植一样生长的生命。

"我再想想。"她说,其实她已经想了很久了,不是吗?

她说"小时候",他不愿听她讲小时候,女孩们喜欢说自己小时候。"我爸爸调去省城,有一次我和妈妈从县城去看他,他们吵起来了,不知道为什么事情。我有一只鹦鹉,在省城的路边从一个小贩手里买的,绿色的,很漂亮。我妈妈生气要走,也要带我走,我想接着逗那只鹦鹉,所以不愿走。于是我妈妈也没走,她留下来了。但她还是生气,大概因为她觉得我爸爸不忠。她没处发泄,骂了我,然后她把我的鹦鹉放了。它飞了,它是只鹦鹉,它可能不会飞太远,但是它飞了,就这样,没了。"

他问:"然后呢?"

她说:"我爸爸五十岁的时候去世了,癌症。他临死前说我那时应该跟妈妈走的,也许,这样对所有人都好,对那只鸟也好。"

"什么意思?"

她说:"没什么意思,我纠正他,我说那不是一只鸟,那是鹦鹉。"

"我可能明白了,你是在说,不要勉强。"他说。

"也许是,也许不是,只是不到最后,谁知道呢?"她看起来已经无所谓了。

这天下午的时候乔远的电话响了,不是刘一南,却是于一龙。乔远接了,于一龙的声音听起来并不愤怒,这让乔远稍微放心了一些,但于一龙总是这样,他不会让自己失控。

于一龙说:"唐糖在你那里。"乔远听不出他是否是在问他。但他也回答了,说是的,她来找娜娜。

"娜娜去泰国了,不是吗?"

"是的,她早就定好了去泰国的时间。"乔远觉得自己很像在解释什么,又不明白自己为什么需要解释?

"哦,那唐糖怎么样?"于一龙问,像他通常那样,不会说错话。

"她,挺好的。"

"那就好。"

"你要见她吗?"

"我不想。"

"哦,那有什么别的事吗?"乔远想,于一龙打来电话不会只是为了告诉他,他不想见唐糖。

"你知道她怀孕了?"于一龙问。

"嗯。"

"她为什么不来找我,去找你?"

"她是找娜娜,不是找我。"

"都一样。她应该来找我,但她没有。这很……怎么说,让我怎么办?"于一龙这时开始有了怒气。

"什么怎么办?你问我?你为什么不直接问她?"

"她不接我电话,她竟然不接我电话。"

"我劝劝她。"

"你劝劝,你劝劝,跟你有什么关系,现在陪她的应该是我,是我……"于一龙声音大起来。

乔远挂了电话,他想这真的跟自己没什么关系。于是电话再响的时候,他又点了拒绝接听。更何况娜娜嘱咐过,"别让他们找到她"。

乔远还是劝了唐糖,他这样答应过于一龙的,但好像也没起作用。她说不想听见于一龙的名字。乔远觉得那个长久的不便提及的疑问,也许有答案了,答案不是蒋爷,是于一龙。

但是唐糖好像看出了他在想什么。她说不是,你别这么想。

"那我怎么想?他很着急,为你着急。"乔远说,这是个神秘又固执的女孩,几天来已经耗费掉他太多耐心。

"我不知道。"她说。对他的很多问题,她都是这样回答的,她不知道。

他感到委屈,决定不再理她。他想她其实并不感激他,他照顾她,陪着她,在她想哭的时候让她趴在自己的腿上,在她难受的时候碰触了她的乳房……

但她并不信任他。

他说:"好吧,如果你不愿意说,那就不说。我保证,我再也不问。"他觉得这是现在他能说出的最绝情的话了。

她看着他,让他想起娜娜说,"这是她最脆弱的时候"。她很悲伤。他似乎又心软了。他不愿意再面对这样的时刻,他走开了,走得太快,踢翻了地上玛丽的饭盆,狗粮滚了一地。他觉得很难过,那些狗粮,小小的五颜六色的颗粒物,会很难清扫。

他不知道自己是不是伤害了她,她离开了工作室。她的那些零碎的小东西还在,她只是出去了。她会去做什么呢? 他想到那些不好的事情,她说过,最适合做堕胎手术的时机,似乎正是这几天。他打她的电话,但是她没有接听。他想应该去医院找她,至少他应该陪她。他必须在这样的时候陪她,可是他不知道那是哪家医院。

他还没有吃午饭,玛丽也没有吃。狗一直跟着他,紧贴着他拖鞋的后跟,像是督促他——负起责任来,你还没有喂玛丽吃东西。

他不知道她把狗粮放在哪里。这真奇怪,他明明在自己的工作室,却找不到玛丽的狗粮。

他又去给那盆绿植浇水,好像故意不让自己去想狗粮的问题,还有她。他觉得那盆绿植好像已经长大了不少,或许也是因为他从来没有注意过它们,现在,那些叶片垂下来,几乎快落到地面,只不过短短四五天时间,它们长得太快,需要换一只花盆了,可是,胎儿呢,五天时间胎儿会长到多大?

他觉得唐糖在浇水的时候,是不是也有相同的想法? 这想法吓了他一跳。

■ 黑熊怪

■ 124

他觉得自己正在犯下不可饶恕的错误,跟生命有关的错误,都是不可饶恕的。所以他才没有一直没有小孩,他害怕犯错,害怕面对他们急遽的成长,还有追在你身后对你有所求的样子。

玛丽嗅了一下那盆绿植,它可能还想要咬绿植。它也许是不喜欢他只顾着植物,而忘记给它喂食。但玛丽终于只是乖乖地趴下,并没有去咬那些叶片。它有过好几任主人,又时常被自己的主人寄居在别处,所以它是一只乖巧的狗,知道什么该做什么不该做。

于一龙在外面大声说话:"乔远你丫为什么挂我电话?"玛丽一跃,起劲儿地叫起来。

乔远放下浇水的杯子,并没有去安抚玛丽。他打开工作室的门,玛丽先冲出去了。

"你干吗?"乔远很不耐烦,在这样的时候,他觉得发火的人该是自己才对,但竟然是于一龙。乔远从没见过他发火,他似乎永远在考虑很多问题。所以他深受蒋爷信任,被重用,在艺术区,所有人都希望被蒋爷重用。乔远并不愿意得罪于一龙,更不愿意得罪蒋爷,或者他是不愿因为唐糖得罪他们。唐糖是一个谜,而这个谜现在不知道去了哪里。

"我找唐糖。唐糖呢?"于一龙看见乔远,似乎平静了些。

"我不知道。"乔远如实回答。

"你不知道?到处找不到,你为什么把她藏起来?要不是碰到刘一南……"

"我为什么要藏她？她走了，我也不知道去了哪里……"乔远话没说完，于一龙已经挤进了工作室。乔远看见他在一堆画纸里翻来翻去，好像唐糖会藏在里面一样。

于一龙在工作室又乱转了两圈，玛丽一直跟在他后面狂吠，它和他转圈的路线完全一致。于一龙仿佛还在跟玛丽说话："到处都找不到，原来被乔远藏起来了，要不是碰到刘一南……"

乔远冲上去，拎着他的衣领，说："她来这儿找娜娜！跟我没关系！听清楚了，都跟我没关系！"

"娜娜？娜娜？"于一龙好像突然想起什么，"我得告诉娜娜，她一走你都干了些什么？"

乔远没明白他的意思，因为娜娜走后，他其实什么事也没时间做。但于一龙已经开始打电话，大概太激动，花了很长时间才在手机里找到娜娜的号码。玛丽跑到乔远的脚边，呜呜地哼着，它被他刚才的动作吓住了，正可怜地要求解释。乔远摸了摸它的头，觉得它的两只大眼睛特别明亮，可能蓄了不少眼泪。它喜欢唐糖，乔远想。

娜娜的手机竟然接通了。她声音很大，问于一龙要干吗。乔远隔着电话还是能听清她的话。她对于一龙从来都不是太客气，她认为他像《潜伏》里的某个地下党，而她总是闹不清他是好人还是坏人。

于一龙在这边说："娜娜，你告诉我，你是好女孩，告诉我唐糖去哪里了？"

娜娜说关你什么事。娜娜大概在户外，芭提雅的海边，听起来很忙。

"蒋爷找她，都快急死了，蒋爷每天追着我找唐糖，我快疯了。你知道的，她现在这个状况……她怎么能跟乔远住在一起呢?"

娜娜说:"她这个状况怪谁?怪乔远吗,还是怪我?"

"怪我,怪我。"于一龙的声音听起来已经快崩溃了。

娜娜说:"我都知道,你们干的那些事。"

"你不知道,全部的……"

"我干吗要知道全部的?我只需要知道,你把她送给蒋爷了,她又不是宠物。现在出事了,蒋爷不想管,派你来收拾。只是个姑娘,你们至于吗?"

于一龙有气无力地说:"我也不想'收拾',是蒋爷想'收拾'。我怎么办?我倒想把自己'收拾'了。"

娜娜说:"你别找唐糖了,我回来之前,我把唐糖交给乔远。"

于一龙还在说:"我'收拾'了自己有什么用呢?她还是会被'收拾'的,她的孩子还是会被'收拾'的,我们的孩子还是会被'收拾'的……"

娜娜大概很生气,她声音又大了起来。"神经病!"她骂道。

于一龙沉默地走了。乔远突然很希望告诉他,唐糖去了哪里,可是他也不知道。乔远去摸玛丽,它很顺从地低头。他想,它是条好狗,没有自己悄悄跑出去。可惜它不是他的狗,它还是会被刘一南,那个混蛋刘一南给带走的。

十二

唐糖回来的时候,带回来一只花盆,她像抱一只西瓜一样,把它抱了回来。她说该给绿植换盆了:"虽然我不知道它是什么植物,但是那没什么,它应该有个更大的盆了。"

"你去哪里了?"他问,她离开的这几个小时,当然不可能只是为了买花盆。

"我去做了个SPA,放松一下。"她说。

他很生气,但不知该怎么发泄,如果现在有一只鸟,他也许会把它放了,以此发泄一下。

他说:"只是做SPA去了,你不说一声,让我着急,我还以为……"

她说:"不然呢?你以为我干吗去了?"

他放松下来,觉得事情至少并不坏,除了于一龙上门来找她这件事。他还没有告诉她于一龙来过,他担心她会再离开。他现在开始坚信,是他在照顾她们了,唐糖、狗,还有那盆植物,这也许是不错的感觉。

她现在看起来很平静,状态不错。她在给植物换盆,动作很不熟练,地面上洒落了一些泥土。他想等她完成换盆的工作后,他得主动去清扫那些土,这没什么大不了,他不会为此烦恼。

玛丽已经开始吃它的午饭,或者晚饭,这一天唯一的一餐,但是也很美味,至少看起来,它很开心。

"你知道吗?美容师从我的脖子一直推到后腰,真的很舒服,好像有什么东西,就这样被她推出去了。"她一边用一把小铲子一点点地铲土,一边对他说。

■ 黑熊怪

■ 128

■ 黑熊怪

一

飞机晚点四小时；飞行时间，两小时十五分钟；飞行距离，逾两千公里；知音银卡用户可增加积分，约一千零五十；目的地，厦门高崎国际机场；降落时间，预计二十一点三十分。

乘客王泽月，座位号 26A，女，中年，短发有轻微烫染痕迹，淡妆，职业套裙，红底高跟鞋。此行购有最高保额出行险，无托运行李，全程系安全带，从未放下座椅靠背，点两次速溶咖啡，均不加糖，晚餐只吃冷餐盒内小份水果，偶尔双唇紧绷，法令纹明显，面露愁容。

因航班延误，乘客王泽月有极大可能赶不上厦门机场星巴克咖啡店的营业时间。于她而言，一是，何以解忧，唯有咖啡；二是另一番道理，大致如此：如果你乘坐的航班是周五下午从首都机场起飞，如果你持续劳累内分泌失调，如果你的事情多到每周的六个工作日都拿便利店外卖沙拉做午餐，如果你携周五便利店特供特价款的蛋黄酱配圆白菜沙拉这种中西混合搭配的食物乘出租车去机场的路上,恰逢首都毫无预兆的交通管制,如果你在因交通管制行驶缓慢的高速公路上因为饥饿头晕眼花,并十分想念碳水化合物,如果你终于想起手提包内还有一份沙拉但发现一次性塑料餐盒已被挤压变形,如果你在出租车后排座位费力拆开餐盒的保鲜膜而司机刚好急刹,如果你没控制住圆白菜丝而让车内后排地板均匀撒上半盒寡淡的蛋黄酱配圆白菜沙拉,如果你用光化妆包内昂贵的本用于卸妆的香水纸巾勉强收拾好车内残局后,随即抬头看见后视镜里司机嫌弃的眼光,如果你没忍住宣告自己必须投诉司机的糟糕车技和恶劣态度而司机也刚好没忍住抱怨说从没见过你这么麻烦的女人,如果你因为与出租车司机吵过架下车时不敢讨要车费找零,如果你在默算被司机占了多少钱便宜时得知丈夫并未按你们的约定时间到达机场出发大厅(他的理由同样是交通管制),如果你在出发大厅遍寻无人的长椅未果时得知航班预计晚点四小时,如果你丈夫姗姗来迟时并没为迟到道歉并欢天喜地表示航班怎么这么巧刚好也晚点,如果你们夫妻在机场贵宾厅候机你却因莫名其妙的赌气错过贵宾厅的免费自助晚餐……如果所有这些"如果"都是真的,如果是这样的一天,你确实需要一杯星巴克缓解情绪,且双倍浓缩最佳。

乘客崔全松,座位号26B,男,中年,比实际年龄稍显年轻,着装系商务休闲风格,即着衬衫、无领带,上衣下摆不必掖进皮带,卡其色休闲裤,彩色拼接麂皮鞋,为私家设计师出品款式,设计感体现于鞋带——为莫兰迪色系中较高雅的灰绿。

崔全松与王泽月,夫妻关系,结婚十三年零五个月,无子女。

起飞后,王泽月把这番为什么需要咖啡的道理断断续续讲给崔全松听。

■ 黑熊怪

■ 130

崔全松打着瞌睡听王泽月讲,领会其精神大意。

王泽月喝光空姐送来的第二杯速溶咖啡后,依据十多年喝咖啡的经验作出判断:"这是一杯叫作咖啡的糖水。关键是,它并不甜,因为我没加糖,所以,这是一杯苦水。"

崔全松对"苦水"没兴趣,理论上人类只会倾吐苦水,比如王泽月正在做的。崔全松回应已经喝光两杯"苦水"的妻子:"落地后,我们的第一件事,就是去给你买一杯真正的咖啡。你千万不用现在就担心机场的咖啡店会关门。就算它关了门,我们去市区也能买嘛。况且,就算没有星巴克,还有月巴克,没有星爸爸,还有星妈妈、星宝宝、星爷爷、星奶奶嘛!"

王泽月说:"道理其实是这样的,看来你还是没懂我的意思。我登机前就在手机上用APP查过位置信息,厦门机场的星巴克就在到达大厅出口位置,我们去那里买,会无比方便,就像回家在楼下取信件一样,顺路,不费事。要是去市区,那就更晚了,还得打车专门去找,如果再遇上不耐烦的出租车司机,更是给自己主动添堵。我今天已经被出租车司机添过一次堵,我不想换了个城市还得跟出租车司机斗智斗勇。不是我的地盘我怎么做主?我的智慧和勇气都得用在更重要的事情上。而且厦门,旅游城市!什么是旅游城市?就是这里的出租车司机都经过一种训练,他们天然相信外地游客是可以欺负的蠢货,是可以带着随便绕路的路痴,是从不用手机导航的原始人。费钱事小,绕来绕去,说不定本来还营着业的星巴克就关门了。此外,还有一连串问题,比如赶不上酒店的最后入住时间。本本是说好的,房间最后保留到二十二点,当然这种规定不可那么当真,只怕万一遇上不讲情理的前台小妹,胸大无脑,月赚的没有花的一半多,那种小妞听不得两句好话,手会哆嗦,怀中小鹿会乱撞,不知怎么就把我们的房间给了别人,那人家可就真是赚到,明明是我在网上翻来覆去找到的视野最好的套房。全厦门再没有房间比那间套房更棒。当然它旁边那间也还 OK,所以我用那间作为我们退而求其次的 Plan B。我总是有 Plan B,你知道的。只是在 Plan b 看日出的角度,会比最佳套房偏离一个十度的锐角,意思是眺望鼓浪屿与太阳的构图将不构成黄金分割比例……"

崔全松一边听,一边笑着扯开眼罩。眼罩勒上他额头,上面是熊本熊图案。这种卡通玩意儿他还有几箩筐,都是可以扔掉的破烂。他甚至还留着大学时打篮球赢来的玩偶——一只长耳朵棕熊,哦,不对,崔全松纠正过好几次,这是一只袋鼠,看见没?还有育儿袋,他甚至曾经真的从育儿袋内掏出块篮球奖牌——崔全松玩篮球以来收获的唯一一块奖牌,法学院第一届篮球友谊赛铜奖。参赛队伍共三支,而他们的队伍是铜牌!那又如何?奖牌也由学院领导正式授予,属官方奖励。

崔全松坐上飞机,便将熊本熊眼罩妥帖佩戴,欲小憩。去年他去日本出差一周,未听王泽月临行忠告,仍是任性带回一行李箱日本设计、中国制造的小玩意儿——真的都只是些小玩意儿。比如一个撅起大屁股的比基尼女优玩偶,可以在泡面时用臀部帮你压住杯面纸盖;比如豆腐切丝器,事实上夫妻两人从来既不吃泡面也不吃豆腐,两人都对豆制品过敏;再比如压力发泄球,特殊塑料制,耐摔不会破,只是砸在地板上会变得非常像黄绿色鼻涕;黏在玻璃上不掉落的橡皮超人,紧身内裤外穿,没有披风,臀部比泡面女优的更显眼。还有一对可以放在车顶做装饰的兔子耳朵。王泽月并不认为他们那辆黑色凯

■ 黑熊怪

■ 132

迪拉克旗舰商务版三厢轿车适合这对粉红色耳朵和纯白的小圆尾巴……如是，这些小东西从中国漂洋过海到日本售卖，再从日本漂洋过海抵达这个中等偏上北京家庭，此后，其命运轨迹便已注定一无是处，不过是从储物间走向垃圾箱。

包括这副眼罩，但也不包括这副眼罩，因为它眼下貌似派上了用场，正在发挥价值。崔全松果真相信熊本熊卡通眼罩足够体现他的品位吗？眼罩纯棉，全黑，熊本熊的两只小圆耳朵支在眼罩上方，替佩戴者遮挡眉毛。这只名为熊本的虚构之熊，尊荣大致如此：面黑，眉白，眼白敞阔，眼白内不怎么严肃地印上两个黑点，权当眼珠。崔全松的微信里装有几套熊本熊的表情包。所有表情图里，熊本熊都大张熊嘴，并不见一颗熊牙。

他说："视野最好？这您都能在网上查出来！我太太真是世界上最聪明的人，为这次出行操碎了心。"

"这还用说？你知道三百六十度全景展示吗？现在是个用手机的人都知道……"

二

落地不平稳，机舱内始终有婴儿在撕心裂肺地哭。如果婴儿票价始终只需要成人票价的一折，飞机上的哭闹声就永远不会止息。25A 的乘客是一名孩童，其机票应是五折购入，儿童票，性别不详，但可知其对小舷窗的遮光板兴趣浓厚。遮光板被空姐打开后，王泽月就一直在听前排的童声重复："妈妈，我们要落在水上了呢！妈妈，我们马上要落在水上了呢！"

童言无忌,但愿是的。王泽月想,闭上眼睛,似乎五脏六腑都在海水里涤荡。又想,到这个年龄,三十八岁,持续两天以上的熬夜加班以后需坚决避免,昨天干到九点,前天干到十点,工作量并不繁重,只是进度缓慢,手下两三个员工与三五个实习生性格各异,作风彼此抵触,难以达成统一步调,作用力相互抵消……身为负责人,虽说尽力协调,查漏补缺的事却从不中断,一样也省不了,如是时间飞快消耗,加班便不稀奇。如果倒退五年,每周工作八十个小时以上,看腻了凌晨三点北京东三环的风景。晚上做 PPT 到天亮,精确到每个逗号都是半角符号绝对不会出现一个全角标点;六点洗过澡,往头发上喷香水,照样能精神焕发地奔赴机场,还能赶上上午十点在另一座城市的 PPT 演示。那时的人和那时的 PPT,一样新鲜出炉,新鲜得如烤面包,没人舍得摇头说不好。

飞机剧烈晃动,这是尘埃落定前关键的、最后一次的晃动,可类比为性爱中的射精、跑步比赛中的撞线,也是起落架砸上跑道的一瞬。这刹那过去,所有肉身凡胎,就都算平稳着陆就此安稳,哪怕飞机往前冲刺的速度似乎比在空中更明显,也不过强弩之末的架势,偃旗息鼓亦不消多时。唯有王泽月,体内的海水仍在酝酿海啸,女性的直觉预感往往比天气预报更可靠。

崔全松习惯等安全带指示灯熄灭才起身拿行李,走出通道的过程将始终坚持礼让和"人先我后"原则。王泽月认为,这样不现实。提醒多次,未有改观,这阵子懒得再提,既然晚点,就不怕再晚,唯有破罐适合破摔。崔全松让来让去,夫妻俩差不多是最后走下飞机的乘客。

王泽月告诉崔全松:"我刚才差点吐出来了,降落的时候。"走出机舱,咸湿的海风扑面,与北京迥异的气息,倒也不在意料之外。

"你晕机了?"

她嗯了一声,又说:"也不知道是不是晕机。也可能是因为降落的失重效应——按科学来说的话。但以前也没晕过,那么就可能是因为这几天没睡够。"

加班于王泽月只能算是常态,而这次这种周五出发周日回程的短期旅行,对上班族而言其实徒增疲倦。要不是马某某的婚礼,崔全松与王泽月大可不必这番奔波。

崔全松大学同学马某某,毕业十九年后于居住地厦门举行个人婚礼暨集体聚会。婚礼理当出席,但事实上,做地产生意的马某某召集的同学聚会每年都有一次。也就是说,他们其实常见——这个时代每年见一次面的人就算得上"常见"了。崔全松此前总以个人身份出席聚会,次次不落,此次携家眷王泽月,是因要出席婚礼。婚礼请柬的邮件提醒中,有"携家眷,双宿双飞"字样。

王泽月大学毕业后一直在一家大型起重机企业供职,行业属重工,部门属销售,其家庭地位也重,一般而言,她只择重要场合露面,毕竟她始终处于事业发展关键期,她不愿在无谓的人情往来中损磨心思。一是不擅长与人交际,二是精力有限。王泽月专注,讲究一心一用,目标明确,方成大事。

"今天可以好好睡嘛!"崔全松说。

走进机场大厅,崔全松负责行李箱。王泽月有自己的手提包。有分工才有权责,两人共同生活十三年,磨合出这一婚姻法则。此行之前,王泽月亲自预订机票、酒店以及宴请旧友们的饭店包间——一律经慎重考虑,旨在于张扬与节俭之间寻求恰到好处的平衡。崔全松曾建议，择一宽敞套房办 party，有无限畅饮酒水，用五彩气球装饰，播放怀旧金曲——《相见欢》，莫过于一场自由主义的 party 更能尽欢。王泽月持反对意见，派对准备工程耗大，如果在北京，在自家那套位于顺义的连排小别墅内，尚可考虑操办，最多请三五个阿姨出手执行，王泽月前期负责分工、现场掌管调度即可，但在厦门，并非他们的主场，人生，地也生，好比在别人家的厨房做饭，锅碗瓢盆都得一点点摸索出脾性，也不一定能用顺手，总之事倍功半，不可取。崔全松略感失望，他是明星经纪公司的专职律师，赢过两次备受瞩目的明星离婚官司，他工作的热闹程度和收入都张扬得很明显，只是行业本质算中介，或服务业，其家庭地位也相应轻巧，比不上从事重工机械经销的王泽月，于是悻悻然。

　　王泽月并不固执，国企经验教会她凡事变通，总有恰如其分的解决方案，于是建议改闹哄哄的派对为安静高雅的茶会，或品香、品酒，品什么都行，同样达成叙旧目的。崔全松认可此方案。他总是认可她的方案。王泽月联系酒店准备茶具，茶会需挑选相应品位风范的五星酒店，要点在于装潢不能是她常去的那种商务风格，房间也不能布置得像是对想象中理想家庭生活环境的拙劣模仿。她自带老铁观音等名茶若干，再通过实习生联系上标价昂贵的烹茶师一名。这般即算准备停当。

三

　　机场的星巴克还在营业，不过柜台前有三五个人排队。两人抬头看饮品目录，其实上面的品名价格，王泽月早能背下来。

■ 黑熊怪

王泽月说:"要不我不要咖啡了,会睡不着的,现在九点了都。这几天没睡好。"

"都行。"崔全松继续看饮品目录,他发现自己分不清它们的区别。

"要不换成拿铁吧?多加牛奶少放糖,牛奶应该有助睡眠。"

"拿铁不错。"

"算了,拿铁也是咖啡啊。红茶拿铁,可能我该要这个。"

"红茶拿铁没有咖啡?"崔全松困惑了,并打算不再想这个问题。

这就轮到他们了。店员抢在王泽月之前回答:"拿铁是一种做法。"

崔全松仍不明确,问:"原来是一种做法呢,好玩。那红茶拿铁里有咖啡吗?"

店员不耐烦地转开脸去,低声说:"红茶拿铁不含咖啡。"王泽月想,这店员是本地人,因为所有后鼻音她都说不出来。

崔全松推推妻子的胳膊,她在发愣,他替她做出决定,这是一名标准丈夫这时应该做的:"那你就要红茶拿铁吧。"

王泽月皱眉头:"可能喝点咖啡也没事吧?"

"都行。"他说。

"我还是要那个茶好了,不,不要红茶拿铁,就要那个什么莓的茶。"

"蔓越莓冰茶?"

"对,蔓越莓冰茶,"王泽月说,"不要冰。"

"你确定?蔓越莓冰茶不加冰?"店员重复。

"我……让我想想,好吧,我,是的。"王泽月终于长出了一口气,只是立刻又提起一口气,问崔全松,"那么你呢? 你要什么?"

"我就不要了。"

"真的?"

"真的。"

"你随便点个什么吧,不知道出去之后什么时候才能喝水。"

"那我也要跟你一样的好了。"

店员问:"也是蔓越莓冰茶? 不加冰?"

崔全松说:"多加冰。"

打车也不是太顺利,王泽月说看排队的出租车都像黑车,而且"他们都不打表"。崔全松说:"没事,贵不了二三十块钱。"看她不放心的样子,又说,"我们不缺这二三十块钱,有时候你得允许别人赚你的钱,那只会让你过得更好。"

"不是钱的问题,我是怕不安全。"王泽月坚持再等等,抬头看天色,已经黑得吓人。机场大厅像世界上唯一光明的岛屿——也不对,厦门本身也只不过是一座岛屿。只有岛屿边缘的城市边际线,在远处犹如警报灯曲曲折折地闪亮。

她知道,崔全松极少有在机场打车的经历。他那些陪明星出行的公差,要应付的是蹲守机场出口的粉丝,还有乔装成粉丝的娱乐记者,但他极少担心,因为自然有人簇拥着他们坐上租车公司提供的七座商务别克,紧随其后的宴会上,总会有不认识的人需要他大声寒暄、小口抿酒。不过当他真正需要喝一杯的时候,会发现酒店房内的小冰箱和迷你吧已被提前清空,以防产生额外消

◼ 黑熊怪

费。崔全松在那种出行中的最大乐趣,也许是透过色号最深的车窗贴膜看城市灯红酒绿的夜景,以及暗自感叹行程怎么毫无乐趣,单调且不能自主。

"你能行吗?"崔全松问王泽月。

"什么行不行?"王泽月的手提包挂在肩上,手中的纸杯握得很紧,杯中液体一点没少。

"我是说,你没喝咖啡,这样行吗?今天有点累,你没喝咖啡能坚持下来吗?"崔全松的冰茶快被喝光了,他希望扔掉纸杯就坐上出租车,随便哪辆,成大事者不拘小节。

"我也不知道,我只是……不知道为什么,可能吧,就是累得。"王泽月小心翼翼地咬吸管,把墨绿吸管咬成扁平的,没加冰的冰茶一口也咽不下去。

"既然想喝,那就去喝嘛,顺其自然。"

"我是怕失眠吧……可能……"

"你是想得太多,我是说,只是有时候……"崔全松没再说话,他转身把纸杯扔进旁边的垃圾筒。

"我们就上这辆车吧,看上去挺正规的,没问题。"他背对着妻子,抬手,棕红色出租车停下,"要有问题更好,我正好是律师。"

她认为这不是个高明的玩笑。

车轮毂满是泥渍。司机解释是刚下过雨的缘故。"台风季节嘛,每年七八月就这样。我们福建——哦,你们北方人,都管我们叫胡建人——我们胡建特产嘛,台风季,雨水多,来不及洗车,像女士这样的,体重不过百的,台风天就不要出门喽,会被吹跑的……"

王泽月看窗外,道路确实有镜面般的积水,车轮碾过去,声音呼啦啦像船桨在水面起落。走环岛线,路灯齐齐整整地守卫道路,可给陌生路人一点貌似的慰藉。

崔全松坐前排座位,与司机从厦门环岛马拉松聊到金门岛的标语,到下车时,王泽月发现他们正谈论的话题是:美人鱼怎么繁衍后代,美人鱼的身体构造是否存在一个重大 bug(缺陷)……

崔全松说:"就说美人鱼不是真的,那你也得把她设计好不是?她没法繁衍后代这个问题不解决,这个形象好像不能成立。安徒生写了美人鱼,但他也没写清楚这个问题。"

司机说:"美人鱼当然是真的!我们海边长大的人都知道,你不能说她不成立,那会让她生气,你们内陆人可能没这个意识,我们从不乱说。跟海有关的,还有跟台风有关的,我们都很重视。'胡'建人嘛,美人鱼肯定能养小美人鱼的,只是我们不知道,有意思吧,这些事情……"

绕过椭圆形迎宾通道,出租车停靠在酒店大堂外、廊檐下。下车后才见,原本宽敞的玻璃旋转门前区域,被几幅易拉宝与大幅塑胶广告展板层层叠叠隔开,构造形似游乐场的临时迷宫。地上成排的小射灯,微弱映照展板上的卡通字体。更大的射灯从地面对准天空,在几十层高的楼顶模糊成雾气,那里似乎正在氤氲某种奇幻的小气候。

夫妻俩站在旋转门前,王泽月想此时应有迎宾小童出现,但没有。于是她认为这家五星级酒店的服务标准并不可靠。

出租车已经驶离,司机于最后时分,把头探出车窗,说:"祝你们在厦门愉快,还有,美人鱼是真的。"

王泽月随即问崔全松:"你们还在说美人鱼?这有什么关系吗?"

"没关系啊!"

"你们说了那么久可是?"

"好玩嘛。我觉得他说得可能有道理,美人鱼可能是真的,只是我们没见过,还有,真想不明白美人鱼怎么生小美人鱼……"

"美人鱼?你在跟我说美人鱼吗?就现在?真的美人鱼?"

"对啊,你帮我想想,她怎么生小美人鱼呢?有一种可能是卵生,不是胎生,会不会呢?那就不美妙了。"

"我不知道,我应该知道吗?都是假的啊,怎么可能真的有美人鱼?怎么会有这种问题?美人鱼怎么生孩子不要紧,但你呢?你的身份证呢?为什么还不给我?我先去办入住,马上就到十二点了。我不知道过了零点房费应该怎么算……"

"嘿,美人鱼生孩子,你不觉得这个问题很棒吗?"

"我不想说这个,已经一天了,毕竟……你快帮我找找,前台在哪里?你又在笑什么?"

"哦,亲爱的,我笑是因为,不是,我没有笑,我是觉得,你认真起来的样子真的很好看……"

四

酒店大厅此刻更像一个大型展会现场。厅内高悬巨幅招贴,其上宣示此处正举办"星光杯海峡两岸大型食品交易博览会"。招贴两侧密密匝匝布满小型展台,用各色荧光绳围绕、各色塑料布遮盖。参展商的广告与展品随处可见,星罗棋布,花团锦簇。小食品品牌一如盼盼、上好佳,以及金兔、银麦郎、春广香这类。

十一点左右,褐色落地玻璃墙面外,厦门之夜微光闪烁。

前台被展台遮挡。王泽月费了番工夫绕过一个个无人看守的小食品商店,闻见各味糖果散发出甜腻含混的香料气息,她想,那都是些人造香精。

前台小妹胸部平扁,埋头操作键盘时喋喋不休:"酒店正在接待食博会,难免对入住客人造成不便,请你们谅解。还有,免费自助早餐不再设在一层西餐厅,一层西餐厅现在是好娃娃食品展台。明早请二位挪步酒店副楼用早餐,也不远,出门左转直走三百米就是。记住先上台阶再下台阶,一定不要先下台阶再上台阶,因为那是去往食品博览会主会场的临时通道……"

"没事儿,能找到,就算找不到,我们明早再问就行。"崔全松打断她。

王泽月觉得自己很想再问什么,又觉得头脑和此刻酒店大堂同样混乱,当务之急应是先理清头绪。如果之前买来的是令神经亢奋的咖啡而不是那杯不加冰的温热甜茶,那么现在她应当更敏捷睿智——可惜不是,更可惜这混乱的局面里还出现了一头怪物,一套黑白相间的卡通公仔装,正斜搭于前台外一张椅子上。两只黑袖子拖上地板,形似趴在椅背上的一条大黑狗。就是那种毛茸茸的人偶外套,在商场促销人员身上常见的、能把人类装扮成动物或不存在的怪物的人偶外套。

"天哪,吓死我了。"王泽月指给崔全松看,一只装神弄鬼的"大黑狗"。

■ 黑熊怪

"哇,是公仔装嘛,这么多呢。"顺着崔全松的指引,王泽月发现那把椅子不远处,塑料布上支起一具简易衣架,架上胡乱挂着许多公仔装,赤橙黄绿一应俱全,统统看不出是什么卡通形象。

"他们白天会用这个吧?我看是参展商的东西。"王泽月猜想。这些公仔也许按各企业自己设计的吉祥物制成,统统有高饱和度的色调以及夸张媚俗的五官,流苏与蝴蝶结胡乱拼凑,五颜六色,缤纷成某种喜庆气氛。只是这喜庆很空洞,尤其在这临近凌晨的酒店大堂。大堂照明也许夜间经过了细心调整,反正酒店看起来并没有网页照片暗示出的堂皇气象。

"我打赌这是黑熊怪。"崔全松说的是椅子上那套黑白相间的公仔装。王泽月认为那也可能是熊猫或者黑狗,不过是什么都没关系,她不在乎。

王泽月冷冷地说:"反正肯定不是美人鱼。"

前台小妹递上房卡,眼镜片后面的小眼睛昏昏欲睡。

"美人鱼?你还记着美人鱼,真棒!你知道吗?你才是我的美人鱼呢。"崔全松突然去挽妻子的胳臂,被王泽月避开,因为看见前台小妹眼镜片后面的眼白。新的一天正要来临,而且一定会是更艰巨更难以度过的一天,这一刻不是可以用来与崔全松亲昵的时候。

"别闹了,我不想。"等电梯时,四下无人,王泽月告诉崔全松。

"不想什么?哦,我明白,当然,我不是那个意思,我只是想表达一下……而已。你不是我的美人鱼吗?"这是温柔的、嬉皮笑脸的标准丈夫崔全松。可能因为四周太静了,她开始担心有别的人听见。

"我弄不懂你每天说的这些话,太幼稚了,黑熊怪?美人鱼?"王泽月不打算再说了,这不是三言两语能解决的他们之间的问题。

"好吧,我不说了,我认为你得开心点,媳妇儿。"

"叫我王泽月,好吗?"

"好吧,开心点,我的媳妇儿王泽月。"

电梯门这时打开了,里面站着一位年轻人,也许刚从地下一层车库进电梯。年轻人身上的红色广告衫上印满看不出是什么东西的卡通图案,也许其中拙劣设计隐藏着某不知名食品企业的名字。他朝他们面露白天式的振奋笑容,正常人只会在白天才这么笑。他甚至还表现出了想跟他们聊天的跃跃欲试的样子,但他是夜晚的酒店电梯偶遇的陌生人,根本毫无交谈必要。

王泽月站在电梯门旁的角落里,紧贴电梯门,这样就不必与年轻人有眼神接触,也不必与崔全松面面相觑。

"真是……热闹的一天,不是吗?"年轻人在电梯门闭合之际开口,"见到很多同行呢,很好呀,嗯,请问你们是哪家企业的?"

崔全松很快就明白年轻人的意思,答复说:"哦,不是,我们不是来参展的企业。"

"我看你很像老板嘛。"年轻人笑着。

"哦,是吗?那真不错。你是哪家企业?"崔全松说。

王泽月从镜面一样的电梯门中看见,年轻人指着自己肚子上的卡通图案说:"我们是翠翠食品,专做糖果的,台湾企业。翠翠让你生活更甜蜜。我猜你一定听说过这个,这是我们的口号,不过我不是台湾人……"

"哦,哦,不错,不错,'翠翠让你生活更甜蜜',我记住了。"崔全松走出电梯时甚至和年轻人用力握手——如果电梯再迟几秒钟到达,他们大概会交换名片或童年趣事。

"他说你像一个老板,这不是件好事。"王泽月在走出电梯后说。

"对,不是好事,我觉得我更像艺术家,对吧?"崔全松说。

"我说真的。"

"我也说真的。"

"不说这个了。"

"王泽月,你应该放松点儿,我们已经到了,而且一切顺利,不是吗?"

五

王泽月坚信直觉暗示的一切,比如生活的进程,比如某天你将突然遭逢的变故。人的所知极为有限,而直觉的力量又被轻易忽视。她直觉中并不认可自己应当放松,就算她时常感觉自己宛如紧绷的风筝线,那也是因为必须紧绷才不会让放飞变为坠落。放松太容易,玩笑也轻巧,轻巧得不足以撬起沉重的生活。她如今所拥有的一切都来自个人奋斗,唯有如此,才能支撑起她的理直气壮。小学时有一次她考试跌出了前三名,情状十分惨烈,在痛哭之后便暗下决心要出人头地。然而她从来没拥有好运气,证据是她再也没有进入过前三名。她由此认为那次考试是一生的转折。她唯一一次抢占先机是在平凡的大学生涯结束后成为全班第一个嫁人的女生。结婚时崔全松仍未转行创业,还在律所打离婚官司。她几乎就要认命了。然而这时崔全松经人劝说参与到几个大学同学的创业之中,他还是做律师。坦白说,他们做得不错,他总是比她更有运气,或者他比她多认识几个"富二代"的同学,那几个同学又碰巧认识几个三线小明星,那几个三线小明星又碰巧在同一时期大红大紫,崔全松碰巧成了几个明星的独家律师,拥有公司股权。而他认为这一切都可以用"运气偏爱喜欢大笑的人"来解释。在他创业的经纪公司拿到第一笔融资后,他们的生活发生了可谓本质的转变,顺义的二手小别墅就在那时买下,虽然如今看来已经有些老旧,需要修缮。她似乎比他少些运气,但也不差,在重工机械企业,一个女人能做到的最好程度,她自认为是这样的。

不生小孩是他们结婚时基于不同考虑达成的共识。王泽月想发展事业,因此寻不到生育的合理时机。起初她以为崔全松也这么想,如今她意识到不是这样的,真正原因是他自己就是孩子。孩子的本质,就是从未付出的人,从未付出的人才会没来由地欢乐。他不需要孩子装点生活。

但无论如何,孩子问题从未成为两人的困扰,他们仍处于纯粹的关系中,而且无论从哪方来讲,都未有过越轨行为。王泽月当下在体力上的不济也许影响过他们的性爱质量,这并不伤及夫妻关系的本质。

在他们居住的顺义别墅区,下午五点就会出现一群打扮妥当的主妇,裙子和发髻经过仔细调整,她们踩着高跟鞋在校车站点等待国际学校的橘黄色的校车把她们的孩子带回来。小朋友们下车的样子就像快递车掉下几件等待认领的货物。王泽月决心永远不要让自己变成那样的女人,每天的高潮部分就是在路边翘首等待的那种女人,哪怕衣着光鲜,也是可怜巴巴的姿态。即便如此,那些等待的女人也不总是固定的。偶尔,会有年轻的新面孔出现;有时,老面孔也会消失几个,她们去了哪里呢? 谁也不知道,也许在离婚律师的办公室

■ 黑熊怪

商讨策略,以便拿到更多赡养费。崔全松就曾给不少即将离异的女人出过高明或卑劣的主意,以便对得起她们支付的律师费。她们也许正在市区的单身小公寓吞下安眠药——这事儿发生过,王泽月知道,因为死掉那女人的亲属在小区绿地安了帐篷,排了值班表,守了两个月,要新妇"杀人偿命",到亲属每人都分到一张金额保密的银行卡后,那些迷彩色的抗震棚就不见了。

崔全松今年养了三只龟,每只都有专属的聚氨酯材料的龟屋。他总是说起小时候养过的小狗,叫天王星。天王星很胖,被他父母送入了狗肉店,他们用卖狗肉得来的钱给崔全松买了一只补脑的土鸡。他知道真相之际,那只土鸡只剩下一盘骨头渣,那也是七岁的崔全松人生中第一次呕吐。此后他再不养狗,始终宣称太阳系里从此再无天王星。天王星之死让他产生幻觉或幻想,天王星依然活在那个幻想世界,而他的某一部分也活在那个世界。

男人的爱好比妻子更重要,这是王泽月的看法,不过她并不因此对生活失望,她还在让它进一步完善的努力中。如同她售卖的那些大型机械,质量由精工的细节决定,生活同样如是。然而考究细节却是让人疲倦的长期损耗,好比每天都要熨烫的西服,为始终保持光鲜,也被熨烫损耗了衣料的质地,她也是。她想她现在只是有些累。

六

酒店套房带来的惊喜有限,毕竟三百六十度全景照片已经提前曝光过这里北欧风格的装饰以及形同教堂彩绘玻璃的水晶吊灯。彩色吊灯是房内唯一彰显奢华的器具,其余都遵从朴素的极简主义原则。据说吊灯与乔布斯房间仅有的灯盏是同款。卧房有熏香，号称玫瑰与熏衣草的香氛随季节更换。窗帘是电动控制，此时自动闭合，所以暂时看不见鼓浪屿的灯火与远处的洋面。牛奶与面包、枇果与小番茄是酒店赠送的，在水晶茶几上布置成很不方便随意享用的样子，旁边有刀刃迟钝的餐刀配套。这样的房间不至令人生出浪漫想法，符合王泽月的预期。

餐刀旁是一张粉红色打印纸，四周印满红色桃心。王泽月拿起细看，是"台风提醒"。

尊敬的客人：

根据厦门气象台天气预报，今年第13号强台风"鲇鱼"预计将于今天夜间明天白天登陆我市，请减少外出。如需外出，酒店为您提供雨具，并请注意安全……

这将是他们一生中离台风最近的一次。在中国北方内陆城市生活，台风于此前及此后都只会出现在他们的手机新闻里，两人并没有看电视或报纸的习惯，像大多数这个年龄的夫妻，报纸、电视并不存在于他们的日常生活。台风偶尔还会与美国得克萨斯或者伊利诺伊州同时出现——王泽月的客户多数生活在这两州，于是她更多专注太平洋对岸的飓风局势。

如果你精心策划的婚礼和台风同时进行，那么你一定得给台风让位。她想。虽然她其实并不知道所谓台风登陆到底会如何改造这座岛屿。

"你应该问问老马，婚礼是不是取消了。该死，不巧的事情都遇上了，这次

■ 黑熊怪

我们遇上台风了!"王泽月说,所有不祥的预感似乎都得到了应验一般。

崔全松也看过那张粉红色纸。"我想,还是先别问了,今天太晚,哦,现在已经是明天了。如果取消,老马自然会告诉我。既然没说,那就是不取消呗。"他已经找到电动窗帘的开关,正来回把弄。纯白遮光布大幕一半开启,窗外看起来似乎很平静,并没有风雨欲来的征兆。

"那我们怎么办?"她说。她想问问厦门人,台风天气里他们是否只能什么也不做,只是躲在室内,避免被卷入半空,或者像电影里那样,被抛在某处陌生的树林。他们是否在台风天就把自己的暂停键按下去,无所事事,什么也不做。她可不能接受"什么也不做",就算你"什么也不做",你一样变老,一样眼睁睁看着他人飞黄腾达,所以你一定得做点什么,虽然做点什么你也会变老,而他人也会飞黄腾达。

"我们?我们好好睡觉嘛,有什么事都是睡醒之后的事情。"崔全松又让窗帘闭合,再打开,像好奇的孩子反复乘坐商场扶梯上上下下。他竟然在台风之前做这种无所谓的事情,可能他始终都在做一些无所谓的事情。

"可是,婚礼会取消的,可不是,一场在异想天开的室外的沙滩上的婚礼。航班也会取消的,我们周日晚上没法飞回北京,我周一早上九点没法出现在小会议室参加周会,那个肿眼泡的同事,会趁我不在场把最难缠的客户奉送给我接手,并且以'都是替我考虑'的名义。还有已经预付的烹茶师的报酬,我不可能在他不干活的情况下就让他白白拿走那笔钱,没人应该白白得到任何东西……"因为接收到台风提醒,哦,是"温馨"提醒,所以王泽月还有更多的事情要提前安排,她不得不暂时停止陈述以便先理清它们的轻重缓急。她从小就自己安排一切,善于分辨"轻重缓急"。她突然想起:"那不公平,新娘怎么办?因为台风,她得把自己当新娘的日子延迟再延迟?……"

"嘿,嘿,亲爱的——"崔全松打断她,他让窗帘彻底静止、闭合,转眼间他甚至已经换上睡衣,是他最喜欢的那套浅灰色睡衣,胸前同样有法兰绒拼贴的小狗图案,这让他看上去比白天更滑稽。他睡前的习惯是假装自己是外星人,睡梦是他回归自己星球的时间,他的星球每天更换,但他从不假装去天王星,还是因为那条狗。这套把戏他从不厌倦。"我要回火星了,你呢?"

尽管同样的话已经听过多次,但她意识到自己为此行所做的全部准备只是为了让他此时"回火星"的时候,她觉得自己是天底下最委屈的妻子。她感到自己付出了,值得更多尊重,而不是成天应付他的玩闹。她又不是任何人的保姆。

"你滚!"王泽月脱口而出,这让她自己都意外,但也许,她想,早就该说这两个字了,在她意识到他是一切混乱的起源的时候。

他沉默了一阵子。她也沉默了一阵子。然后,他找出软绵绵的一次性拖鞋套上,走到客厅的沙发前,在王泽月面前俯下身,打量她。

她喘不过气,也不知道台风之前气压是否会很低,以至于让她缺氧。她不想看他,还有他衣服上那只法兰绒小狗,伸出猩红的半个舌头,似乎刚好迎面舔上她的眼睛。

"我看,我们要不要吃点什么?"过了一会儿,崔全松说。他把两只手撑在她的膝盖上,这个姿势让她觉得自己快要被他给压碎了。

但她不能碎掉,因为明天的事情还未落实。平静之后,她还不明确丈夫是

■ 黑熊怪

■ 150

否对她刚刚吼出的那两个字心存芥蒂。如果换作她,他让她滚,她肯定会疯掉,或者用加倍的声音冲他持续咆哮。他也不是没冲她吼过脏话,在她反复提醒他应当"干点正事"的时候。他吼着"这个世界上压根儿就没有什么他妈的正事"。那次他让她明白了,他终有一天会失去耐心、面目可憎,到那时,一切都将消逝,而她必须更加努力,提前为那一天的到来做万全的准备。

"什么?"她不明白,现在吃点什么?这是什么逻辑?

"你一天没吃什么东西,人在饿的时候,脾气就特别容易不好,你看,你就是。"他解释。

"那……不是,我不饿,我……"她拼命摇晃脑袋,像他衣服上的小狗。她没办法对一个问自己饿不饿的人发脾气,何况,她可能已经发过脾气了,刚刚。

"那我给你煮碗面吃?"他直起身,作势挽袖子,仿佛真的在家中厨房,端起那口德国出产的锅具,"开玩笑的,我去看看有什么东西可以吃。"他说。

"我真的不饿。"况且食物就在她眼前,面包旁边是杧果,另一边是牛奶,杧果边有一把餐刀,餐刀压住那张粉红色的"温馨提醒"。这张颜色可爱的纸,是一切的开始,或者刚好相反,是一切的终结。

"这些东西就不要吃了。要不我去餐厅问问,看看能不能弄点真正能吃的东西来。"他已经开始换衣服,但没有立即换上裤子。他光着腿。他在翻看酒店的入住手册,把棕色皮面的大册子放在台灯下。她看见他肌肉紧实的小腿肚,在台灯的光照下发亮,没有腿毛——这曾经是她十分在意的部分,她很难想象得出,和一双黑黝黝的腿一辈子同床。她还曾握住他的两只小腿肚,他问她像不像两块岩石,他故意收紧小腿肌肉。他还趁势给她讲过一个爱情故事,如今她记得不是太清了,大意是回头就变身为石像的痴男怨女。她笑他就是个石头,他说:"不,刚好相反,我很柔软,你比我顽固。"然后他自己就笑了,补充说,"无论哪方面。"她没笑,因为在想也许他说得对。

"这东西做得像小明星的背景资料一样,根本让人找不到头绪,我找不到订餐信息,我还是自己去看看吧。"他说,并不像真的询问她的意见。她想起不久前在星巴克点单,她拿不定主意,他那时可能已经对她厌烦,没人喜欢连自己要什么都决定不了的女人。

王泽月曾在公司组织过情绪控制的课程,来讲课的中年女教师虽然胖却笑容和蔼:"如果你们跟我一样胖,就知道情绪这东西根本不存在,都被消化了,或者变成了脂肪。"胖女人在课堂上说。但下课后,她也说过:"哦,王小姐,你不知道从小就被人视作怪物是什么感受,我就是。"王泽月猜想胖老师其实仍需要控制情绪,所以才立即避开自己独自去洗手间,耽误了很长时间,胖老师又不需要补妆。

那么现在,崔全松离开房间了,他是否真去找"能吃的东西"了?——可能不是,她想,他只是找个借口避开焦虑的妻子,去外面抽支烟。男人们都喜欢这一套,到家后躲在车上不回家,宣称"需要一点自己的时间"。他们干脆一辈子待在车上好了,王泽月想,那样的话,也许我还得感激他。

她坐了一会儿,轮番拿起枕果和面包,看外包装塑料上的字,营养成分表、热量、净重……她在客厅和卧室之间走了走,不知道该做什么,也许就该这样,一个人,什么也不做,她并非不能虚度时光。不知道崔全松每天的状态是否也这样,像没有心思的小猫小狗。明明知道自己正在毫无目的地浪费生命,但她

■ 黑熊怪

此刻控制不了自己。她甚至也学着丈夫,去摆弄那个电动窗帘开关,集中精力观察窗帘徐徐拉开。她看见黑夜覆盖的房屋楼宇,连绵无边,天空中却有些明亮的部分,似是而非,形同白日的云。

台风会来吗?

她没能打开十八楼的窗户,窗户是焊死的。但她还能看清近处的行道树大幅摆动枝干,她知道风已经来了。海浪也许正在距离他们不远的地方聚集,带着吞噬一切的雄心壮志。

她也换上了睡衣,纯蓝、无装饰的真丝睡衣,她觉得还能控制自己,只要不去想天亮之后的事情。但她很快就想到了"日程安排",她总是需要一份"日程安排"。他们原计划在早餐后就去距离五公里远的海滩,马某某将在沙滩上迎娶比他小十多岁的新娘。"沙滩婚礼的好处是,新娘穿不了高跟鞋,这样老马就不会显得太矮。"在听闻婚礼在沙滩举办的时候,她这样对崔全松说。崔全松表示同意,他又说:"我们不需要为这些事情烦恼吧!"

她说:"当然需要,比如我们穿什么衣服才能不显得奇怪,总不能在礼服裙底下搭一双人字拖!"

她意识到这一切考虑如今都白费,需要重新来过。在原本的安排中,下午的时间属于她,因为一对新人下午需要休息,晚上才有充沛的精力宴请宾客。下午她会换上朴素的旗袍,在套房内迎接丈夫的旧日好友,也是替新人分忧。如果来宾中有女性,她不会忘记假装无意地向她们透露旗袍的五位数的价格,"定制款"。如果没有女性,那情况只会更好。晚餐之前,她可以把手腕放进丈夫的胳臂,这样才好露出卡地亚的手镯,他们将不早不晚地出现在宴会上。这些才是生活的关键,因为是被别人观看的部分。如果需要喝酒,她会选洋酒,尽管喝上去都不好受,但她知道洋酒名字越短越好,她会再替他要一份精酿。他喜欢晚上喝一杯精酿啤酒,他买过专用电子酒柜用以保存世界各地的精酿。哦,也许他现在就在酒店一层隐蔽的酒吧内用左手和右手碰杯,唯独把她留给黑漆漆的窗。

七

门铃第一次响的时候,她决定忽略。崔全松带走了其中一张房卡——她很确定,因为见到他走之前摸索裤兜。

门铃再响时,她已经从窗前走到门廊处。门廊的灯没开,她试图寻找开关,但失败了。在这过程中她意识到四周的死寂,除了焦灼的门铃声,再也没有其他任何响动。若有若无的轰鸣,从地面之下传来。她踮起脚去看猫眼,但什么也看不见。

她当然不会问是谁在门外,她宁愿对方误以为她此刻并不存在,就像她希望的那样,自己压根没有出现在这里,出现在七月的厦门。肯定不是服务生,她想,因为训练有素的服务生都会用港台腔普通话迅速说明身份及来意。她想闩上门锁上方的保险扣,又担心锁链弄出声响,让自己暴露。

门铃没有中断,只是不再急促。她光脚往后退了几步,心中祈祷铃声即刻停止。但她并没有天真地期待丈夫此时尽快赶回——崔全松即便在场也不能及时明白她在担心什么,他只会让事情更糟,就是这样。

她蹲下身,脸贴上地毯,想透过房门与地板的空隙,窥视来人的鞋子。也

◼ 黑熊怪

◼ 154

许能看出些什么。但什么也没看见,想象中那道缝隙根本不存在。她犹豫要不要穿上外套,此时真丝睡衣不再令她舒适,只给她犹如赤身裸体时的不自在,但外套还在行李箱里,行李箱在卧室的角落,距离她此时的位置,想想,真是非常远。

原来祈祷果真有益——门铃突然停止了。

她松了一口气,但又立即意识到并没有听见来人离开的脚步声。她听见的是,门卡贴上电子锁,嘀——她刚才已经下意识转身往沙发方向走去。

"啊——"她回头,尖叫一声。她不知道为什么想起了他讲过的传说:回头就变身石像的怨女。

一只黑熊怪。

一个人,一个男人,穿着黑熊怪的人偶外套,从身后将她一把抱住。她张开的嘴随即被捂住。她闻见黑色尼龙长毛发霉的味道,她被牢牢控制于黝黑的长毛里。

这算什么?

"放开我!"

她用尽最大力气咆哮并挣脱。试图挣脱。

"哈哈哈——"他在巨大的熊脑袋里笑出声,笑声很沉闷,是她不熟悉的声音。两只熊爪仍然紧紧从背后抓着她的胳臂。

"崔全松!"她发自本能喊道,之后她意外于自己竟然喊了丈夫的名字,她独立强硬的一生,几乎让她忘记这种权利:这时候,他应该来解救她的。

她发现自己被黑熊怪高高抱起。她大吸一口气,两腿腾空,踢来踢去。

这时,她突然想起来,只能是他,这就是他,她怎么刚想到呢? 是崔全松,是她亲爱的丈夫,套上一张熊皮的丈夫。

"崔全松,你放开我!你够了!"

一切都已经那么艰难了,而她还得假装跟一只熊玩老鹰抓小鸡的游戏?她觉得自己已经哭出来了。可怕的一天。

他慢慢把她放下,松开有霉味的毛胳臂。

她弯腰捂着喉咙拼命喘气,仿佛刚刚被抓住的不是胳臂,而是喉咙。

她惊恐地看他用"熊爪"抓住"熊脖子",往上抬,再抬,很吃力。"熊头"逐渐脱离了身体,似乎卡住了,然而终于,褪了下来,真像诡异的恐怖片。

那张她与之生活了十三年的面孔,就这样,从已经冒出零星胡须的下巴开始,一寸寸于黑色皮毛中褪出,露出真容,真是眼看着他扒掉一层皮,她想,那张曾经年轻的脸,褪掉了一层皮,瞬间老得令她绝望。

她从未对他感觉如此陌生,从未意识到他们都老了这么多。他出了很多汗,大概这种劣质人偶外套不透气。他的头发也乱糟糟的,薄薄一层贴着脑袋,他真像刚从水里爬出来的怪物。那盏五光十色的吊灯,正好将冷色调的斑驳的寒光从他头顶直直砸下,让这张脸满布立体的阴影。

"好玩吧?"他喘着男性才有的粗气,说,"这东西穿上还挺累的,逗逗你。嘿,你别生气嘛,我只是想你开心点儿。"

"让我开心?你以为这样就让我开心了?你到底在想些什么?"她也不知道自己为什么慢慢地笑了几声。

"你在想什么?"他看上去有一阵的困惑。

"不是这样的,这不公平。"她好不容易平静之后,慢慢小声说。

她已经把最后一点力气都用光了。她去卧室,躺在床上,漆黑一片,她没力气起身去寻找灯的开关。

"我跟总台打过招呼,说借来穿穿,一会儿就还回去。他们还挺不错,很爽快就答应了……"他在穿衣镜前,左右侧身看,他当然会对这身装扮感到满意,就像他对自己十分擅长增加她的压力与焦虑这一点也感到满意一样。

"不该是这样的。"

"没关系的。"

"真的不该是这样。"

这是一个短暂而难堪的夜晚。在他们共同走过的一生中,王泽月会永远记住这一夜的醒悟。她没睡着,脑子里为台风到来时会发生的情况设想了一万种可能,每一种都是对她到目前为止勉强掌握的顺畅生活的千锤百炼,令其面目全非。

她在浴室进行了漫长的洗漱,只为避免看见他。这让她几近被水蒸气闷到晕倒。其间崔全松离开了一阵子,她猜他是去酒店前台还人偶外套了。他回来后,她拒绝他进卧室:"我太累了,让我自己睡好吗?""好吧。"他的语气听上去太正常,于是反而显得不正常。

她想幸好当初选择了这间套房,他还可以睡在沙发上,穿着他那套白痴的法兰绒小狗睡衣。

关灯一会儿后,她的听力与视力逐渐变得极好。他的鼾声令她无比清醒,仿佛第一次发现他的鼾声如此响亮,严重到足以成为使他们彻底分崩离析的发令枪声。

她还是那一个想法,不该是这样的,肯定哪里出了问题。只是她还想不出来问题在哪里。

不知过了多久,她开始听见雨滴敲击外墙空调机箱的声音,她不知道那会让雨声被放大数倍,仿佛真有一场暴雨狂风在肆虐一座城市。

八

王泽月醒来时才意识到自己终究是睡着过的,恍惚以为昨晚所想过的事情其实都不过是梦境,醒来便无须揣度。电动窗帘再次开启,露出阴沉的天,是天亮以前最晦暗的时刻。雨一直在下,却并不像有台风的样子。

客厅五彩水晶吊灯亮着,是他打开的。崔全松已经穿好浅蓝色西服,衣领有深灰色镶边。领带是深蓝色那条,她几年前买给他做生日礼物,她认得。只是后来她再也不做这种事了——挑剔他穿衣服的风格,甚至为他代劳挑选,考虑搭配。她开始把时间越来越多地花在自己身上,或者用来在高层办公楼密闭的房间中那些无穷无尽的会议上。总之,她没时间,她舍不得她的时间。

崔全松这天是为马某某的婚礼精心打扮过的。她听他站在卧室门口给她读马某某发来的信息,确认马某某全名原来是马永才——她听过无数次,不过记不住。这是无关紧要的细节。马某某只需要是丈夫的大学旧友,是新郎——这才是她需要记牢的,她也确实记得牢靠。她以为自己知道什么才是重要的,但现在她一点也不确定了。

■ 黑熊怪

马永才的信息说,婚礼改为下午,其余一切不变。至于天气嘛,台风不会来,中雨在一个小时后会变成细雨、微雨、毛毛雨。

那么,一切如常?

不,有些事情已经发生了,再也不可能如常。她不再能穿上定制款旗袍,扮演茶会的优雅女主人,她得在微雨天气中穿无袖小礼服裙,同时希望鞋子不要沾满雨后潮湿的沙粒。但她也尽可能平静地对崔全松微笑了,因为昨晚的事,她确实应该感到抱歉。

短暂的睡眠到底改善了气色,在镶有一圈小灯泡的镜子里,她看见一张还算过得去的脸,除开肿胀的眼睑(那其实也可以被叫作卧蚕的),五官其余部分和身体都还在她能认可接受的范围内——她对自己倒是一直严苛而挑剔。

她想他可能会谈谈昨晚的事,不然一个上午的时间将成为横亘在他们之间的大象,被视而不见、避之不及。不过他后来只是专注地看着手机,手指点击的节奏显示他确实在看着什么,而不是装模作样。她只好让化妆的时间更久一些,又有些担心会错过自助早餐。这样她出现在客厅的时机终究不早也不晚,像她在所有关键时刻的表现一样。

她落落大方地走到客厅落地窗前,看见外面马路上,几朵彩色的伞不慌不忙地移动。

他先开口:"不用担心,马永才能处理好。他是那种,你知道,就是什么问题在他看来都不成问题……"他以为她说的是别人的婚礼。不,她根本不关心婚礼。

"没有谁能处理台风。"她说。

"台风吗？天气预报说,台风好像绕道了,去了泉州方向,放过了厦门。"

"绕道了？台风还会绕道？"她突然不理解,那破坏了一切的,原来还可以"绕道"？

"嘿,这不是好事吗？"

"当然、当然,可是,它为什么不来了？"

"有时候就是这样,不按计划,不过这没什么大不了。"

"早知道它不来……"

"什么？"

"我说,我还从没见过台风。"

"真的？我倒是见过,有一年在浙江台州,然后台风来了,我和同去的几个人在屋里打牌,我就是那次一口气学会了八种牌的打法,我记得的好像就是这些事……哦,其实我对打牌也没那么大兴趣。"他说,"你要咖啡吗？"他走过来,和她并肩站在窗前。这让她想起一些电影画面,觉得眼前并不明亮的天极为虚假,根本不真实。

"为什么不开心一些呢？我们过着好日子。"他慢慢地说,看着窗外,在她挑选的有最佳视野的房间。

"是啊,为什么不开心一些呢？"她也说,但她看着他,心里想着,你以为我愿意不开心？她知道他如何度过拮据的童年,以为衣食无忧就是好日子。他们当然过着好日子,因为他让他们过上了好日子,因为他爱她,因为她这么努力,因为她值得被爱,因为她也爱他……然而她三十多年的努力并不及他的狗屎运！她可能感到挫败了,可能更多是疲惫。她还希望自己能年轻二十岁,那

■ 黑熊怪

才是好日子,二十年前她不用担心自己会失去什么。

"你知道吗?他们是在滑雪的时候认识的。"他说。

"谁?"

"马永才和他的未婚妻,他们在欧洲一个滑雪场认识。而且,马永才前两个老婆,一个在海滩认识,另一个在丽江认识,这家伙……"

"我不关心他们怎么认识。"她说,停了一下,又问,"他有几个老婆?"

"这是第四个?可能第五个?记不清了。嘿,我说,我们也应该去滑雪!"

"为什么?"她开始想如果他们去欧洲滑雪,她应该考虑机票、签证、假期,还有酒店,甚至滑雪装备。而他只需要,吹吹口哨。

"不为什么,我不明白你什么事都要问为什么,我也不懂你成天都在担心什么?你知道有多少人羡慕我们吗?"他提高了嗓门。

"你是不懂。你就相信美人鱼是真的。"

"我……我选择相信美人鱼是真的,但是你选择不信。"

"好吧,我也信!行了吧?"

"那你是被迫相信的。"他说,"你是选择了现在的生活,还是被迫过着现在的生活,这太不一样了。"

"那没什么不一样,但是我不关心这些事的话,"她脑子此时迅速闪过机票、签证、假期、酒店、滑雪装备,之后是茶具、礼服裙、领带、证件……她闭上眼睛,等这些乱七八糟的画面变成黑暗的一片才睁开,接着说,"我不关心这些事的话,那才会不一样。"但是,她不知道说这些到底有什么意义。

她看见他茫然的神情,就像他空洞地盯着三只龟时的神情一样。他摊摊手,摊手是他什么时候开始的小动作？恰似外国人的小习惯。他问她："我们在说同一个事儿吗？"

王泽月和崔全松没有浪漫的相识经历。她猜他也许会认为这是遗憾。他们在同一所大学,不同专业,一次如今想来十分俗套的宿舍联谊后,他表白了,在晚自习后向她递上花束,没有花朵,而是九只小玩具熊,扎成一捆花的样子,经久耐用。后来她想,也许他仅仅是临时起意做出的决定,送女孩一束小熊吧,哪怕小熊花束不够象征炽热的爱情,但这行为本身很可爱,对他来说,可爱就足够了。她并不轻率,事实上她在接受他的表白之前,已经做过详细调查。她清楚,在大学你得有个这样的男朋友,才不会被同宿舍的女孩鄙视。她得在上大学之前把失去的自信重新建立,其中的关键便是不能被鄙视。她被鄙视过好些年,因为她得管一个比自己大不了几岁的陌生人叫妈妈。不过在大学,就没人知道这些了。

她说："你是不是认为这样很好？在滑雪场认识年轻姑娘,眼睛不眨就娶来做老婆,什么都不考虑。等这个老婆老了,就再去滑雪场,再领回一个新的,是不是这样？"她不会是那种跟滑雪时认识的男人结婚的女人。但是,他不一样,他每天都可能遇上滑雪场的女孩、发布会的女孩、高级餐厅的女孩、奢侈品商店的女孩……这个世界上所有的女孩都时刻准备着——她从小就知道。

他没否认,但也没承认。她没勇气再问一次了。过了很久他竟然反问她："你呢？你认为这样很好吗？"

"我？"

"你肯定认为不好,你认为什么都糟透了。我知道,因为你自己、你父亲的原因,还有你后妈的原因,你压根儿就不想来这儿,参加什么婚礼……"

"天啊,你为什么要这么说?"

"你根本不想来,你认为这都糟透了,你不想办 party,还有台风,都是因为……"

"不是这样……"她说。

九

于是到了下午,王泽月就没能和崔全松结伴出现。海滩上,那一刻明明所有东西都是成双成对的,连喜糖的小盒子上都有两只海鸥——白羽黑冠,一只系着领带,一只系着粉红蝴蝶结,雌雄的象征,天然的正确。她抚摸过的鲜花装饰的临时拱门上,也是每两朵花结成一小束装饰。

崔全松在远远的地方,正和穿黑礼服的新郎说笑。他们看上去就像一模一样的两个人,轻微发福,愚蠢又自负。崔全松看上去总是很开心。在顺义别墅区无聊透顶的邻里聚会上,他还能和男人们讨论股市,夸赞那些缺少天赋的孩子的才艺表演。

她孤零零地站在潮湿的沙子里,看自己到底得被迫穿上的鞋套,所有来宾都分到一双鞋套。她之前怎么没想到呢?尽管天蓝色的鞋套让所有人都像大脚企鹅般摇摇晃晃。不过,为保护羊皮平底鞋,你就得穿鞋套,你在半夜被自己丈夫惊吓过,你就得白天看他脸色。天蓝色和她的礼服裙颜色很不协调。她觉得自己是这站满人的沙地里唯一孤单的东西。她等主持人宣布仪式开始，就抢占了一个角落的座位。白色沙滩椅都用成对蝴蝶结装饰过，但至少坐下来就不那么显眼了，她的落单就不显眼了。无论如何，在这里，落单都不合适。

她看见丈夫在她前面的座位坐下，表情极为严肃，坐下时他露给她的侧脸，因嘴角下撇，出现了很深的一道皱纹。他在生气吗？不知道。一场旷日持久的冷战似乎正在开始，她预感。起因是因为他装成黑熊怪来吓她，在她又累又无助的时刻，那么，后果呢，她不敢想。

她端起胳臂，在胸前交叉，强迫自己把注意力转移到人类的俗套仪式上。婚礼，神圣的牵手时刻，沙滩上铺满红玫瑰花瓣，它们会很快腐烂，形同生活本身。可怜的新娘尚未现身，她还不知道等待她的会是什么。

新娘终于露面，于是众人期盼的婚礼的高潮来临。婚礼进行曲由四人弦乐队奏响，乐手的燕尾服后摆在风中甩来甩去。音乐壮大了某种蛊惑人心的力量。王泽月想起自己的婚礼，本着从简原则，室内酒店，空气里全是油烟气息。她在证婚人宣读结婚誓言后迅速吐出"同意"两个字，不是迫不及待，而是巴不得这过场尽快了结。但也有她记忆深刻的部分，那是崔全松在仪式结束后给她揉脚，把八厘米的高跟鞋脱下，按摩她肿胀的脚踝。此后再也没有亲昵地揉过脚——她从未向他表达过对那一刻的怀念。她那时希望所有新娘都不受高跟鞋折磨。眼前的新娘就没有，因为她竟然踩着一双人字拖，只是鞋面亮闪闪都是人造水晶。婚纱是泡泡短裙，白色泡泡袖高高隆起，完美复刻童话中的公主。新娘光洁的额头上有花环，那么年轻的花朵，最好的时刻。

王泽月逐渐放松了交叉抱紧的胳臂，后来她看见自己两手都在膝盖上发

■ 黑熊怪

抖。音乐、海洋,还有持续的海风,虽然猛烈,让人不得不时常眯起眼睛,于是看眼前的一切都模糊不清,像蓄满泪水。她浑浊的双眼看过去,新娘的小腿以下,都在灰色的洋面之下——天啊,这角度,让这姑娘真像一条刚刚上岸的美人鱼。

王泽月惊讶于自己产生这样的想法。美人鱼?开什么玩笑。这样她就没能留意去听"誓言"的部分,只听见几声"富裕或贫穷""健康或疾病",通过音响放大,在空气中震荡。

她身边的女宾客不停用手机拍照,激动地捂住嘴,以按捺住尖叫。到新人亲吻的时候,她觉得自己看到了中年新郎肥厚的足以把新娘噎住的舌头,狗一般地伸出来。但她身边的那个女宾客,一个显而易见被地上的脏袜子折磨了半生的中年妇人,只剩下一脸憔悴的苦相,猛地抓住王泽月的右手,狠狠握住,就这样捏着她的手在半空中挥舞。

"真感人,不是吗?"音乐停止后,妇人扭头看王泽月,又不好意思松开手。

"是的,可能,是的……"她吞吐应答,其实她明白,这确实感人。在某些特定的时候,制造感动,这也是崔全松一直在做的。那么,她们必须得为这些琐碎又无用的感动献出一生吗?

"我这个年纪,就容易为这种事感动。我是新郎的姑妈。"妇人带着歉意,笑着抹眼泪。

"没关系。"

"哦,你一个人来参加婚礼?你年轻,我是说,人都是后知后觉的,好遗憾,好时候都过去了。"

王泽月没说话,只僵硬地笑,前排的崔全松肯定能听见她们的对话,但他没有回头。她想,该怎样才能把握生活中的每一个瞬间呢?遗憾的是,人可能都是后知后觉的。她九岁的时候,给自己写过婚礼誓言,写在藕荷色信纸上,又在混合了汉语拼音的字迹上撒满金粉。她还给自己做过婚纱头巾,用包糖果的纱巾攒出小朵小朵的蓓蕾。但后来她的婚礼上,使用的誓言是婚庆公司的通用版本。

仪式结束后,人们继续留在沙滩上,三五成群地交谈,喝饮料。侍者送上的鸡尾酒都插着小纸伞。王泽月与邻座的妇人喝冰茶,谈论这场婚礼如何完美,令人终身难忘。

妇人说:"哦,在厦门,台风是常事,就是老天要厦门人给自己放假了,台风就来了。所有人都喜欢放假,谁不想呢?但多好啊,台风竟然放过了他们的婚礼……"

王泽月又听妇人说,原来她已经丧偶,所以刚才才会激动失态:"他至少走得很平静,不,不用抱歉,我已经……都过去了,一辈子又不长,不能都用来难受。我觉得人得乐观点儿。"可王泽月认为这妇人依然难受。不过她自己也不好受,毕竟她得一边应付老妇人的啰唆,一边不时在人群间寻找崔全松,她确认他还在这里,她还能偶尔远远听见他的笑声。

后来新郎招呼所有人都上了一辆大巴车,目的地是王泽月住的酒店。宴会将在酒店三层进行。上车时,王泽月搀扶着那位老妇人,这样自己好歹有个伴儿了。她看见崔全松走在人群后头,慢吞吞地,朝大海频频回头,看不见落

■ 黑熊怪

■ 166

日的黄昏,他在留恋什么？美人鱼吗？或者他只是故意走在后面,就不必跟她同行。

不过,她还是确信他也上了这辆大巴车,然而下车的时候她没有看见他。

酒店门外挤满了人,也许食博会正在兴头上。她没顾上搀扶老妇人下车,就被不知道从哪里冒出来的人群推搡着,进到酒店大堂。

大堂内人头攒动,喜庆音乐让这里显得更加拥挤。她在人群中寻找一张可能熟悉的面孔,但没有找到。

她想尽快回到房间,然后就能和丈夫在房间碰面,她想他们必须得同时出现在晚宴上了,不是吗？她可能还得想办法让他愿意和她牵手出现？不,也许牵手就不用了——太容易被认作是老夫老妻欲盖弥彰的小把戏。

只是,电梯间挤满的人可能跟她有同样的想法,她数着那个代表楼层的数字慢慢变化,像输液瓶内过很久才会落下一滴药水。

她还是没有找见他。该死,我为什么要找他？她很为自己懊恼。

她被后面拥过来的人群挤推着不由自主往前移动,跟跄着蹭上电梯门之间的垃圾筒。也许又有一辆大巴车刚刚抵达。她还是没能看见崔全松的身影。然后她发现,丝袜被垃圾筒刮蹭,有一处脱了丝,垂下来的黑丝,两指宽,像黑白无常的舌头,甩来甩去。她拉着线头,想扯断线头,但她只扯出了一道更宽的裂痕,那裂痕随即被拉得很长,从大腿直抵脚背。她想最难堪的样子莫过这样,她该去卫生间脱下连裤丝袜,只是还不确定卫生间的方向,她让丝袜破损的地方尽量贴着墙,这样就不会有更多人注意她狼狈的时刻。

这时,她看见另一个似曾相识的身影,那只黑熊怪,它在无论如何拥挤的人群中都足够抢眼,足够被她在第一眼就发现。

天啊！她看见黑熊怪在冲她招手。

也许不是,也许是冲着别人招手呢？她不确定,也许她只不过是希望看见黑熊怪冲自己招手。她想那不太可能是崔全松,但又想崔全松总能出乎她的意料,所以也可能是他啊。

她和黑熊怪之间,隔着七座展台,以及无数汗流浃背的人——台风带来的短暂降温并未能让厦门成为一座清爽的城市,这里依然又黏稠又潮湿。

她冲着黑熊怪摇头,但不确定人偶外套里面那双眼睛这时能不能看见她的动作。她举起手机,做出示意他通话的动作——如果真是她的丈夫,她就应当会得到回应,对吗？

但黑熊怪只是原地蹦了两下,做出一些奇怪的可能是来自嘻哈的踢腿动作。

那么,这算不算回应？

她想她可以穿过人群,离他或它,更近一点儿。但是丝袜上的破洞让她不愿意离开墙角挤进人群。她想,如果我是美国人就好了,那我就能现在冲过去,还能来个拥抱。美国人把这叫"熊抱"吗？她接触的那些美国客户,总是迷恋拥抱。她曾经反感,后来被迫习惯,只是在被那些热情客户拥抱的时候,总是侧过脸去,屏住呼吸,以免对他们身上的香水味道产生过敏的不适反应。

她看见黑熊怪也做出假装打电话的手势,随即两只黑胳臂举过头顶,在头顶上方,便向内弯曲,形成一颗"心"的样子。

■ 黑熊怪

■ 168

她见过这动作。他们刚刚搬入别墅那天,在市区的老房前照相,崔全松突然做了这个动作,他说是一颗心,他献给扑面而来的新的生活的一颗心。她多么后知后觉,从未能把握住生活的瞬间,她昨晚还拒绝了他好意的安慰与拥抱。

不,为什么不呢?她准备向他的方向走去,她知道过程会有些艰难,因为她不得不拨开人群。买卖双方在食博会的展台前讨价还价,就像她每天工作中做的事一样,讨价还价。以最小投入换取最大回报,最朴实的商业逻辑,也许她在生活中本不该使用这种逻辑。幸好她穿着平底鞋,这让她顺利穿越吵闹的空间,直抵黑熊怪的怀抱。

她总算抱住了它。

它短暂停顿后,有力地回应了她的双臂。长毛的熊爪轻拍着她的胳臂,像小时候她被妈妈在水里托举着,练习游泳的时候,她那时知道,有这样一双手臂环绕在自己身上,而且永远都不会放弃她。"坚持,再坚持一下,你就快会游泳了,好样的!"妈妈那时总这么说,还有妈妈说过的,"女的不容易,所以我们一分一秒都不能松口气,你一偷懒,就沉下去了。你看,你又偷懒了,你又沉下去了!"

"我没有。"她那时会反驳妈妈。

"那都是因为我托着你呢,等我没有托你的时候,你可不能随便松口气啊!"

她记住了,在妈妈离开之后,也再没松过气,但后来还是沉下去了。

她呢喃着什么。他的熊爪紧紧抓住她的两只胳臂,熊脸上的毛轻轻蹭在她的脖颈间,舒适得酥痒。再也没有七月的阴沉天气里抱着毛茸茸的东西更让人舒服的了,她想。

但突然,他松开了她,后退两步,冲着她继续摆了一次那个心的造型。她愣住了,不明白他想干什么,她从来也没明白过他对待生活的真正意图,她还错误地以为一切都是因为那条狗——天王星。

黑熊怪撇下她,冲着旁边的人都做出了那个动作,不时笨拙地跳两下,温暖的爱意也离她而去了,或者,不再仅属于她。

她呆在原地,身边都是人,人们高声谈话,尽力嬉笑。"您可以留下名片……""不,我还要再考虑。""谢总好久不见。""哎哟,别让我再看见你。""糖价不会上涨,今年不会。""这谁也没法保证。"……

不知道过了多久,她觉得自己什么也听不见了,她一点都不知道自己正在往哪个方向移动。她看见洗手间的标识,她想起来,应该立刻到洗手间去。

"我做了什么?"一个声音在心里喋喋不休,"那不是他,是个陌生人,我抱了一个陌生人!"

十

她在洗手间旁边发现了那个酒吧,小巧的招牌上密密麻麻的荧光字全是洋酒品类。我是不是应该来一杯?崔全松是不是正在里面偷偷喝精酿?她不由自主往里走,酒吧内出奇的安静。

"不,不是,我知道拿铁是一种做法,但是想要一杯真正的拿铁,是咖啡,不是做法,你怎么不明白?我想要一杯,对,这下对了,是咖啡拿铁,我的老婆有点焦虑,没休息好,可能是,不,我不会让她吃安眠药。咖啡嘛,多加奶可以吗?不要糖,我得给她拿到房间去,不,不用了,我自己拿上去就行,没关系,她很辛苦,老婆总是比我辛苦,我也不知道为什么。我们就住这里,视野最好的那间房,谢谢你,你们生意很好⋯⋯"

崔全松趴在吧台上的背影,像一棵根深蒂固的树。她迅速转身走出来,不能被他发现。她在洗手间狭长光滑的走道内小跑,竟然没有摔倒。她以最快动作锁上小隔间的门,褪下丝袜,扔进马桶,再狠狠按下冲水键。她绝不让破损的东西继续留在她的世界里。

王泽月和崔全松当晚在晚宴上坐在一起,逢人招呼便同时起立。她知道他早就原谅了她,尽管他从上午的争吵结束之后,还未开口对她讲过一个字。他回到房间的时候,手里的咖啡纸杯是天蓝色的,他把咖啡放在茶几上,压在粉红色的"温馨提醒"上面。下楼的时候,他跟在她后头,还是不说话,不过她不必回头就能根据脚步声判断他的位置。她想这样就足够了,如果你有了持久的婚姻生活,你就知道那关键的,不过是仰仗于你们如何度过这种沉默的时刻。

十一

在刚刚下楼的电梯里,他们尚未把手挽在一块儿,昨晚碰见的那个翠翠食品的年轻人又见到了他们。年轻人刚刚被同事替换下场,还没来得及洗澡,于是头发的样子有点糟糕,前额的头发刚好摆成三道。他连续做了几个小时的"比心"动作,不时还得带着这身滑稽的行头让自己蹦起来。他上个月刚大学毕业,在翠翠食品做销售助理是他的第一份工作,收入貌似还不能养活自己,但他更担心的是,女孩们从不正眼看他,似乎他是传染病患者。好在女孩们似乎都喜欢他的外套,喜欢那身黑熊怪的皮肤、面具,她们看见黑熊怪的时候,总是笑着的,他喜欢她们笑着的样子。他不敢奢望太多。

他认出了电梯里这个不年轻的女人,她刚刚拥抱过他,黑熊怪还会经常被拥抱,有时,那些孩子们甚至狂奔而来,像小炮弹一样一个个击中他。他拥抱过多少陌生人,他自己也不知道了,不过在那些瞬间里,他会忘掉不少难以忍受的烦恼。

只是,"翠翠食品需要更有想法和热情的人才"。热情如他,也会被解雇?他不敢相信,但他确实记得经理总是通红的唇,就在中午的时候,那嘴唇嚼着盒饭里的肉,翻飞着:"不过,我们还是希望你站好最后一班岗。"

"我不能没有这份工作,您不再考虑考虑吗?"他那时已经换上了黑熊怪的服装,准备上场,这是他的工作,扮演黑熊怪,但他还不会扮演一只被解雇的丧气的黑熊怪。于是他低头看矮个子的女经理的时候,想着,黑熊怪不应该用这样祈求的语气说话。

"我知道,我也尽力了,但没办法,这不是我能决定的。"女经理看上去真的很为难。

他没再争辩。在最后一次扮演翠翠食品的吉祥物黑熊怪的这个下午,他用尽了全力。他想好了,晚饭他可以去超市解决,黄昏时候的超市总是有各种可以随便试吃的东西,切成小块儿的面包或者水果,运气好的话还能找到小块的火腿。当然,食博会上也有各种试吃品,不过按照经理要求,他得尽快离开

■ 黑熊怪

这里。

他不会记得大部分他拥抱过的人,他也将很快忘掉眼前的女人——她抱紧黑熊怪的时候,那么用力,好像用万能胶粘东西那样,久久地摁住,生怕一松手,就松动了,再也粘不住。

几乎一瞬间,他就扑灭了某个小小的念头:"告诉她,我是黑熊怪。"他为自己会产生这种念头感到害怕,"我已经不是黑熊怪了,唉,我再也不能当黑熊怪了。"

走出电梯的时候,他发现她有过两次——他确定一定是两次——轻微的回头。她回头的时候脸部的侧影很漂亮,他希望那瞬间能够被定格,他有把握她回头是在看自己。他猜她认出了他,不过他不敢看她,这个年龄的女人的眼睛里,满是他弄不懂的东西,就像红嘴唇的经理,又妩媚又残忍。

他步行二十分钟,到某家中型超市。虽然没能用试吃品彻底填饱肚子,但他整个晚上也没觉得饿。之后,他一直坐在超市门外,这儿有吸烟处的牌子,男人们围着金属垃圾桶站成一圈,往堆满烟头的垃圾桶盖上甩烟灰。

他不吸烟,在他面前,是两只"海鸥","海鸥"的"翅膀"里,抱着足足一尺厚的超市宣传彩页。两只"海鸥"分别站在在超市入口的左右,往进出的顾客手里一个劲儿地塞那些花花绿绿的宣传页。

他就一直看着他们,空气干爽了不少,台风大概是真的不会来了,他想,并且感到心里有种找到伙伴的安稳。

坠 落

一

星期三早晨,刘玉勇如常去上班,如常坐在黑色捷达车后排左侧座位上,也如常被堵在县城中心广场的十字路口。阳光刚好穿过剥落的车窗贴膜,漏进车内,在他的黑毛衣上砍下一把光刀。

他发现司机小范这天很烦躁,尽管一年多来,刘玉勇都认为小范不算那种坏脾气的司机。堵车半小时后,小范也按捺不住,先按了几声喇叭,又下车去打探,回来告诉他,几辆对驶的车互不相让,后面的车又贴上去。车头对车头,打了个死结。

刘玉勇摇下一半车窗,望出去,路面本有余地供车辆腾挪的,只是那点儿不多的地方,已被几家新开张的名鞋超市占用了。鞋店都不叫鞋店了,全叫超市。货架溢出店堂,涌向人行道、自行车道和绿化带。几家名鞋超市看上去也没什么区别,只是各家高音喇叭传出的曲子不一样,但都是欢快喜庆、适合节庆的昂扬调子。刘玉勇上下班总要经过这里,遇上堵车,就常欣赏《步步高》

■ 黑熊怪

《恭喜发财》和《欢乐中国年》。

他说,不急。

刘玉勇是县城建局局长,局长迟到一会儿,当然没关系。县城里的班不严格,人们九十点才陆续到单位。而且他上午没什么重要事儿,倒是下午要去列席县委常委会,决定中心广场的改造方案。

中心广场从他小时候起就是这样子了,几十年都没改动过结构——杂乱的结构,内里却蓬勃,且经年累月越发蓬勃,自然生长,野蛮蔓延,终于撑不住,要炸开般。这里每寸地面,都像反复使用的旧抹布,可看出每次使用的痕迹,旧的痕迹还在,新的印痕又添上,层层叠叠、修修补补。路面挖开又补上、补上又挖开,如积累数年的沉积岩——他的专业是地质。

中心广场的改造项目半年前由县委书记动议,县长极为关心,财政拨款充足。小半年来,刘玉勇一直紧锣密鼓地安排招标。他倾向于将广场中心环岛改建成城市花园供居民休闲的方案。周边小店铺拆除、回迁,入驻高层商场。商场旁设计停车楼、影剧院。这是正常的方案,没有亮点特色,却实用、适用,是县城该有的中心广场的样子。

小范说:"本来就堵,那几家卖鞋的又占了半条道,现在还修路,早该把这地方全拆了。"

小范做他的司机满一年了,当初是县长夫人介绍来的。小范和县长夫人是远亲,抑或只是浙江某地同乡,他们没明确说,这类事不好明确说。城建局是好单位,司机不是好工作——这工作介绍便很得体、讲分寸——好与不好相结合、能互补。刘玉勇不关心小范和县长夫人的关系,只确保没有程序错误即可。司机不占编制，属于外聘工人，所以刘玉勇也算不得徇私。

初见小范时，刘玉勇觉得他乡野气息重了些，简单说，是粗野又善良的那种气息。开车技术还可以，只是不适应城里的道路，有时会急躁，左奔右突，极不稳妥。刘玉勇说过他几次，小范也不介意，只是道歉，然后保证一定改。倏忽一年，小范身上的野气渐退，开车也不再超速。只是那种淳朴善良，似乎也消失了，大概跟局里的同事们也学来了些心机。

让小范当司机是否是个错误？他想，县长是在监控自己吗？其实，他当初也这样怀疑过，只是他堂堂正正一个人，怕什么呢？这样一想，也很容易释然。

但小范一周前为什么要说那些话呢？——"那些人说，他们知道你做过什么事，如果那什么，他们会捅出来。"

当时，刘玉勇是不在意的。不过是泛泛的威胁，他清楚，那些人手段高明，只是用错了对象。他理直气壮地告诉小范："随他们去。"然后下车，依稀听小范在车内嘟囔着什么。他没细听，因为不需要——难道小范也以为他真有把柄吗？

那些人，是中心广场改建项目的一家竞标商。他看过他们的竞标书，改造方向竟是华北鞋城——他们要把这里建成华北地区鞋品集散中心。那几家新开张的名鞋超市，让他隐约窥见其间关联。但琢磨不透，线索还未全面浮出。这里并不产鞋，连做皮鞋的牛皮、羊皮都没有。唯一有关联的是县里生产绳子——可以做鞋带吗？华北鞋城的想法古怪又突兀，他也就从没考虑那些人的方案。

那些人倒是老早就找过小范，要往捷达后备厢放两箱东西。小范没敢要，

■ 黑熊怪

不过小范猜那应该是两箱茅台酒。小范清楚刘玉勇从不要那些东西。以前也发生过这样的事,刘玉勇总是让小范给人家送回去。刘玉勇也担心小范会委屈,毕竟别的局长司机如何他可以想见——局长看不上眼的东西,都是司机的。小范偏生遇上他,没好处可拿。于是他常给小范塞一包妻子做的面点,不值钱,只多少算种安慰。

小范说,那些人有东南沿海口音。

他猜应是福建或浙江,有南方人的坚韧。浙江不是生产皮鞋吗?

先送礼,再威胁,那些人肯定成功过,所以在他身上复制经验。谁没点儿不能见光的秘密呢?

二

很多年来,刘玉勇都不常想起青海的事,直到一周前小范重复说了那些话:"那些人说,他们知道你做过什么,如果那什么,他们会捅出来。"

星期三这天,小范又说了一遍。说完后,小范扭头看他,两人却同时一趔趄,捷达熄火了。

"哎哟。"小范叫了声。

刘玉勇说:"这老车,熄火才正常呢。"

没想到小范问:"听说您父亲是老司机,您也会开车?"

他否认,只说小时候当好玩学的,并不真会,何况多年没握方向盘,技术怕早丢了。

小范又问多少年,没准还能捡回来。开车跟游泳一样,学会了一辈子也不会忘的。

　　刘玉勇很多年都没开过车了。在县城,几乎没人知道他其实是会开车的。有些老人当然会记得,他父亲曾是县供销社开大货车的司机,他小时候也跟父亲学过几天。他个头长得快,十二岁,一米六五,腿长,能踩死大货车的刹车。只是转方向盘要下死力。为此他练过一段时间双杠,主要练臂力。那时正发育,吃得多又好,每天早晚各一枚鸡蛋,无氧运动和高蛋白结合,作用出与年龄不相衬的肱二、肱三头肌。这样再去转大货车的方向盘,轻而易举。但他没去考驾照,那时人们对这事儿并没上心。后来上大学,便忘了这回事,以为总有一天会去考的,就拖延着,直到大学毕业也没落实,和很多事一样悬置、无后话了。少年好奇,再多技能也学得来;日后则觉烦心,一心只念"多一事不如少一事"。

　　当局长前,刘玉勇骑自行车上下班;当局长后,就坐局长专车——捷达。县长专车是丰田越野,像县长一样高撅鼻子。刘玉勇认为,越野车虽然那么贵,真坐上去,其实跟皮卡也没区别。

　　皮卡是刘玉勇最后一次开过的车,那还是在青海的时候了,二十世纪八十年代。

　　他突然意识到,小范的问话是种暗示。那些人的威胁跟青海有关吗?又突然记起,小范也是浙江人——他跟县长夫人是同村,而县长夫人是浙江人。他们和那些浙江商人,是否本就是同一伙人?

　　小范直接说到青海去了:"我没去过青海,但在青海开车,肯定很危险。以后有机会,我要开车去西藏、青海转一圈,当然我得先有辆自己的车……"

刘玉勇打断他："那些人还找过你吗？"

他的打断太突兀，小范没明白，停顿片刻才回答说："没有了，只是上次，我告诉过你了。"

他没说话，寻思刚才的问话是否不自然，泄露了心虚。

小范悄声说："我听说那些人很厉害的，他们的项目在全国扩张，怕是每座城市都有他们的'特务'。"说完又笑起来，大约认为"特务"用在这里，值得一笑。他却听小范每个字都是暗示，笑不出来。

捷达车还停在原地，小范又下车去观望，回来说，交警马上就来了。"这样子，必须得警察来才行。"

刘玉勇突然希望能一直堵在这地方，设身处地，就更容易想明白问题。而答案取决于那些人是否真知道他做过什么，是否真有证据。

队尾的车辆在缓慢移动，先倒车，让出空间，再往前，是"欲先进，必先退"的方式，也是暗示。车窗两边，自行车迅速超过汽车的长龙。

有一瞬间，他发现世界安静极了，没有《步步高》的音乐，也没有自行车铃声和汽车喇叭的声响。路对面，修路的工人、运载水泥的巨大机器，只剩下默剧般的机械动作。也是那一瞬间，他感到一种宁静的幸福，真是难得。他曾以为再也不会幸福了。

这其实是重要的一天，对他而言，一点儿都不平常。

三

刘玉勇出生成长都在县城。除去四年大学在北京和在青海支教的一年外,他几乎没出过远门,这和他县城里的朋友很不一样。那些人总是挖空心思制造出远门的机会,招商引资、开会、学习、考察或交流之类,每年都能有那么几次。他从来不找,有现成的机会也不去。他偶尔去趟石家庄或北京,也是因推不开的工作需要。省城和京城分别位于县城南北,其实都不远,所以他认为那算不得出远门。他还谦让过两次出国考察的机会,一次去澳大利亚,一次去日本,都是市里组织,各县都有人参加。有人说他太刻意,猜测他是否有更大的野心。他只好更低调,毕竟没人理解他的苦衷。好在人们后来都习惯了他的做派,也没人跟他计较了。在城建局长的正科职位待满八年后,就更没人跟他计较了。

他和妻子是幼儿园同学、小学同学、中学同学。高中毕业后,他去北京上大学,学地质。她没考上大学,家里在邮局给她找了份工作。他孤身回来,被分配在县政府规划办做小科员,故人重逢,不是相见欢,只是觉得久处也不厌。在县城,久处不厌的人就可以结婚了。妻子在邮局的工作不需要太多技术,只是烦琐。后来邮局系统更新换代,她无论如何也学不会电脑的复杂操作,便被调去卖邮票。这地方集邮的人不多,邮票柜台兼卖电话卡和杂志,总是积压,卖不动。渐渐连寄信的人都少了,电话卡也退出历史舞台。邮票柜台被遗忘,邮局干脆关闭了邮政大厅角落的小柜台。那年正逢他初任城建局长,势头看上去总在上升中,她也就申请了病退,回家相夫教子。她认为自己辛勤工作十几年,最后结局十分悲哀,而其中原委,是这世界一直在变,而她并不想变。她追呀追,也追不上这世界,只好不追了。作为北方女人,妻子生得高大,少了些灵活。性格和体型相匹配,她的人也是又冷又硬地决绝着。这样有些事就无

■ 黑熊怪

法希望她能理解,他也就从没向她解释过,他自有的那套秘而不宣的辩证法。

在县城政界,他也不是没有再上升的可能。县里领导各方面条件放到一起,显而易见也不如他。他多年前从京城名牌大学毕业,去青海支教后被分回县城。他没抱怨,因为分配这回事有太多人为因素,况且回县城的结果,其实也合他心意。京城的车水马龙,在他看来与己无关。青海倒好,终究太偏僻。县城离北京很近,一百多公里,高速直达,也许将来会是京城的七环八环呢。这里的生活和北京迥异,像隔开了三十年时间。他喜欢这种距离感。

刚工作时,人们背地里都说他,人年轻,其他都好,就是太内向,有时候想不开。看他的眼神也像看叛徒。"不适合机关工作",年底述职会,他得到这样的评判,"学究气,毕竟是大学生,缺少历练,应该去基层锻炼几年"。然后他才被调到城建局,油水很厚的单位。大概人们认为这对他来说正合适——他不是宣称吃素吗,那就去油锅里历练和见识吧。

县城的城建,工作不多。只是近年,小城突然打足精神成长,道路拥堵变得严重,城周边有新建楼盘,市政设施看上去也都该更新换代……他的工作才开始繁重。不过他还能应付,况且当局长后,再没同事宣称他"不合群"了。小范告诉他,他在局里的口碑其实一直很不错。他没去分辨小范是不是在讨好自己。因为他对自己的口碑如何,好像也不太在乎。

四

刘玉勇二十世纪八十年代末大学毕业的时候,知道学校有个支教项目,可以去青海一年。当时他以为那意味着诗和远方,后来他不这么看了。他明白

坠落

自己报名其实是因为恐惧。怎么能不恐惧呢？清贫又稳固的工作即将开始了，想来人生就再没变动的可能了。如此就要开始一生了啊？总还是不甘心的。那么趁着年轻再干点儿什么吧，就像给自己争取一年的"缓期执行"——这话是冯媛媛讲的，"你会工作一辈子的，不着急，但是支教的机会，以后再也不会遇到了"。

刘玉勇很快就报了名，因为人生还长，他还可以做些事儿，比如去遥远的青海，人少地广，人均面积两平方公里。他查了地图，找到他们将去的地方，细小的县名孤零零地标注在一个偏远的位置，还有条细线标记的道路，通往县城北边的无人区。

九月，他们五男四女就到了青海。其中八个是同校一届的毕业生。领头的冯媛媛是另外八个人的辅导员，比其他人高三届。冯媛媛毕业后留在校团委做学生工作，长得很漂亮，两条黑辫子在头顶处绕两圈，像藏族人那样，身量也像，因为丰满。腿很长，不过也因为腿太长，所以没有腰。

高原的天空低，随时都会压下来一般。他们去的小学，只有两排平房。前排是教室、办公室，门上挂小学的门牌。后排是宿舍、食堂，宿舍很多，食堂只小小一间。一共五个班，百余名学生，都是走读的。校长老梁，此前一直一个人上课。老梁也住学校，没有家人。他那间宿舍是最好的，因为门前有棵斜着长的树。树是这里稀罕的东西。树上挂口钟，老梁还管敲钟。老梁的衣服和抹布洗了就挂树枝上。高原干燥，衣服转眼就干透。老梁还在树底下练嗓子。秋天，老梁一嗓子喊出来，树叶就扑扑往下掉。

县政府在学校旁边，也是两排平房，中间没有围墙，只有道砂石垒的矮墙，

■ 黑熊怪

■ 182

膝盖高。学校还有根旗杆,上面总有国旗在飘。高原风大,留不住云,有点云,瞬间就散了。风也终日刮得国旗呼呼作响。

县政府前有块长方形水泥地。后来小学生开始做课间操,就去水泥地上列队。在政府上班的人,都从窗户探出半个身子,看学生做操。县政府时常派人来慰问,有新鲜蔬菜也给他们送来。两棵白菜冻得硬邦邦的,小秘书一手一棵提来。

刘玉勇喜欢运动,大学时就是学校标枪队主力,虽然标枪队一共只有三个人。青海这地方什么都缺,就是不缺空地,很适合练标枪。但这里没有标枪,这儿的小学连体育课都没有。刘玉勇就扔石头,他说,臂力不练会退化的。其实,他只是闲不住。石头从小学飞到县政府,他又跑过去扔回来。两次后,面色黑红的小秘书就制止他:"小刘,知道的说你在练标枪,不知道的以为你对政府有意见,朝我们扔石头呢。"他就再不扔石头了。

学校开了体育课,刘玉勇负责。他带学生跑步,跑了一百米,停下来,解释说自己不擅长下半身运动。这话在男生中传开,一度成为笑谈。

后来就竖起了两个双杠,县长个人捐款买的。刘玉勇发挥自己上半身力量,整日在双杠上翻筋斗,简直是赌气般,要证明自己擅长运动。冯媛媛她们四个女生喜欢在双杠上晾衣裳。刘玉勇说:"两个双杠,能不能留一个给我?"而后女生的衣服就挤着晾在一个双杠上。

十月一到,雪很着急地把一切都盖住了:老梁的树,树上的钟。双杠上白茫茫的一茬茬雪,连旗杆也顶着白色的小帽子。有雪又有风的日子,来上课的学生都少了。

白天还好,夜晚却难打发。不是冷,是无聊。刘玉勇再不能在双杠上翻筋斗了,除非他想让手掌冻掉一层皮。县政府送来面粉,白菜越来越罕见。好在都是年轻大学生,身远地偏,心思却仍是大的。这些心思从书本和音乐里来。书多是自己带的,衣服可以少带,书一定多带。专业书看来看去就索然无味,诗歌和小说开始流传。县邮局有《人民文学》,他们订阅的,总是晚到几个月,那也无妨。冯媛媛有时去县政府借《人民日报》,也是一星期前的报纸了。

　　那些晚上,他们都在老梁的宿舍,听音乐、聊天。冯媛媛说她睡觉晚,但她又总是起床最早的人。刘玉勇怀疑她是否一晚上都不用睡觉。一本杂志,她一晚就看完,第二天一早便拿给其他人看。她说时间不够,只能抓紧些。刘玉勇觉得奇怪,因为他的时间却是多得没法打发。

　　那一阵,崔健已经唱过了《一无所有》,"我曾经问个不休,你何时跟我走?"有时他们见面,先吼一声:"你何时跟我走?"天低云淡,歌声响亮流传。有一次,县政府那边不知谁拉开嗓子回了句:"可是你总是笑我一无所有……"这边的人就大笑起来。

　　刘玉勇当时正跟冯媛媛聊天,靠着老梁宿舍的窗户,木窗台上黑乎乎的,都是积年累月的沙土。他们说到王蒙的小说《蝴蝶》,他依稀听见冯媛媛低声说:"才不是一无所有……"但她的声音沉淀下去,难以察觉。待他问她的时候,她只是否认。

　　如何说起去无人区考察的?应该跟《人民文学》上一篇讲青藏高原无人区的小说有关。有段时间,他们总是谈论这事,其实也没其他事可谈。冯媛媛最热心,老早就说:"县政府的皮卡可以借给我们用。"

黑熊怪

一个女生迟疑着问:"我们去做什么?"

"去考察、探险,我们学了这么多年科学,不就是为了探索未知吗?"冯媛媛一甩辫子,像《红灯记》里的李铁梅。

她和苏文的专业都是生物。她说,无人区的生物考察项目,多好的想法。他们的大学从没人做过,何况他们已经在无人区边上了,再走五十公里,翻过一座冰山——海拔也不高,不过四千米——就能去无人区。

"四千米?我会有高原反应的。"那女生说。他们都有过高原反应,缺氧,像喝醉般,在平地上也只能走曲线。每人适应高原反应的过程不一样,那女生适应得慢。

"你可以不去。"冯媛媛别过脸。女生不再讲话,只怔怔把两手十个指头拧成一团,像朵复杂的花苞。

老梁在吸烟,一尺余长的烟袋,端在右手心,这时他突然咳了一声。他们都看他。他眯着眼睛吧完一口,才睁眼,慢吞吞问:"咋了?"除了早上练嗓子的时候,他多数时间只是个沉默的老人。有次刘玉勇问他为什么练嗓子,他说:"不练练,嗓子就没用了。"这地方人少,没人说话,他担心嗓子功能退化。

刘玉勇说:"去看看呗,来一趟不去无人区,也可惜。"他不再练双杠后,就精力过剩,每天在指甲盖大的县城逛。后来就逛出城去了,不过城外什么都没有。不对,还有荒原。刘玉勇和陈空竹都是地质系的,于是他们说起那种黑色的石头。

"因为含有矿物吗?"陈空竹问。

刘玉勇以为,不是矿物,而是"黑皮玉的原石"。这种玉石存量极少,且都产自高原。他已经捡了不少回来,还解释说:"现在捡石头,不扔县政府了,得留着研究,而且,说不定运气好,会在无人区发现矿藏。"他想就算没有矿,弄些黑皮玉在手里也是不错的。

冯媛媛说:"反正,我们做点儿什么总比什么都不做好。"

"如果真的发现稀有矿藏,怎么证明是我们发现的?"陈空竹问,大家都认为这问题确实难办,"我想,一定要先给大学知会一声,这样万一,万一呢……是不是?"

"我给校团委打报告。"冯媛媛立刻保证。

"我可以开车,我不会走路就会开车了。"刘玉勇也拍着胸脯。

"不过,我觉得发现矿藏这种事儿不是我们的目的,我们毕竟是有立场和想法的年轻人。"冯媛媛说。

"立场?什么立场?"

"对,立场和想法,我给你们听首歌,今天刚收到的磁带。"冯媛媛答非所问,雀跃着站起身去放磁带。磁带是她的好友从北京寄来的。老梁房里有台双卡录音机,是公物,在堆满杂物的写字桌上占了人半个桌面,显得很神圣。

"无垠的旷野之中,一片干裂大地。在夜的世界里,袭来的是阵阵的热风,黎明泛红的天空中,燃烧着九个太阳……"

冯媛媛说,唱歌的人是齐秦,一个台湾人。"为什么偏偏是九个太阳?"她说,"我们九个人,不是九个太阳吗?"

磁带是翻录的,不知翻过几版,效果不好,从头到尾只有一首歌。

刘玉勇后来很怀念那晚的时光。因为他们有了一个目的,用冯媛媛的话

■ 黑熊怪

说,有了"立场"和"想法"。目的这东西,有时就像操场上那根旗杆,看似没什么实际用处,不能晾衣服,也不能当双杠玩,但它立在那里,你就觉得不一样,因为它就是中心,你就得仰视它。

几天后,刘玉勇午睡醒来,准备出去寄信。阳光猛烈,朔风呼啸,操场上空无一人。他远远看见,旗杆下多出一丛绿色灌木,走近才发现是冯媛媛,她晕倒了,绿色棉衣十分抢眼。刘玉勇叫她也不醒,他没多想,背上她就往县医院跑。

为去无人区,她把自己累倒了。她确实忙碌了几天。没有经费,她要想办法筹措。县政府也无力支持,不过答应把皮卡借给他们用,还专门请人对车辆做了改造。皮卡后车厢原是敞开的,只是拉货用,现在要坐人,就得搭棚子,用编织布挡起来。车厢里安上木板,固定结实,当椅子。座位有限,无法再带上一名司机,好在刘玉勇会开车。这些事情想来容易,一件件做下来,也千头万绪。

县医院比小学校还小,缺医少药,白布棉门帘是发黄的,上面的红十字不太明显。医院的人不知是医生还是护士,给冯媛媛灌了白糖水,他们的诊断是低血糖,说需要补充糖分,然后休息。喝了糖水后,她醒来,张口就问这是哪里。

刘玉勇说是医院。

她突然激动了,手舞足蹈地说要回去:"我怕医院,我不在这里。"就像撒娇的孩子。

他想了想,觉得低血糖确实没有待在医院的必要,就同意了,他背她回宿舍。她趴在他背上,软软的,像没有骨头。

走出医院,天色已黄昏,她突然凑近他耳朵说:"你知道吗?校团委派我来支教是有原因的,领导认为我不适合重要岗位的工作了,就被边缘化了。"

他想,她是不能被边缘化的,所以她还在争取,就说:"支教只是一年,很快就回去了。"他记得,当初她劝他来支教的时候,可不是这样讲的。

她说:"有些事儿你不明白。我可能没有一年时间了。"

刘玉勇那时已经知道冯媛媛的一些情况。工人家庭的孩子,她是老大,家里有两个妹妹,一个上大学,一个上高中。她身上有与生俱来的狠劲,大约从小就是一路拼搏过来,凡事总要争先,都得靠自己,坚忍无畏,不会迂回,也不能迂回。她是这些人里从不抱怨高原反应的一个人,但她似乎又不是总能如意的,世界上没有人可以永远如意,刘玉勇认为她并不懂这道理。

他以为她指的是提拔的时间没有一年了,就笑着说:"这种事儿,总是很难说的。"

晚上,所有人都去看望冯媛媛。跟她一个宿舍的女生说,冯媛媛昨天就晕过一次了,她往洗脸架上挂毛巾,一仰头就倒了。

陈空竹是最后一个来的,他一进来,刘玉勇就发现陈空竹在跟所有人使眼色,暗示他们出去说话。人们陆续离开,叮嘱她放心休息。刘玉勇等冯媛媛睡着了才走出来,看见一堆人都聚在旗杆底下,就也走过去,听陈空竹说什么。

"冯媛媛不是劳累,是癌症。当然,晕倒可能是因为劳累,但她确实得了癌症,而且是最麻烦的血癌,就是白血病,预计活下去的时间不会超过一年了。"

■ 黑熊怪

陈空竹说。

"真的吗?"刘玉勇不信。

陈空竹补充说,他在校团委认识一些人,那些人将本该保密的消息告诉他了。陈空竹总是有各种灵通的消息。冯媛媛在校团委办公室的人缘,显而易见并不好。那些人对她也就少了善意,尽管她是绝症患者,尽管她叮嘱他们要为她保密,但她的同事还是出卖了她,将秘密以一传十,她来支教后,她得白血病的事儿在大学已经无人不知了。

"你们可以去问!"陈空竹言之凿凿,又说,"大学里的那些人对冯媛媛的病也唏嘘啊,她毕竟年轻,但想起她争强好胜的劲儿……"他没继续说下去,"她来支教不是校领导的本意,校领导是想让她回内蒙古休养,好好治疗,就把她手中的学生工作给了其他人。她怎么甘心? 直接敲门去找校长,说学校把她的一切都剥夺了,然后主动要来支教。"

"为什么?"

"这还不明白吗? 她一方面是赌气,另一方面,她根本就没想治病。"

"也是,白血病得花很多钱的。"

"她为什么不告诉我们?"

"难怪她那么想去无人区呢?"

"我不想跟她去送死。"

陈空竹说:"不只白血病。还有呢,我听老梁讲,有时在无人区里会碰见牧民,游牧的人更可怕,那些人会抢走你所有的东西,连内衣都抢光,然后杀人、抛尸,反正也没人去管他们。这种事儿,这地儿出了好几回了。"

"是啊,生死面前,都是小事儿啊。"

"好在还没出发,还来得及。"

突然一阵大风,国旗在他们头顶呼啦啦地打了一个卷儿,随即又展开,在半空中精神抖擞地招展着。

五

刘玉勇死了。

这些年他们这些人联系不多,彼此都换过几次住址和电话,早些时候换了号码的人还发短信相互通知,但也只是通知而已,苏文存下来,然后再不联系,仿佛躺在手机通讯录里的,不过是一个个死人。在苏文的世界里,很多人都是这样死去的。人还在,你也知道人家还在,但因为再也想不起来,其实就跟死了一样。苏文也愿意自己死在别人手机里。多清净!

刘玉勇这次可是真死了。苏文想,对一个人来说,另一个人大概是可以死两次的。一次是你心里认为他已经死了,对你没有意义了,一点儿都不重要了;另一次才是他真死了,这就是生理意义上的判决了。不过,也有一些人,从生理意义上讲是已经死了的,但他对你依然重要,这就不免难办了一些,因为会痛苦。

这些年虽然都没什么联系,可他们互相还是有邮件地址的,是早年留下的。大概五年前吧,陈空竹说聚一次,陈空竹似乎是这些人里最喜欢活动的人,所有的群体里都会有这样一个耳报神。

五年前那次聚会在北京,簋街上一个热火朝天的川菜馆。人来得不齐,只

■ 黑熊怪

■ 190

有四个,另四个没来。有的推说在国外旅行,有的说家里出了事儿,理由都是不容置疑的。十人的大圆桌没坐满,每人之间都隔着一张空椅子,空荡又阔绰,他们在包间入座,避开大堂里的火热。席面上的转盘慢悠悠地转,一碟碟的凉菜就像当时的场面一样冰冻着。他们硬着头皮交谈,因为彼此的境遇都相差很大。刘玉勇和陈空竹算是混得好的,一个从政、一个经商。从政的刘玉勇话很少,为官的人都这样,轻易不说话,说话不轻易。陈空竹说得很多,主要关于他新开盘的项目,令他头疼,环保局一直在给他找麻烦。苏文和小郑的日子过得不如他们,但小郑也乐于描述自己的小家庭。他拿出自己一家人的合影,妻子和他一样长着圆滚滚的娃娃脸,儿子自然也是娃娃脸,一家三个娃娃。

苏文呢,他一直在一个研究院的实验室当器材保管员。他喜欢这工作,因为不必接触太多人。他接触的都是器材,比如烧杯和试管。在那个研究院,他的办公室很隐蔽,要穿过曲折的走廊,上两层楼梯,再下一层楼梯,才能隐约看见油漆脱落的木门上的字——器材室。开门有一小间,一张桌子上方,日夜都悬着两根亮着的日光灯。灯下面坐着的,就是苏文了。苏文身后是另一扇门,常年锁着,门钥匙在桌子的抽屉里。门后是研究院的器材。

苏文这样告诉他们,这看门人的工作,其实很不错的,像是隐姓埋名了,但隐姓埋名的一般都是高人啊。他不负责做实验,上班期间只是在日光灯下看小说,主要是看武侠,认为最好的是古龙。如此时间越过越快,转眼,他就看了二十几年小说了。

他们在席间又留了一遍电话和地址,竟像是预备以后要频繁联系的样子。陈空竹找服务员要一张纸,服务员不耐烦地给了他们一张饭店新菜品的宣传彩页,他们把各自的信息都写在这张新菜单的背面,算是自我交代了。

临走的时候,陈空竹把那张菜单带走了。他说整理好后发给大家。苏文后来就收到了这份四个人的通讯录,仅此而已。陈空竹在邮件标题上写着:太阳小组通讯录,保存备忘。他们那时自称为太阳小组。学校还有另一支支教小组,去了安徽大别山地区,是月亮小组。那次聚会,刘玉勇是专程从县城赶来北京参加的,足够真诚。现在想来,那该是最后一次见他了。苏文不觉得遗憾。

根本不必备忘,人的记忆其实是很奇妙的,想忘记的东西,千方百计也忘不掉;想记住的东西倒也能记住。记忆的海绵永远不会饱和,倒是会变形,而且很多年以后你才会发现,它变得有多厉害,真不可思议。比如陈空竹说刘玉勇这人,当年那么瘦。苏文却觉得不是,他记得刘玉勇是他们中最壮实的一个。五年前那次见面的时候,刘玉勇倒是显胖。白脸颊垂下两团粉团状的肉,很松动。他的胖也是松动的,像轻轻一戳就会破掉的气泡一般。

现如今,通知刘玉勇去世的邮件,又是陈空竹发来的。点开邮件前,苏文迟疑了一下,他的邮件很少,毕竟,他是一个被遗忘的人,而且凡是通过邮件传递的消息,大概也没那么紧要。但陈空竹邮件里的消息却让苏文意外——刘玉勇因公坠楼身亡,追悼会和遗体告别仪式在后天,星期六上午,A县殡仪馆,请务必参加。

坠楼?苏文想,坠楼的事如今媒体上倒是常见,似乎官员特别容易脚底打滑。刘玉勇因公坠楼。"因公"这两字稀奇,不知道是不是陈空竹自己加上去的。

黑熊怪

邮件还说,去吧,好多年没见了。

苏文想了很久,主要是考虑交通方式。追悼会在后天,星期六,A县离北京不远,开车一个多小时,但苏文没车。火车只有慢车,时间反花得多。

星期五的时候,陈空竹又打电话来,说他会开车去,让苏文搭车。苏文猜想,陈空竹只是怕他不去才这么说的。

星期六早上六点半,苏文坐上了陈空竹的奔驰车,去参加刘玉勇的追悼会。出北京城的高速公路十分空旷,少有人在这样的清晨踏上行程,除非是像他们这般,赶着去和另一个生命告别。

告别,也是了结,苏文想。如果真的可以是了结的话,那也不错,他这样说服自己走一趟。

尽管有预期,但苏文还是没料到,这些人里来参加葬礼的只有他和陈空竹两个。这一次,那些人连个不容置疑的借口都没给出来。

陈空竹很不满。苏文说:"来干吗呀,又不认识谁。"刘玉勇是县城里他们唯一认识的人,但现在他死了。

陈空竹说:"好歹一起支过教,爬过山嘛!"

苏文说:"那算什么,得一起扛过枪才算什么。你笑什么?"

陈空竹笑道:"这话不全,得一起扛过枪、嫖过娼,才算兄弟。"

"他们为什么不来?难道都恨他吗?"苏文问,他记得他们当年对刘玉勇都是有些怨恨的。

"不知道。你呢?"陈空竹说。

"我?我不恨。"苏文如实相告,他确实没必要去恨一个死人。

县城里的丧事,追悼会的阵势不小,因公坠楼,规模就更大了,想来是重要的部门都要出面的。乌泱泱站着一地的人,他们谁都不认识。鞭炮的碎纸片铺成一大片,奔丧的人们踩上去,都软绵绵地粘在鞋底。

他们径直往里走,没人跟他们打招呼,似乎他们本来就应该出现在这里。陈空竹去看殡仪馆院落四周的花圈,都挂着长长的白色挽联,盖住一部分色彩艳丽的纸花。县委、县政府的两只花圈最大,一左一右像两扇白色大门,把进入灵堂的门挡掉大半,如此,灵堂里便光线昏暗。他们走进灵堂的时候,里面并没有人,只有刘玉勇的遗体躺在正中棺材里。棺材不是透明的那种,全盖住了,什么也看不见,大概跳楼,不,坠楼死的人,死相是很骇人的。棺材四周是颜色饱和的塑料花,棺材上方是刘玉勇的遗照。苏文不敢往前走了,便拉陈空竹出来。

"冯媛媛那时可真好看,胸下面直接长屁股。"对着灵堂中央横幅上白底的七个黑字,陈空竹没来由地说起冯媛媛。

苏文没接话,也看那字,"刘玉勇同志千古"。

从灵堂出来,在殡仪馆门口找到签到处。苏文觉得其实没有签到的必要,他可不想刘玉勇的亲属对自己的名字产生兴趣,然后追索出那些往事。

他问陈空竹:"你说刘玉勇会知道我们来了吗?"

陈空竹说:"所以我们得签个到,这样他才知道啊。"

苏文不答,他觉得这是个玩笑。死去的人都有在天之灵的,既然有在天之灵,也许是会知道人间的事情的。

陈空竹兴冲冲跑去签到处,那里只有几个粗笨的小姑娘,自称是"刘玉勇同志治丧委员会"的工作人员。陈空竹再问,她们紧张地交代说,她们都是城建局的职工。今天算加班,是有加班费的——一个不太有心计的小姑娘坦言。陈空竹笑着告诉她们:"那过会儿我们再来,是十点开始吗?"她们就一起拼命点头,像是巴不得这个说普通话的陌生男人尽快离开。

看时间,追悼会还要过半个小时才开始。院内的人越聚越多,他们都生活在这里,也许彼此间还有好几层亲属关系,可以无碍地说家常话。这都是苏文和陈空竹无法参与的。他们只好先走出殡仪馆,在县城的马路上逛。

陈空竹说他想喝咖啡了,还说自己这辈子只对咖啡上瘾,现在他发达了。"上瘾是发达的人身上才会发生的事。"苏文取笑他。陈空竹原来是他们中间最穷的人。

"喝个咖啡你那么多话,操,这破地方什么都没有。"陈空竹点了一支烟,骂道。

苏文不抽烟,也不喝酒、不喝茶、不喝咖啡。的确,他就是活得这样无趣。"你活得真没劲儿。"陈空竹总这样说他。苏文不在意,反正别人都活得挺有劲儿的。这世界上从来都不缺有劲儿的人。苏文的劲儿在二十多年前就被放空了,像针扎了的皮球,这些年里,他一直在扑哧哧漏气。

殡仪馆的位置大概很偏僻,上午九点多,路上什么也没有。间或有些小楼,都蒙上黑乎乎一层炭灰,仿佛烟熏火燎了一百年。偶尔有条狗,悠哉地横穿过马路,绕道踱步去往路边的早点摊。早点摊上坐着几个同样常年被烟熏火燎的人,都端着硕大的碗,声音响亮地喝东西。也许是豆浆或小米粥,肯定不是咖啡。

陈空竹锲而不舍要去找咖啡。他说,六点就起床,开了两个小时车,才到这个破县城,现在什么也比不上一杯咖啡更带劲儿了。"我觉得我撑不到追悼会了,困到只想找个地方躺一会儿。"

他们走到早点摊,陈空竹竟真开口问人家有没有咖啡。

正在专心炸油条的女老板,漫不经心地看了一眼他们,又把脸一扭。

陈空竹穿一套笔挺的黑西装,装模作样地打了条黑领带,是标准的中介着装。苏文想,陈空竹这个房产老板总有本事把自己弄成房产中介的样子。

女老板撂下夹油条的夹子,抬起右手指着一个模糊的方向,说:"直走左拐,有个小卖部。"

"你饿不饿?"陈空竹问苏文。苏文摇头,但陈空竹还是买了一屉小包子,边走边吃。"刘玉勇就是从这儿出去的,大学毕业又分回来,这么无聊。"陈空竹左顾右盼。

苏文问:"他怎么死的?什么是因公坠楼?"

"哦,他是去工地死的,检查工作吧?好像是。那是个什么纪念馆,然后他一脚踩空了,从楼上掉下来,直接就死了。哎,这种死法。"

"跟冯媛媛一样。"苏文小声说。

陈空竹说:"你知道从一楼跳下和从十楼跳下有什么区别吗?"

"什么?"

"我告诉你,从一楼跳下,声音是,啪——啊啊啊;从十楼跳下,是,啊啊啊——啪。"陈空竹分别学着两种叫声,自己笑起来。

苏文也笑,虽然他们刚从殡仪馆出来,其实不该大笑的。冯媛媛当年从山

■ 黑熊怪

■ 196

上坠落,没发出一点儿声音。

"她不会叫的。冯媛媛跌落的高度,相当于十层楼?不止,我猜有三十层楼吧,她连'啊啊啊——啪'都没有。"陈空竹说,像是还在回味自己刚讲的笑话,又不全是,因为他这次没笑。

"是的,她怎么会喊呢,她已经不能喊了。"苏文说。

陈空竹吃掉最后一个小包子,随手扔了塑料袋,说:"这事儿是不是挺神的,当年冯媛媛这么死的,现在刘玉勇也是,这两人是不是很奇怪?"

他们已经走过了拐弯的路口,左拐,果然看见一家小卖部。

苏文想去把塑料袋捡回来,他总是做这样的事情,虽然又觉得其实没用。捡回来又怎么样,扔进垃圾箱?塑料一样被掩埋,一百年都不分解;或者被焚烧,那更可怕,塑料化成有毒的气体,破坏地球的臭氧,融化南极的冰川,让海平面上升。所以,那个塑料袋是不是被扔进垃圾箱,对那些必然发生的事儿完全没有影响。

小卖部卖速溶的纸杯咖啡,可以帮忙冲泡。陈空竹边泡咖啡边跟小卖部刚睡醒的老板娘打趣。

苏文问:"你为什么不带个杯子?不要用纸杯。"

陈空竹奇怪地看他,说:"什么?你在说什么?我不明白。"

他不会明白。他这些年做了多少这样的事,用掉无数的纸杯,扔了大把的塑料袋。他还盖房子,铲掉地上的树木和庄稼,建成空旷得毫无必要的别墅区。

苏文简短地解释:"纸杯不环保。"

"啊？我有没有听错吧？你是环保主义者？哦,对了,我忘了你那个研究院就是研究这个的。环保嘛。不过,我没带杯子,我总想不起来带杯子,再说,空气这么差、环境那么差,又不是我一个人用纸杯给闹出来的。"陈空竹大概被咖啡烫了嘴,吐着舌头呼气。

"不是的,我不为环保。"苏文从没告诉过别人,他为什么拒绝使用这些东西。

"不为环保？那为什么？省钱啊？我告诉你别省钱,你光棍一个,就别成天想拯救地球了。"陈空竹很不满。

"不,不是,我不拯救地球,我是怕环境越来越差,冰川会融化,你知道冰川融化是什么后果吗？你不害怕吗？"苏文说。

陈空竹嘟囔着:"还说不是拯救地球……"然后愣了一下,小心翼翼地问,"是跟冯媛媛有关吗？"

"是的,她会被发现的,如果冰川融化,她会被什么人发现的。那地方那么冷,她掉下去会立刻被冻住,就像速冻食品一样,她不会腐败,她会一直是那个样子,哦,我不敢往下想,你肯定知道。"

"是的,她会被发现,她头上的伤也会被发现……"

"我查过的,说在那样的地方,她会一直保持死亡时的样子,速冻啊,太可怕了。如果有一天,我是说,如果冯媛媛被发现,她还会是当年的样子,没有老,没有皱纹和白头发,但我们……"

咖啡杯里升腾出袅娜的水汽,但他们已经喝不下咖啡了。

"刘玉勇死了。"陈空竹仿佛想了很久,才想出来该说点什么。

■ 黑熊怪

"他死了。"苏文也毫无必要地重复。

他们握着发烫的杯子,往殡仪馆的方向走,似乎都有意放慢脚步。殡仪馆里挂着刘玉勇的大幅遗像,也许是仓促间找来的,反正死者的形象不是太端庄,眯着眼睛,似乎在盘算什么,但也足够提醒所有人这样的事实——现在,他死了。

"天哪,我们在这里干什么?"陈空竹突然喊起来。

"不是你非要拉我来这里的吗?"苏文说,"我们这些年又没什么联系,你为什么非要来?"

"人都死了,来看一下,为什么不来啊?你以为不来,那些事情就会忘掉吗?"

苏文说:"来了又怎么样呢?你不觉得很奇怪吗?这些人我们都不认识,我们只认识那个死人,刘玉勇那个死人。"

"我想,我们需要平静一下了。"陈空竹说,"其实我一直觉得,是他救了我们。不是吗?我们应该来,不管怎样。"

"我总觉得,他死得很……怎么说呢?你相信吗?坠楼?"苏文说。

陈空竹说:"天哪,我们都经历了什么,坠楼或跳楼,有什么区别吗?他真有可能跳楼,别人不知道,可是你知道,我也知道,他是有可能跳楼的。"

他们回到车上,打开暖风,天气其实并不冷,比当年的青海暖和太多了。苏文说:"我只是觉得多活一天,都是赚来的。"

"那你还过得这么没劲儿?"

"你过得有劲儿?"

"是啊,我有劲儿啊,因为我多活一天就是白得的,我得更有劲儿一些,要不这些年,我怎么这么拼?我现在更拼了,因为每过一天,我的时间就少一天。"

"他,我是说刘玉勇,这些年到底怎么样?"

"不是太清楚,就这样吧,在这地方待着,我看跟死了也差不多。"

"你是不是看我的日子,也跟死了差不多?"

"你?对,你也跟死了差不多。"

"都得跟你一样赚大钱才行吗?"

"你不理解我,别人不理解就罢了,你也不理解,我从冰山上捡了条命回来,就是要拼命活,拼命享受的。难道要我去跳楼吗?我可不像你,我说,你每天没事儿都在琢磨什么?"

苏文的确每天都没事儿,只是他什么也不想琢磨,大部分时间他都在看武侠小说。

苏文问陈空竹:"你知道马月云吗?"

"谁?"

"马月云,你不知道,是古龙小说里的人,一个女的。"

"哦,我不看古龙,她怎么了?"

马月云的名字在古龙小说里只出现过三次,苏文说,她是古龙写过的最悲伤的人物。因为她一生都很平淡,有两个孩子,丈夫和蔼、木讷,小户人家的温存日子罢了,你以为她就是这样一个农妇。但有一天,她家的地道里出现了一位老者,她从来不知道自己家有个地道,后来她才明白,原来丈夫一生都只为

■ 黑熊怪

一个使命——在地道的出口等待营救老者。丈夫也不知道这任务会出现在哪天,也许立刻,也许永远都不会。丈夫一生的沉稳和低调,都不过是伪装。

"那又怎么样呢?"陈空竹问。

"丈夫完成了使命,在地道口接应了老者。为灭口,他杀了妻子马月云和他们的两个孩子。"

"啊,然后呢?"陈空竹迟疑着。

"没有然后,这就是农妇马月云的一生。"苏文说。

"你他妈的给我讲这个故事,是几个意思啊?"陈空竹嚷起来。

苏文没回答,他想陈空竹完全明白了马月云的一生——用一辈子的时间等待一件事情的发生、一个时刻的到来。所有人生都可以简化为这样的模式。这样一想,一生就变得平常了。不是吗? 无论如何用力经营,不过是在某刻走向终结。马月云的丈夫如此,马月云也如此,冯媛媛如此,刘玉勇也如此,这世界上的每个人,莫不如此。他们也许十几年前就都会死掉的,像冯媛媛一样,一起葬身冰川,成为一锅的九个速冻饺子,永远也不被发现。他们现在的命都是白得的。这样一来,很多事儿就都不重要了,至少对苏文来说是这样。他在研究院从未调动过岗位,升迁的事也永远跟他无关,他不思进取、得过且过,人们都这样看他。他无所谓,反正命都是捡来的,他已经赚了。

陈空竹又问苏文:"你知道前阵子,《九个太阳》又火了一把吗?"

"什么?"

"你不看电视吗?"

"不看。"

"有个选秀节目,比赛唱歌那种,周晓鸥,就是那个光头,又唱了一遍《九个太阳》,那场他拿了冠军。"陈空竹说。

"哦。"苏文点头,若有所思,其实,他只是不想再谈论那首老歌了。

陈空竹说:"也就这样了吧,那歌好多年没听了,乍一听,还是挺好听的。"

"那又怎么样啊? 我们都逃不掉。"苏文一直这样想。

"我看我们该进去了,既然都来了,是吧?"陈空竹说。

六

那一年十二月,青海的天气罕见地晴转过来。已经连续一个星期没下雪了,艳阳高照。冯媛媛的体力明显恢复,面色也红润起来,她甚至每天都在操场上跑两个来回。只是脾气变得暴躁,她对自己的病也不再隐瞒,反而还感到骄傲一般,因为"我都得绝症了,你们还不依着我吗?"——她的表情无时无刻不透露着这样的信息。他们待她倒是很好,处处照顾她,她的开水瓶总是满的,饭盒也不等她自己洗就有人抢过去洗干净。没人再提去无人区的事情了。

快到年末,老梁准备烙饼,他们都到食堂帮忙。食堂有个水泥台子,但他们平时都很少在上面吃饭,总是打了饭回宿舍吃。

刘玉勇和苏文、陈空竹说,能不能提前放寒假,提前回老家过春节。

"你们想做逃兵?"冯媛媛说。

"我们不是逃,只是商量。"

"没商量。"冯媛媛正拿菜刀切面。刘玉勇连忙上前去,不让她动刀。白血病无法凝血。她轻轻放下菜刀,挪了两步,拿把小油刷,往捏好的面上抹油。

她是个被嫌弃又嫌弃自己的小孩,抹了两下就扔了小刷子,又去缸里舀水,舀了满满一盆,不知做什么用。她大概只是不想什么事也不做。

"我们要去无人区。"她突然对一盆清水说道。水面动荡起来。

"还去?"他们异口同声地问。

"当然,校团委都知道了,怎么能不去呢?"她迅速从无所适从里恢复,从口袋里拿出一封信,"这是校团委的回信,需要我念给你们听吗?"

一张轻薄的红头公文纸,手写的回信,盖着校团委的印章:对所报之事原则上给予支持,但因未提前报批,无法提供专项经费。考虑事项重大,会纳入我校科研课题计划。祝有所收获,并提请服从安排,注意安全。

"看,我们身不由己了。如果不去,就是欺骗学校,是要记过的。"她念完了信,小心翼翼装回信封。

他们没法分辨自己是否会被记过,有人说:"不至于吧?学校不会让我们去送死的。因为没去就要记过?"

冯媛媛冷笑:"怎么是送死呢?太悲观了。"

刘玉勇想起冯媛媛说自己没有一年时间了,突然明白她的急迫。他们对死的恐惧,她一直在经历。他们只是担心去无人区一件事,但她无时无刻不在更巨大、实在的恐惧里。

"你的身体,还是不要去了。"刘玉勇说。

她瞪了他一眼,他手一抖,菜刀差点儿落在手上。

"你们不要拿我当病人好不好?我就想忘掉这件事。学校是不会因为我们不去就给我们记过,不过你们的支教鉴定由我打分,当时学校交代过,这份鉴定虽然不进档案,但以后你们的单位会看见。也不是说去无人区就一定会死的。只是有风险,不过什么事情没有风险呢?有风险才有收获。"

没人说话,沉默就是默许。刘玉勇说:"去一下就回来,也没事儿,对吧?"所有人面面相觑,如同一起在默默思考是否真的会"没事"。

"我们没事,她能行吗?"

"不行就回来。"

计划在复杂的情绪中重启。每个人都不安,但表面上反倒是沉寂下去了,仿佛巨大的光球在眼前,但因为太庞大,他们反而选择视而不见。他们都没有预知后事的能力,所有的希望只寄托于侥幸,这也是年轻人惯常会有的心理,或莫若说成是懒惰。他们就带着这样的侥幸,再次决定开始在青海探险。

陈空竹近来上火,嘴上一圈都是光亮的红泡,说话的时候,嘴就像蠕动的红色肉虫。他的父母在安徽,家境窘迫,支教所得的微薄补助刚好够他每月贴补家用,他便不再有闲钱可拿出来作为考察费用。冯媛媛的意思是要他们每个人都拿出当月的补助,攒起来作为这次考察经费。

他说:"既然我没出钱,就不好再去了,而且还上着火。"

冯媛媛低头沉思,还是看着那盆水,然后突然伸手握住了他的手。他想把手缩回,却不能,知道她暗中加了力气。"我这么个病人都去,你怕什么?我们不要你出钱。你别缩手,我又没得传染病。"

刘玉勇猜想,如果有一个病假的话,就会很快出现第二个、第三个。何况最有理由请病假的人,不是冯媛媛吗?

有些事开了口,就收不住。这样的时候,等于大军已压境。她不能松动。

■ 黑熊怪

千里之堤,毁于蚁穴,她一个人严防死守。

陈空竹终于缩回手,叫着:"就是不去,爱怎么办就怎么办。"他不在乎。

这是要起义的意思了,三个女生看见希望,也叽叽喳喳附和,起义的队伍还有扩张的可能。她们说:"冯媛媛和陈空竹吵起来了!""为什么?""因为陈空竹上火。"

"除非我死了我们才不去。"冯媛媛气势汹汹。

陈空竹坐在凳子上,突然笑起来。

他一笑,她就哭了。"反正我也活不长了。"她声音又弱下去了。

有人连忙回宿舍,取了毛巾,又打热水略微浸湿,给冯媛媛送去。她不客气地接过,没有擦眼泪,却猝不及防,把湿毛巾远远扔向陈空竹,甩出的两滴水珠,在干燥的空气里瞬间蒸发隐匿。毛巾落在地上。

陈空竹从凳子上弹起来,很像是被冯媛媛扔出的那半旧的湿毛巾砸得弹起来了。在他们都还没有意识的时候,冯媛媛已经被陈空竹反拧了双手。起义军首领,生擒了女王。几只过冬的麻雀接连贴着地面掠过,擦起的粉尘飞舞起来,将他们都环绕在一片迷蒙里。

她突然放松了,让自己就像那一团毛巾般,柔软地落在地上,蜷成一团。陈空竹的力量似乎因失去回应只好松弛下来。她就这样抱着两腿在地上蹲了很久,只流泪,一句话不讲。

"你干什么?"刘玉勇拉陈空竹,用眼神暗示陈空竹道歉。对男人而言,动手的行为毕竟不体面。可是陈空竹没有道歉,他甩开两臂,气呼呼去了厕所。他嘴上的火泡已经连续破掉了,还有溃烂的迹象。陈空竹留下的话是:

"你行!"

一次起义就这样被平息了,起义者终被招安。陈空竹后来对此的解释是:"她挺可怜的,不如就随她,好男不跟女斗。"

三个女生失去支援,无法形成气候,也开始默默筹备,将最厚的衣服打包,交换各自私藏的维生素片,并很务实地开始讨论如何洗脸等现实问题。既然局面无法扭转,不如多做准备。只是她们对冯媛媛开始敬而远之,哪怕她有白血病,她们也不再对她有同情。女生们擅长冷战。她又开始自己洗饭盒。

冯媛媛看上去并不在乎自己被女生们冷落,她大体心情愉悦,对她们示以无微不至的关怀,叮嘱每人应带的物品,发放印有地形图的油印纸——她通过县政府的油印室弄出了这些浑黄的纸页。她不再表现自己是个病人,也不让人提起和白血病有关的任何话题。她说:"对病人,最好的就是忘掉得了病。"她还说:"什么考察,其实都不用当真,我们就当去玩儿一趟,不需要理由。"她不应该是想去"玩一趟"的人。但她的这些话,却放松了连日来的紧张气氛。想着要去玩儿一趟,虽是不那么稳妥的目的地,却也有稳妥的乐趣。都是年轻人,他们很容易想开。

七

欲速则不达——小范第一次听这话,是刘玉勇说的。他当时觉得这意思真好,刘玉勇说话很少,偶尔讲来的,都是这种让人想半天的东西。小范开快车的时候,想想"欲速则不达",不知怎么就下意识松开油门。当然,如果在城里开车,想快些也实在很难。每条路都被挖开,时时处处都堵车。小范本是急性子，堵车多了，急躁就变味儿，像放久的馒头，窝在肚子里，散发不出，只好一咽再咽，然后满肚子都是恶气。体会到这种感觉后，小范才明白，刘玉勇也像总有些什么事儿在肚子里翻滚。小范一开始理解为，他的工作多，要考虑的事儿自然比自己多，虽然小范认为自己要考虑的事情也很多。后来小范又觉得不是，工作只是烦琐，思考起来会皱眉头，却不会像刘玉勇这般，看上去既没想事情，而脑子里又像塞满了东西。

初见刘玉勇时，小范还有点儿怕他。怎么说呢，这人太严肃，话少，简单吐几个字，也让人摸不着头脑。但一段时间之后，小范发现他人其实并不厉害，"不怒自威"——这话小范也是听刘玉勇讲的，他在车上接电话，小范恍惚听见，过后就问刘玉勇是什么意思，小范还是个好学的人。刘玉勇解释了。小范听明白之后就说："局长，您就是不怒自威啊。"

刘玉勇说："我不怒也不威吧？"

"真的，局里的人对您评价都很好的。"

刘玉勇却没回答，他们在车上的时候，小范说的话经常没着没落地被搁起来。总是刘玉勇不接话，小范也不好再讲。

刘玉勇死后，几个"又怒又威"的人找小范做笔录。小范其实已经不打算在城建局干了，他又不是本地人，在这里的一年，他觉得把一生该经历的都经历过了，又遇上这样死人的事情。昨天，再开那辆捷达的时候，他总觉得后排座位上的人还在，他知道自己没法再干司机的活儿了，也没人需要他再干下去了。只是要去哪里，他还没想好。何况总得等追悼会后，他才能离开吧。

小范以为那几个人是公安，看上去又不太像，倒像是刘玉勇那种干部，一板一眼地问话,要小范说一下星期三那天的情形。

其实没什么特别的地方。小范说,那是普通的一天,堵车,刘玉勇在中心广场的十字路口下车,说走过去更快。

而小范自己,一直堵在那个路口,把车上那盘CD从头听到了第七首歌,肯定是第七首,因为他最喜欢那首歌:"我应该在车里,不应该在车底,看见你们有多甜蜜……"

"别唱了,继续说。"

"有救护车过,但过不去,好在最前面那几辆杵一块儿的车已经腾出地方来了,我们就都能过去了,救护车要紧啊,别的车都让道,我也让道了。这时,街上有人跑着传话,说前面有人跳楼了。我还不知道是他,只想着不管谁跳楼,都是造孽啊。"

小范没能提供更多的信息给那些人。他坐公交车回住处,经过纺织纪念馆,那里的工程好像停止了。回到租住的房内,发现内裤已经全湿了,是紧张得。他想该去洗澡了,又感到全身无力,趴在床上愣神儿,想起老家,想起小玉儿的模样,圆脸上红扑扑的两团,喜庆得像是带露水的果子。他可能再也见不到她了。

如果不是为小玉儿,小范不会出来打工。村里外出打工的人虽然多,但村里的日子并不难过。是小玉儿要出来的。她既然要走,他就想,她出去打工,别把心思打大了,打大了的女人心,可就留不住了。他也就跟着出来了。他们本想去北京的,如果当初真去了北京,现在该是不一样的日子了。

可是也怪自己,一开始就不应该答应那女人。他知道她是县长的妻子,古

■ 黑熊怪

时候该叫县太爷夫人吧。她头发很长,卷着,几乎盖到屁股了,人也丰满,眼睛斜着往眼角上长去,看上去有些凶悍。

她问他会不会开车。他说会,早就学过,他们村里已经不种地了,都种果树,来钱快,有钱的人家就买车,为运果子方便,年轻人就都去学车,想着将来总会用上的。没想到,真用上了。

她说介绍他去当司机,工资之外,每个月再多给一百块钱。

他没听明白:"为什么要多给钱?"

"我私人给你的,就当帮我忙。"她说,神情却是一副"你还有别的选择吗"的意思。

"帮什么忙?"他问,其实他的确没有别的选择了,如果他还想再见到小玉儿的话。

"你给一个局长开车,看看他有没有事儿。"

"什么事儿?"他觉得跟她说话很费劲,虽然她也是南方人。

"就是犯错误的事,行贿受贿、搞女人什么的,当然还有别的,比如跟什么人来往。"

"为什么?"

"你不看电视吗?"

"看啊。"

"那你不知道现在电视上都在说反腐吗?"

"跟我有什么关系?"

"你还想不想找到小玉儿了?"

"想啊,太想了,只是我不懂。"

"你不需要懂,只要听我的就行了。"

"你会帮我找小玉儿吗?"

"小玉儿的事儿都不是事儿,她就是跟别人跑了,我肯定帮你找到。"

"她不会跟别人跑的。"

"行了,还是个情种。我跟城里城外所有美容院老板都熟得很,连附近几个县都是,她还能做什么啊?肯定还是给人做美容啊,她只有这门手艺是不是?我可以帮你找到。"

小范也想不出别的办法,小玉儿本来在美容院打工,打着打着,竟然失踪了,小范怎么也找不到她了。美容院老板说她跟人走了,"白教她手艺了,翅膀硬了就飞了"。

小范始终不相信小玉儿会跟别人走,她在这里不认识什么人。当初他们来县城打工,只是因为在火车上遇到一个人,那人说能给他们俩都介绍好工作,他开出的工资价格实在诱人。只是到车站后他们才发现这里根本就不是北京,离北京还有一百多公里。他们都后悔了,那人却说:"先学手艺,再去北京,你们这样去北京,什么都不会干,只能去工地搬砖,怕都没地方要的。"

他们觉得这话有道理,就决定先干一阵儿再说。

小玉儿就在一家美容院学手艺,三个月后,人就没了。美容院的客人又都是女人,她能跟谁走呢?县长妻子是小玉儿的顾客,小玉儿似乎很喜欢她,那时总是告诉小范,县长妻子多么照顾她,每次来美容都只点名要她做。小范那时当保安,看不惯小玉儿这样得意:"那你也只是给她服务。"

■ 黑熊怪

小玉儿失踪以后,小范每天就去美容院闹着要人,有一天就碰上了县长妻子。美容院老板急着赶小范出去,被她瞧见了。她挥手示意小范跟她走,小范就盯着她的长卷发,也不知道往哪个方向走,走着走着就到了一家兰州拉面馆。

她坐下来,点了一碗面,开口就让小范别再去闹事了:"当心人家打110,把你抓起来。"

"我打110报警找人,人家也不管啊。"

"她又不是失踪,只是不要你了,我知道,她跟我说过要去北京的。"

小范就觉得小玉儿没说错,县长夫人是好心人。可是小范不去美容院,又去哪里找小玉儿呢?他已经不做保安一个月了,县城马路的每块地砖,他都恨不得挖起来,好像小玉儿会藏在里面一样。他想去北京找,又没钱。想来就哭了,拉面还没吃完呢。

县长妻子——现在她让小范叫她郑姐——就说:"没事儿,我帮忙。"

他当场就给郑姐跪下了,她倒是吓得不轻,让他赶快起来。"成什么样子?"她说。

可是,他该怎么感谢她呢?他掏空口袋,刚好够付自己没吃完的这碗面钱。她不要他付钱。

郑姐要的东西却更多。

八

十二月二十四日这天,是出发的日子,也是西方的平安夜。冯媛媛认为是好兆头。按计划,元旦后他们就回来。天气预报这段时间也是晴好为主,无大风雪。十天的考察时间,是冯媛媛仔细考虑和计算得出的,依据食物和水在皮卡车厢所占据的空间。

老梁送他们出发,叮嘱说:"有什么不对就回来,我包饺子等你们。"又给男生们每人发了一支烟。老梁自己平时只抽烟袋,香烟是他的珍藏品。

出县城,道路先是笔直的沙石路,两条车道宽,两侧均可望见略呈弧形的地平线。天地交界处如此看来,似乎并不远,但这只是视觉假象,因为地球是球形,人的视线便有了终点。一望无际是一个虚假的词。

沿路几乎没有车辆。路面上,沙石潦草铺就,没经过轮胎的重复碾压与梳理。皮卡车不时重重颠簸,有个女生差点儿掉出车厢。他们换了位置。车厢里的六个人都坐到里侧,物品和帐篷挪在外侧,再用绳索固定,防止跌落。冯媛媛和陈空竹因为都是病人,得到坐进驾驶室的待遇。他们曾经针锋相对,此时,至少表面上看已无芥蒂,也不知是否刻意地对彼此热情,以弥补曾经的莽撞失礼。

天空越来越低,也可能是他们开始走向海拔更高处。天气晴朗,寒冷只是一种虚弱的存在,还不足以侵蚀内心的热情。

汽车摩擦沙石的声音,像滚滚涛声,那涛声升起来,又散逸成风声,风声灌进车厢和耳朵,变成流动的浓稠液体般的东西,让他们再难分辨彼此的话语,只能看着别人干裂的嘴皮,或唇上暗黑的火泡遗迹 干燥让每个人都不断地经历着上火的痛苦。

出发时的兴奋过去,心跳复归平静,各人似乎都陷入心事中,安静被彼此

■ 黑熊怪

赋予。道路却随之曲折,雪山出现,先是低矮的,随后道路开始错乱。翻过这座山,就进入无人区了。这山也是一道门,世界与非世界的门。门这边是常识,门那边是非常识。也是时间的门,进入这门后,时间就停止了,此后多年的时光,只是重复旋转的陀螺,任尔东西南北、气象万千,也不过终回到这时间之门。

一只黑色大鸟从车前飞快掠过,刘玉勇紧急刹车,结冰路面,汽车侧滑,车辆看似将冲出道路,眼前只见一尺高的冰层。但倏忽,峰回路转,皮卡回到路中央。又是一段直路,只可见远处弯道积攒到一个点,像菊花花瓣散开,再拧回一处——那就是山顶,位居高处的目标。

惊魂未定的众人很快察觉,黑鸟出现后,耳边那黏稠液体般的轰鸣逐渐沉淀甚至消退了。另一种寂静开始主导,他们进入冰山。

车速减缓,车厢里六人的身体不时向同一侧倾倒,这就是在过弯道。沙石隐退在白雪下,雪下应是冰层,也不一定。那看上去是雪的,再看一眼,又觉得其实已经凝结为冰。这一眼与下一眼之间,实实在在离开几米远的距离。冰层终年不化,因为这里不存在时间。

车厢唯一敞开的这方,是摄影机镜头、电影银幕,他们借此方形天窗,窥视世界,移步换景。只是这镜头边缘并不固定,总在有节奏地鼓动。风是鼓槌,敲打得编织布的边缘起伏波动,如裙摆上的荷叶花边。

刘玉勇的车技似并不如他形容的那般熟稔。对他而言,夸耀自己开车是"童子功"也非夸张,只是性格使然——那种总也不以为然的性格,觉得凡事皆算不得严重。日后,他以此为罪孽,因为"妄言"之罪,如出家人说不打"诳语"。

那只掠过车前窗的黑色大鸟,似乎并没远离。待皮卡车爬行上山,曲折来回后,黑鸟的踪迹竟又近在眼前,只是比上一次更贴近,也更显庞大。

黑鸟俯冲而来,似从天而降的陨石,又比陨石更具破坏力,因它还有展开的双翼。冯媛媛呼叫着:"鹰!"

学动物学的小郑坐在车厢最靠近驾驶室的座位,他两手推了推眼镜腿,从容地说:"应该不是鹰,是鹫。"

那个"鹫"字还未完全吐出,这边的黑鸟已贴近车厢编织布临时搭建的顶篷。车内几名女生立刻发出尖叫,那不知是鹫还是鹰的诡怪动物,反被这齐声的叫喊惊扰,翅膀猛地一扇,转换方向。眼见得一道黑色闪电灌进车厢。

女生们不约而同挥手,试图驱赶这鬼怪,当然无用,车辆与鸟均在运动中,绝对运动,却是相对静止,除非某一方改变既定路线。

后车厢的骚乱,干扰到驾驶室内的平静。刘玉勇听见黑鸟扇动翅膀钻进后车厢的声音,像极了标枪扔出手之后,那长杆与风相刮擦,漫长的一声嗖,减弱,随即又是漫长的一声嗖——是穿刺空气的声音,也是速度的声音。速度终将繁衍出漫长的距离,距离代表投掷的胜利。

这一次,距离却不是胜利,而是一个突如其来的急弯。黑鸟撞击在车厢一侧,鸟爪在编织布上留下三个破洞,犀利的光线如亮剑刺入车厢。

有人反应过来,喊:"停车!"

指令的发出,已落后于事实本身,皮卡撞上冰山内侧,这是被动的停止。

众人惊心动魄,好在车辆没有转向另一侧的山崖。

黑熊怪

214

这一瞬间,那黑鸟反而得到解脱,它总算冲出了编织布的牢笼,直飞上天,只在他们的视线里留下一线黑色,犹如白纸撕开一道裂痕,隐约可见其下的暗色疮口。

劫后余生的叹息。他们心绪未定,又很快发现,车厢外侧的几包物品,还不知是几包,在刚刚的撞击中被甩出了车厢。

"幸好被甩出的不是人。"出发时本坐在车厢最外侧的女生满眼含泪,为自己庆幸。

刘玉勇从驾驶座下车,转到驾驶室另一边。这边的车门紧靠山崖,已经无法打开。陈空竹、冯媛媛随后也从驾驶座一方下车,后车厢众人只忙着查看损失。

总共三大包的物品失落。捆绑本经过细心检查,应当牢固,然而途中更换座位,将物品移至车厢外侧时十分匆忙,只简单系个活结。那系活结的绳索,眼下还留在车上,一头系在车厢的钢板上,另一头的结已散开。以为绳索越粗就越牢固,却忽略了越粗的绳子打成的结就越容易散开。有人推测,是那只鸟,是那鸟的爪子钩开了绳子,活结嘛,一拉就开。

"那几包是什么?"冯媛媛问。众人摇头,打包行李的事情由冯媛媛操办,这里没有人比她更清楚那几包东西是什么。

"不管了,先找找,没准儿就在附近。"刘玉勇说。

说话的同时,他们已经发现,那几包东西滚在雪地上的轨迹。望过去,轨迹横穿过路面,断掉了,又在另一侧的雪地里重新出现,再看,线索彻底断掉——它们滚落到山崖下了。

刘玉勇走过去,在崖边探身一看,倒吸一口凉气。

凭借掷标枪时对距离的直觉,刘玉勇判断那三个红蓝格子编织布的大包,应在山崖下几百米外。它们还连在一起,大约将它们维系在一起的那个结,还是个牢固的死结。

坡地在此处突然陡峭。积雪里留下它们滚落的痕迹,先是几个大坑,像巨兽的脚印,随即脚印渐密,终连成一线。不,不只是线,比线更粗,是一条沟渠。沟渠顺直而下,未遇任何障碍。这沟渠的终点,就是那几包东西,看上去只一丁点儿大,如雪地里开出一朵红蓝色的三瓣花。

"都是吃的。"冯媛媛说,"红蓝格子的包里,都是吃的。"她自言自语地重复。

刘玉勇飞快地回到车厢前,把剩余的几个包轮番拎起来:"所有的吗?我们所有的吃的?"

冯媛媛说:"是的,我记得很清楚,所有的吃的都在红蓝格子的包里。"

"你把所有吃的都放在一个地方?"刘玉勇回身问。他在车厢里翻找时发现帐篷还在,各人的行李堆在车厢内一处,一些杂物、一把铁锹绑在座位底下,还有塑料水桶、煤油灯、煤油瓶……都不能吃。

"不是,我分在三个包里了。"冯媛媛为自己申辩。

"刚好那三个包都丢了?"刘玉勇突兀地举起右手手臂,又不明白为何,大概只是他投掷标枪的习惯动作,于是又放下。这动作透露出了沮丧。先前他还有愤怒,但愤怒无用,对冯媛媛发泄愤怒更是毫无道理。他应该愤怒的是那只鸟,鹰或鹫,而不是站在这里不知如何是好的同伴。有人指责捆绑行李的人办事马虎,却没人记得是谁打了那个活结。

有女生率先讲出要回去的话:"去不成了。""是啊,现在还来得及,天黑前还能赶回去。"像是恳求,语气却迫不及待,因为这话合情合理。

冯媛媛只轻声叹口气:"啊。"

"回去吧,没吃的,去了也得马上回。"

"今天运气不好,遇上这事儿。"

"就是,我看是天意,那鸟儿不是天意吗?"

"就是啊,走吧,走吧。"打道回府,失落自然也有一些,却不严重。去无人区的事情一波三折,眼下似乎终该有个了结。

女生们已率先坐上了后车厢,又被陈空竹叫下来,说:"不行,你们先下来,我们还得先把车弄出来。"

皮卡车头右侧已冲进雪堆里,陈空竹去车厢里拿铁锹,那绑铁锹的绳子却系得死死的,他无法解开。"该绑的东西没绑,不该绑的东西弄这么紧。"他蹲在后车厢抱怨着。

冯媛媛突然想起什么,说:"不,我们没必要回去。"

"你疯了?"刘玉勇说。

她说:"不是,真的不用。我听老梁讲过,翻过雪山,还有一个村子,过了那个村子,才是真正的无人区,我们可以在村里找到吃的。"

未等她说完,有人嚷起来:"我不信,雪山那边怎么可能有村子? 不信,不信。"

"如果没有村子,为什么要修这条路?"冯媛媛反问。

"有路就一定有村子吗？你编个瞎话骗我们去送死。"

"是啊，那是个什么村子？里面万一是那些杀人抛尸的人怎么办？"

"没吃的怎么去啊？要打猎吗？我可干不过牦牛。"

冯媛媛说："我们说好要去的，怎么是瞎话呢？我真的听老梁说过的。"

"天哪，你不能这样，这不是玩笑，这是送命的事。"女生们带着哭腔。"是啊，那地方有杀人抛尸的事情，也是老梁说的，你为什么不提？"

冯媛媛没哭，神情却是胜利在握的傲慢，像被偷袭的动物准备绝地反击。她两眼放光，光里闪耀着生死之外的凶残。她不求生，她只是想做一件事。对其他人来说，都有无数方向解脱，她不能，她只有一个出口。

"要去你自己去，我们不去。"刘玉勇甩出一句话。

陈空竹拿到铁锹，准备着手清理埋住车头的积雪。

是的，无论前进还是后退，他们都需要这辆车。分裂的集体再融合，纷纷着手清理车辆。只有刘玉勇手里抓着一块石头，刚才半路停车捡来的。书本大小的石头被他两手轮番抛起。石头跃起，只几厘米，又落入另一只手心。这让他看上去像是在思考，又好像只是焦灼。他刚刚讲的话，是要将冯媛媛驱逐的意思，但他们都清楚，没有人能在这里驱逐另一个人。

苏文看准一个无人留神的时刻，悄声问冯媛媛："为什么非要去？先回去，以后再来，还有机会。"时间有限，周围都是同伴，他只得长话短说。

她蹲在车前，红手套插进白雪里，触目惊心的艳丽。她掏出一捧雪，扬手甩出去。雪花扑簌簌，迅速落满他们的肩。

"现在的情况是，我本来可以去，却不能去。而原来的情况是，我本来就不

■ 黑熊怪

能去。"她说,"当然是比我本来可以去却不能去的情况更糟糕。"

"可是你以后可以去啊。"

"我只有这一个愿望了。"

"以后,过几天,一样的。"

"我没有以后,我最多只能活一个月了……"她说。

"但是,我们都有以后!"刘玉勇喊道,他不知是何时出现在苏文和冯媛媛身后的,也许他终于想通,也准备帮忙挖雪,无意间听见了他们的对话。

"你不想活了,不要带着我们去死。"

"我怎么带你们去死了?我做这些不都是为了你们吗?我又不是为我自己,我都是要死的人了,我还计较什么?你还说什么我要去自己去,我还就自己去了,我计较什么?"她说。

"你计较太多了!"

"刘玉勇,还有你们,我告诉你们,必须走,不能回去,你们要走你们走,除非我死在这里,我才跟你们回去!"

苏文劝:"别说死了死了的。"

刘玉勇又无意识地举起右手,还是投掷标枪的习惯动作。冯媛媛抢先一步上前,拉住他肌肉发达的胳臂:"还要打人哪,来啊!"

刘玉勇手里还握着那块石头,是黑色的,被他认为有可能是黑皮玉原石的石头,书本大小。被冯媛媛拉扯住手臂,他才感到这石头的分量,无比沉重,这意味着里面可能真的是一块黑皮玉,只是在原石被切开之前,没有人能确认。"放手,你这婆娘疯了。"冯媛媛看上去正让自己整个吊在刘玉勇的手臂上。他本来可以把手臂放下来的,但她抓住他,两种力量相平衡之后,他本能觉得她要去抢那块石头。她看起来真是疯了,举着两只手,去抓那石头,她当然是够不到的。他的意识里,也就直觉不能放下手臂让她拿到石头。

他们急忙上前去拉开他俩,却让局势更混乱。她用了死力要攥住他,就像之前抓住陈空竹的手一样。

石头从刘玉勇右手飞出,他感到一阵轻飘飘的风灌进他一直用力握紧的手心。石头砸在她后脑处,又噗地陷进雪地,它可能确实是一块价值不菲的黑皮玉。

她突然松手,刘玉勇的胳臂失去她的力量制衡,反倒又往上冲了冲,她却向后倒下。几缕红色的血从发根缓缓漫延而出,落在雪地里,化作乌红的点点。血融化了周边一小圈一小圈的雪,雪水再混进血里去,那乌红就转淡了,竟又凝结起来,像雪地里埋下一个个粉红色果冻。

九

二十多年后,刘玉勇试图回忆冯媛媛的样貌,但能想到的,只是一枚枚果冻状血块围绕的人形雪坑。红色液体逐渐填进,像钢水注进模具,再定型。这些年间刻意忽略的记忆,如不断冲泡的茶水,终于淡薄至透明。

刘玉勇从车窗看出去,所见却是与记忆完全相反的拥塞景象。拥塞中不时有密集的文字凸显出来,如活字印刷术中的字模:春华超市、扬州修脚、金泰福家常菜、德威治大药房、配钥匙配门卡、汽修五金专营、饮料电话卡、自行车补胎充气……不用再看过去,他也知道,往前,会出现五种颜色的金星幼儿园,

■ 黑熊怪

■ 220

蓝色字是电信营业厅,深红和金色的是周大福珠宝专卖,大红镂空的是红星运动鞋,白底黑字的是纺织纪念馆……他在县城里几十年的生活,分摊于一个个店面招牌上,像中药铺的小抽屉,打开一个,就出现一味药,就有一种滋味。一味药解决一个问题。他此刻需要的药,在哪个抽屉?

捷达仍未通过中心广场十字路口。穿荧光背心的交警在车海中来回奔走,却收效有限。排头的车辆也想退让,只是退无可退,因为后面也有车,车后还有车。这是环环相扣的机关,如贪吃蛇游戏,牵一发而动全身。每辆车都想更快些,想尽办法再往前一些,终于没有余地,再不能回头。不能回头的时候,还来得及吗?刘玉勇感到悲观。

他曾以为天无绝人之路,对凡事都不以为然,因为总可以化解,最次也还有时间,时间总可以化解任何事。这世上死去的人比活着的多,所以活着的人都是有余地的人。有余地就总有机会抽身退步的。可是想退步的时候,身后真的还有余地吗?

车窗外的景象,简直密集如一盘杂烩的剩菜——陈旧的菜色和纠缠的形态。他眼前出现了星星般的光点,像汤里的油,一团团,漂浮、晃动着。太阳很刺目,时间是上午十点。冬日斜阳的角度,刚好拦截人的视线。眼花缭乱,他想,是不是就是自己现在的感觉呢?"缭"这个字,又是什么字体和颜色呢?

他不再看窗外,低头翻检手机,下意识打开通讯录。手机通讯录也是一个个小抽屉。联系人的姓名分列整齐,是数码时代的排版,自动对齐、按姓氏首字母排序,几个大姓,陈、张、王、李……各自列下长队,仿佛等待点名的士兵。那些名字,有同事、亲属,各单位认识的、不认识的、似乎认识又似乎不认识的人,还有见过一面交换电话号码后再没联系过的人,物业、水管疏通工、儿子的班主任、洗衣店……

光斑仍在他眼前,像电视剧特效画面——白娘子双手合十,酝酿发功,手指上闪烁光团。光团变形、拉长,又长出两只脚,化身人形,是多年前青海无人区那个人形雪坑。

他下意识抬手,想要驱赶什么。小范见他挥手,以为车内有异味,就按下车窗控制钮。车窗徐徐落下,吵闹声迅速涌入。他的耳膜也膨胀了,似乎光团钻进耳朵,又宛如黑色大鸟在耳朵里扇动翅膀。

他开车门,下车。

小范从前车窗疑惑地看他。他简单解释说:"我不等了,走过去更快。"小范无奈地瘪嘴。

刘玉勇沿上班的路,在汽车之间的夹缝里穿行,遇到后视镜,必要侧身,但仍时常被后视镜绊住,引来车主责骂。他毕竟心不在焉。

他觉得自己也随那光斑飘起来了。正左右侧身、费力穿越汽车迷宫的不过是另一个肉身。真正的他,在半空中,上不着天,下不着地,四周都软绵绵的,是雪吗?真舒服啊。

她攥住他的胳臂,用了死力,却不是往下,而是往上,这一次,她带他飘起来,她说:"还要打人吗?来啊!"又说,"还要杀人吗?"

他张口,却听不见自己的声音,都是她的声音,一声声叠加,最后只剩下两个字:杀人。

杀人——白底红色字,黑体,加粗。

■ 黑熊怪

■ 222

　　他感到自己又突然落回地面了,低头看见穿了三年的黑色人造革的鞋子正踩在人民东路的街沿上,鞋面上蒙层薄灰,横向蔓延有几道裂痕。
　　他杀过人。
　　她死了。然后呢? 是一片死寂,厉风变得轻柔,温柔地抚弄凶手。
　　"快止血。"苏文最先叫出来。他脱了外套,盖在她头上。
　　"没用的,她有白血病。"有女生说。
　　"她会死吗?"
　　她的眼皮似乎还跳动了两下,睫毛上落有白雪,也像泪。泪被血液冲开,她很快成了京剧丑角的样子。苏文摇晃她,她也跟着晃,血一直在涌,整件外套都变了色。
　　陈空竹去探她的鼻息,又去探脉搏。
　　"她死了吗?"他们互相询问,谁也不知道答案。女生们开始尖叫,也不知该做什么,纷纷用手盖住张大的嘴,又去蒙眼睛,最后,她们干脆把脸也蒙住了。
　　风突然大起来,刮起一层雪花,好像要将所有的痕迹覆盖。这是一种提醒。在瞬息万变又永恒不变的时间之门内发生的任何事,都不过沧海一粟,终将被更磅礴的力量淹没。
　　"怎么办? 怎么可以止血?"不知谁在问,也没人回答。
　　"死了,我想。"陈空竹站起来,说道。
　　刘玉勇觉得自己快冻成冰雕了。苏文还把外套压在她头上,却不敢去看她的脸。他抬头,轮番去看每个人,好像希望得到什么答案。

坠落

"她踩上去了,那不是冰,只是一层雪,她掉下去了。"他们反复背诵这句话,预备讲给见到的每个人听。他们一字不差地复述,从未有过差错。

"她踩上去了,那不是冰,只是一层雪,她掉下去了。"刘玉勇喃喃自语,却忽然听见一个女人的声音:"别以为我不知道,我都门儿清。"

他一惊,循声看去。"春娟美容美发沙龙"几个字下,卷发女人正叉腰打电话,声音很大,像吵架:"我都说过了,我们这儿签了三年合同,现在突然要拆,一分钱都不退。……是啊,改造归改造,我听说还要改造成什么鞋城,我不管你改什么,但你收了房租总该退的啊。……按合同办事,他们猫腻多着呢,以为别人都傻,可以瞒着。……是啊,我坚决不走,我肯定是最后的钉子户,他们瞒得了一时,还瞒得过一世去?真瞒得过一世去,我就服他,奶奶的……"

他不想瞒一世,没想过。他从来想的是,重新再来,凡事不都有余地吗?他还可以弥补。回县城工作后,他资助了两名青海的学生。一开始是老梁介绍的,后来老梁也病死了,他就自己找需要资助的学生的线索,再后来,也不只是青海的学生了,只要有捐助的信息,他都捐,也不留名。他一开始还把单位每年发的年货寄给冯媛媛老家内蒙古的家人,他不敢在发件人处写真名。有一年包裹被邮局退回,说查无此人。包裹退到单位,收发室写了招领通知,他看见了,不敢去认领。他想冯媛媛的家人去了哪里?也死了吗?他希望他们好好地活着。

车流在他身旁缓慢挪动,好像濒死的大型动物迈不动沉重的腿。那次之后,他再没开过车。当局长后,他摸过一次方向盘。司机中途去加油,他坐上驾驶座,感觉就像触电,又立即退出来。他的妻子提前病退回家,他没像别人建议的那样,用城建局局长的身份为她在地产公司谋一份只领薪水不上班的工作。妻子有很多埋怨,不是因为他的做法,而是因为他从不解释。就是这样,所有好事他都不配了。他无法解释。

也有那种特别想说话的时候,他就去县城边的古庙。可后来他发现,那里的僧人都是职业化的,白天去寺庙上班,晚上开宝马车回家。他无法得到他想要的东西。他看电视,很羡慕国外那种偏远的小教堂,那些人可以把一辈子的话都说给上帝听。葛优在哪部电影里,就跟小教堂的牧师把一辈子的话都说完了。

刘玉勇不再开车,苏文开车带他们从雪山下来。那是怎样的山啊,是山,好像又不是山。苏文刚学会开车,不熟练,只穿件毛衣,两眼死死盯着挡风玻璃,红得像狼。刘玉勇坐在冯媛媛曾坐过的座位上,觉得两只脚都不存在了。真冷啊,明明是正午,一天中气温最高的时刻。他哆嗦着,将那块书本大的石头抛出车窗。那肯定是块黑皮玉。石头抛出去后竟是悄无声息的,仿佛它从没落地一样。

刚刚,他们把她抛下山崖的时候,她的坠落也静悄悄的,仿佛从来没有落地。那地方,难道是无底洞?两山相抵形成的狭窄缝隙,是一道撕裂大地的黑色伤口,任何东西投进去,都迅速被吸纳,消失得无影无踪。他回忆自己在专业课上学过的东西,试图判断她的去向,却什么也想不起来,大脑与那世界同样苍白。之后,是清理雪地上的血、车上的血、每个人身上的血。一个人身上,为什么会流出那么多血?

"一条命和九条命,所以,只能这样。"陈空竹拍他的肩,他回头,看见的却全是人影,密密麻麻、重重叠叠。再望,都是死人。所有的事都有余地,只有死人的事,没有余地。

"她会害死我们的,她本来就有白血病。"陈空竹说,伴以无可奈何的叹气。他想陈空竹只是为安慰他。他刚刚也差点儿从山崖上跳下去,他们拖住他,把他按在雪地里。"想想,想想",很多声音重复着。

处理尸体和统一说法,是他们共同的决定。冯媛媛不能再开口说话的时候,决定做得极为容易,没人有异议,异议者已不能发言。

"她踩上去了,那不是冰,只是一层雪,她掉下去了。"苏文说,并让每个人都重复一次,一字不差。

"必须镇定了,真的,你这样,我们都会完蛋的。"陈空竹也说。

二十几年后,刘玉勇依然能把这句话一字不差地复述。可是,其他七人呢?这是虚假的供词,宛如"一望无际"一样不可信任。可他们依赖着这句话,抚慰彼此。誓言成立了,他们一直背负它,无论它会不会越来越沉重。他想起五年前,那次在北京簋街的聚会,八个人只来了四个。他当然去了,他必须确认其他人是否还在坚持,但有四个人没来。为什么没来?理由可以很多,最大的可能,也许是他们不再坚持,然后终将放弃。

冯媛媛牺牲了,大学举行了隆重的追悼会,这所院校从没有过为科学考察牺牲的先例,冯媛媛是第一个。她被追认了很多荣誉,全校师生都去听冯媛媛先进事迹报告会。只是那些报告会与她无关——她在冰山下,冰冻、结晶,连同她的白血病一起。

刘玉勇已经走到纺织纪念馆门前,死盯着牌匾上五个白底黑色的大字。

■ 黑熊怪

县城纺织厂解体后,办公地址改建成纪念馆。工程从去年夏天开始,现在已一年半。十层的楼馆,只剩下外立面没有完工。楼上几层的绿色防护网被拆除了,露出半截灰玻璃墙面。下面七层,以后会是县城自主创业基地。纺织纪念馆其实只占上面三层。纪念,是为那些消亡的东西,新兴的生活却被消亡的东西覆盖——这是要一直被死去的东西压住啊,他想。

他掏出手机,看小范的信息。"那些人又来电话,说今天下午最后一次常委会。我还堵车,怕耽误您,所以先发短信。"

是宋体,小五号,手机上显示成四行。他反复读。这个上午他突然陷入文字和语义的困惑里。什么意思呢?最后的通牒?"怕耽误您",耽误什么呢?其实那些人不需要这样的,他想。他能决定什么呢?眼前玻璃幕墙的楼,像个古怪的玻璃瓶子高耸在四周所有建筑上方,不就是他无关紧要的证明吗?当初他确实为纺织纪念馆争取过更好的方案,可他不过是执行者,其实连执行都算不上。他只是棋子,在宏大的棋局里,连自己的落脚点都无法得知。

他并不知道那些人是否真有线索,可以追踪到青海的事情。他很累,就像一直扣着悬崖边缘的人,用尽了所有力气,会抓住面前出现的任何一根绳子,或者干脆松手。而这些天,他其实已经得到那根绳子了。于是他才会不断告诉自己,他们就是知道。

他转进纺织纪念馆已经建好的大门,是两个并立的纺锤形状。上方有模仿纺线的设计,将两根纺锤连在一起。千丝万缕啊,他想。

手机还在他手心,几分钟后,它将和主人一起,从十层楼顶坠落,摔成一把无用的金属碎片。

坠落的感觉,其实很美妙。天空灰白,一道光斑,拉长了,直指太阳最刺目的核心。阳光铺成的路,白光闪烁,向斜上方延展,通往朦胧不可见的地方。他迈步往前,想看得更真切。松软、温暖的光芒就托起了他。他看见很多个太阳在四面八方升起。哦,是九个太阳。

他回头,只见身后道路曲折蜿蜒。其实也看不大清楚,因为很快又开始飘雪,朦胧了这天地间的真相。

十

刘玉勇死了,郑姐不认识小范了,小玉儿走了,这地方和小范再没关系了。

刘玉勇死后,小范接到过郑姐的电话,说:"不管谁问,我们都不认识。别的事儿你就不用管了。"他还想问关于小玉儿的事儿,但郑姐已经挂电话了。

郑姐到底是帮他找到小玉儿了,在北京房山的一家美容院。只是小玉儿不要他了,还打来电话说:"我们分手吧,不要联系了。"他想她的心思还是变大了。他说:"我去找你。"小玉儿那边说:"你来我还是会走的。"

他一年多前来这里,留下的全是倒霉的记忆。此时想来,给刘玉勇开车的一年,竟是最好的时候。刘玉勇生活简单,只是上下班,或者下乡,外出也只是白天,跑不出县城。小范也不用像县里其他司机一样,等领导吃饭要等到半夜,他们司机之间会交流这些事儿,就在局长们在什么地方一起开会的时候。

小范感到难过。他趴在床上,拼命想,也想不出星期三那天刘玉勇有什么跳楼的迹象。他一周前给刘玉勇讲了那些话,之后他好像并没有反常的举动,他以为那些话没用,但可能真是那些话逼得他跳楼呢?

"那我是杀人凶手吗?"小范觉得自己快要被这问题折磨得也去跳楼了。他的确做了不好的事,可是他并不想害死刘玉勇。刘玉勇是好人,也是个好官,小范比谁都清楚。他之前就是这样告诉郑姐的,可是郑姐不信,她让他继续观察。这一年,郑姐也没怎么找他,就一次,还是小范主动打电话给她,他先说:"他没事儿,什么事儿都没有,后备厢的礼品,他还让我送回去。"然后他问郑姐,能不能帮自己劝劝小玉儿,让她回心转意。他觉得小玉儿是肯听郑姐的话的。可是郑姐说:"不管用,我又不是她妈,不过,如果你发现了什么,我会考虑的。"她挂了电话,都没听他有没有答应。他想,是啊,郑姐根本不需要知道他有没有答应,因为他只能答应、必须答应。她给了他一份好工作,收入比之前当保安每个月多了一千块钱,她还帮他找到了小玉儿,而他还没有任何回报给她,他怎么还要求她更多呢?何况,虽说他有任务在身,却并不急迫,她又没有每天问他有没有发现。他有时会想,其实,忘掉这些,再忘掉小玉儿,好生做个司机,不是很好的生活吗?只是他忘不掉,尤其是小玉儿。

　　直到两星期前,郑姐才在他当司机之后第一次主动联系他。他本来已经快忘掉郑姐安排的任务了,但电话一来,他就知道,有什么东西哗啦碎掉了。

　　郑姐说了个期限,他说真没事儿怎么办。他想,反腐为什么要有期限呢?郑姐在那边就笑:"他没事儿,你不会套他的话吗?"

　　他又问:"套话也没事儿怎么办?"

　　郑姐说:"你是猪脑子啊?这么简单的事情,你自己想。"

　　挂了电话,他开始想,还是想不出来。要换了其他局长,他可能早就完成任务了,小范现在已经知道别的局长后备厢里有什么东西,但偏是刘玉勇,他毫无破绽。他先是不可能受贿,因为刘玉勇身上穿的衣服,连小范都有些看不上,而小范还去过他家,也是四壁白墙,电视机是21英寸的。他儿子的床,居然是个衣柜改的。他老婆的穿戴,跟郑姐也是没法比的。他更不可能有女人了,刘玉勇看见漂亮女人,几乎都不会讲话的,这么一个人。

正想着,就看见郑姐的短信,郑姐发来了刘玉勇的简历。小范是聪明人,突然明白郑姐的用意了。她让他套话,得先知道他的经历才成啊。可是,这经历也很简单,上学、工作、父母、家人,一目了然,只有青海支教一项,让这简历显得精彩些了。

小范编了些话:"那些人知道你做过什么,会捅出来。"

那些人是谁呢？他想,如果刘玉勇问,小范就说自己也不认识。那些人,这就对了,会让刘玉勇琢磨半天的。可是刘玉勇看上去并没琢磨。小范想,这就得从他的简历开始了,于是说到了青海。刘玉勇似乎有点儿反应,但小范不确定,而且事情到现在,小范认为自己的好奇心已经被鼓动起来了,倒不像是郑姐安排的任务,而像是小范自己的事儿了,就像打游戏,越打不过的时候,偏越想打。

郑姐却催促得紧,见小范毫无进展,郑姐就说了中心广场的项目,星期三下午最后一次常委会之前,这是小范的最后期限。小范不太明白常委会是什么级别的会。

郑姐说:"你再试试这个,跟他说中心广场的项目。"

小范想这样也行吗？每个人都有秘密的,他想,那种打地鼠的游戏,其实每个洞都多打几次,总会打到老鼠的。他从这任务里感觉到了乐趣的成分。

■ 黑熊怪

刘玉勇是多严肃的人,如果知道他更多的事儿,不也不错吗?

小范就给刘玉勇讲了他们村子里的事儿。有人十年前为五十块钱杀了妻子,因为妻子拿五十块钱买衣服,他觉得妻子大手大脚,不理解他赚钱辛苦,一怒之下就杀了她,然后逃了十年,再没回过村里。他以为没事儿了,年前回家给父母上坟——十年没上过坟了——没想到在坟头前,被抓了。

小范讲的这事儿是从电视上看来的,法制频道总播这样的案子。他还从法制频道看到过心理暗示的方法,公安在审讯时总用,看似无关紧要的话,却能引起嫌疑人的不同反应,然后泄露线索。

小范又讲了些案子,都是这样的风格。刘玉勇似乎也没听进去,反正他总是在后排座位不言不语。小范那时以为,讲讲这些奇怪的事儿也没什么害处,但会不会真的是这些事儿逼死了刘玉勇呢?

可是,如果刘玉勇一点儿事情没有,又怎么会被逼死呢?

小范头痛极了,他觉得自己确实没做错什么,但又好像哪里真的做错了。他想起床,却怎么也起不来,就像被什么梦魇住了一般。他们村里,都管这叫"鬼压身",会不会是刘玉勇的鬼魂压住自己了啊?他费力抬手,摸自己的脑门,发烫得像煮过一样。

昏睡中,他突然产生一个念头:郑姐的目的,根本不是看刘玉勇有没有腐败,而是要威胁。

小范被这念头惊醒了,威胁?那自己也是帮凶了。

可是,郑姐为什么要威胁刘玉勇呢?县长比局长官大,不应该管着刘玉勇吗?就像乡长管着村长一样啊。

小范忍不住还是给郑姐打了电话,第一次没接,第二次响了十声,郑姐才接起来,没好气地说:"谁啊?"

"是我。"小范紧张地答,又不知那些乱麻一样的思路该怎么说,看时间,是晚上十一点了。

"我不认识你。"郑姐说。小范就知道,她已经听出他的声音了。

"郑姐,我、我、我们是在威胁吗?"小范想。电话里太明确的东西是不能讲的,他知道公安会监听电话,法制频道也演过。他突然后悔打电话了。

"什么?现在、现在,都没事儿了,都没事儿了,人死不能复生,你不要多想,再把脑子想坏了。"郑姐挂了电话。

小范却一直想啊想,没人可以帮他想。他眼睁睁看着天色发白。他租住的一间房子,也地动山摇般在眼前晃起来。简易的布衣柜上,黑白格子的花纹,像扑克牌一般翻来覆去。

为什么郑姐说没事儿了呢?人死不能复生,他以为这话里有好多含意,法制频道那些节目又让他不得不产生更多联想。他当初看法制频道,还是在小玉儿失踪的时候,他关心那些拐卖妇女的案子,以为可以看出些门道来,却没想真把自己看坏了。

人死不能复生,这是灭口的意思吗?刘玉勇知道什么呢?如果郑姐说没事儿了,难道是刘玉勇被灭口了?不,不可能,郑姐不会做这样的事儿,如果做,也不会绕这么大弯子让他去套话了。

又是一念之间,意识倏忽一闪——不是郑姐威胁刘玉勇,而是刘玉勇知道县长的把柄。是的,要不县长为什么不能直接去管刘玉勇呢?所以郑姐才需要刘玉勇的把柄。她不是要威胁刘玉勇,也不是为了什么中心广场的项目,只是因为刘玉勇威胁到县长了。不过,那为什么还有个最后期限呢?

小范昏沉沉睡去的时候,总算疲倦地想明白一件事。无论他们谁威胁谁,都是自己害死人了。他为什么要给刘玉勇讲那些法制频道的事儿啊?现在他再也不敢看法制频道了,因为他也会害怕了。他不知道这种害怕会持续多久。他想起那个十年后被抓获的杀人犯,又觉得这种害怕永远也不会结束,除非那最后的时刻,突然到来。

可是,即使到那时,他怕还是不会知道,这世界的真相。

后记:说不定我一生涓滴意念,侥幸汇成河

从小就没有过长大要写作的想法,尽管7岁时被送去名为"儿童诗写作"的兴趣班消磨过一个暑假。兴趣班结业合影,我站在最角落,比所有人矮一头,其他同学都比我高几个年级。兴趣班老师是我家邻居,这大概是我父母选择诗歌班而不是书法美术舞蹈班的主要原因——老师是邻居啊,放心啊。我对老师的认识,仅限于他是我邻居。他儿子与我同龄,晚饭后我们一块儿从楼梯上往下跳,比谁能连跳三级台阶。我人生中的暑假似乎总是这样,浑浑噩噩就熬过了苦夏。

儿童诗兴趣班在我们县城历史上仅此一次。因为那个暑假后,邻居从县城小学辞职——和20世纪90年代初很多想干番事业的人一样,邻居拖家带口去外闯荡。人们惊讶之余,很快就对这件事丧失了兴致,因为没多久更多人都陆续去外面打工了。往后我们很难获悉他们的消息。

我的文学启蒙就这样稀里糊涂地一开始便中断。中学时,我是一名理科学霸,因为高考志愿没填数学或物理系,数学老师扼腕叹息,跟我说过好几次有一所大学,名为中科大,是中国最牛的大学。录取结果公布,我发现我的同

■ 黑熊怪

■ 234

桌上了中科大物理系。

　　我有个中文系毕业的父亲，只是父亲的影响远不及数学系毕业的母亲那么强悍，父亲的影响更多是旁敲侧击、见缝插针的——在我们四川，三口之家的模式多半如此，母系掌权。母亲的高等数学书我不可能看懂，我只好去看父亲上学时的书，能看懂的也就是一些小说。县城新华书店的店面早就改做电器商城，名义上的新华书店只剩下一个柜台，几家个体书店只卖教参教辅。20世纪末的山区县城，对阅读这件事彻底免疫。

　　上大学选专业用的是排除法，依次排除不想学的专业，师范、农、林、医、工、商都被划去，最后剩新闻，只招文科生。理科生的我还可以去广播电视新闻专业，我想象这专业就是在演播室念稿，或拿话筒采访路人甲乙，该很轻松。我就这样避重就轻，做出选择，哪怕这关乎我整个人生的方向，我深怀侥幸心理。人大新闻学院第一课是新闻理想，被竖立起新闻理想后，我开始坚信"虚构"是一个贬义词，因此我拒绝读小说，从内心看不上，这些虚构的故事，于作者于读者，都是既无益也无义啊。但广播电视新闻专业一点儿也不轻松，一点儿也不亮丽，镜头前的光鲜是由大量的案头工作和繁重的体力劳作支撑的。体力不是我强项，团队合作的作业我总被分配做案头工作，所以我最初有意识去写点儿什么时，写的是电视文案。后来有人说我小说中描写较少，我想可能跟那阵子写纪录片文案的惯性思维有关。

　　工作几年后不仅丧失了新闻理想，所有理想都差不多一块丧失了。有段时间很惊恐，因为发现日子简直就是复印机，刻板如表格。转折或变化也有些，但就像复印件上微妙的变形或渐次浅浅的墨迹，本质上都雷同得无休无

后记：说不定我一生涓滴意念，侥幸汇成河

止。我们这代人的生活确实没什么意思，坦白说如今所有人的生活似乎都没什么意思，只是我们的"没意思"来得太早了。前辈人呢，大体都还拥有"从前"，而从前是可以用来喟叹的、值得书写的。我们没有从前，我们的过去与现在与未来都混为一谈。悲哀在于，哪怕是琐碎与重复得混为一谈的日常生活，也得让我们付出全部力气直到筋疲力尽。惊恐的我就这样开始虚构，是的，就是我曾经看不上的虚构——至少"没意思"的生活中，写小说显得是有那么点意思的，也说不定，没意思的生活中，那些涓滴意念，可以侥幸汇成河。

写小说这些年，是在阴霾中摸索道路。有时运气好，误打误撞，迎头碰上萤火虫般细微的光亮，就这渺小的一点儿，也让人狂喜，以为朝闻道夕可死。那瞬息顷刻过去，回到浓稠漫长的暗黑世界，无助是必然的。写小说不是那种积跬步就能致千里的事业，你自以为走得很辛苦的每一步，也许对提升小说的品质而言，都是无用的。然而还得走，因为一步不走的结果，一定是无路可走。